后浪出版公司

猴杯

张贵兴

著

四川人民出版社

目　录

1　　自序 飞行的丛林

3　　第一章
55　　第二章
79　　第三章
123　　第四章
173　　第五章
227　　第六章

自序

飞行的丛林

　　故乡罗东（Lutong），开荒前是长尾猴老巢，就像附近的猪芭（Krokop），开荒前是野猪窝寨。

　　上个世纪五〇年代韩战[1]爆发，胡椒价格飙涨，母亲在老家西南方栽了一座胡椒园。六〇年代椒价暴跌后，椒园荒草丛生，回到垦荒时期的山芭[2]模样。中学时期用一支大镰刀在椒园里除草，惊见一片芒草丛和灌木丛中，攀缘着十多株葱绿的猪笼草捕虫瓶，大小恰似西方人爱啃的热狗。椒园荒废后，季候风和鸟类带来了树籽，红毛丹、杨桃树、番石榴、桃金娘、山猪枷，四处孳长。那几株猪笼草，可能已在椒园蔓延了十多年。

　　猪笼草（pitcher plants），热带肉食植物，俗称"猴杯"（monkey

1　即朝鲜战争。——编者注（本书所有脚注皆为编者注，后从略。）

2　山林、乡下之意。

cups），正式名称"忘忧草"（Nepenthes）。

捕虫瓶里的汁液，清凉可口，猴子爱喝，故称猴杯。红毛猩猩喝时，为了不搅散瓶底的虫骸，斯文秀气，好似英国淑女细啜浸泡着柠檬片的红茶。

荷马史诗《奥德赛》中，海伦以一种叫作 nepethe 的药物酿酒，疗愈伙伴对亡魂的哀念。

希腊神话中，大地和丰饶女神狄蜜特的女儿柏瑟芬被冥神掳走后，狄蜜特痛不欲生，庄稼萎靡，旱涝肆虐，狄蜜特以 nepethe 酿药，减轻思念女儿的悲恸。

希腊语中，nepethe 是"忘忧"。一种说法是，nepethe 就是鸦片或苦艾。

迷失热带丛林的西方探险家，恍恍惚惚、生不如死时，据说喝下猪笼草瓶子里的汁液，可以忘却精神和肉体的苦痛，幸运者重获新生，不幸者快乐赴死。

在贫瘠的、酸性的、缺氮的、寸草不生的荒地中，猪笼草总是第一批滋长的植物。猪笼草需要氮素制造蛋白质，不慎落入猪笼草瓶子里的猎物提供了最佳的蛋白质。

猪笼草溢出的香气，吸引了蜜蜂、蝴蝶、蚂蚁、苍蝇、蟋蟀、蜂鸟和各种昆虫，它们是猪笼草的美食（巨大的猪笼草瓶子可以溺毙老鼠和小猴子），也是植物的播种者。植物学家估计，近七十种动物共生或寄生猪笼草中，包括凶猛的掠食性蜘蛛和螃蟹。当猪笼草以拓荒者姿态站稳脚步时，其他动植物就淫荡凶猛地滋生了。

胡椒园曾经盘踞着老家，在高脚屋、鸡寮鸭舍和人迹压制下，莽丛绝迹。老家迁往旁边一块低洼地后，废弃的家园被莽丛占据。莽丛被一把火烧毁后，种了胡椒。胡椒园荒废后，莽丛再度铺天盖地。莽丛蔓延着灌木丛和芒草丛，野生着奇花异草，包括猪笼草。

在热带的蛮荒地，这批奇花异草无所不在。它们是炎热的西南风和潮湿的东北风刮来的，也是野鸟和蝙蝠屙下的（大型的草食和肉食动物不曾到过那块荒地）。它们是飞翔的丛林胚胎，赤道卵巢烘烤的顽种，着床在燠热和水气淋漓的热带子宫壁的野种，也是从被撕裂和蹂躏的南洋瘀血阴道匍匐而出的物种。

八十种猪笼草属中，近一半可以在婆罗洲看到，甚至只生长在婆罗洲。猪笼草实用性惊人。茎蔓是上等的捆绑素材。叶子、枝干、根须、瓶子可以用药，止血、催吐、利尿、退烧、治疗眼疾、痢疾、哮喘、消化不良、胃痛、消炎、腹泻、烫伤、高血压，瓶子里的汁液可以助产，也可以减轻妇女经痛……善用猪笼草，就像拥有一爿药房。

最实用的一面，就是解渴了。博物学家华勒斯（A. R. Wallace）的团队在马来群岛做科学考察时，瓶子里的汁液是他们最常利用的饮用水。

巨型的瓶子，可以当作烹调的锅子。

植物学家用各种隐喻式的容器形状，描述华丽而形状多变的猪笼草瓶子：杯（cups），壶（jugs），圣餐杯（chalices），葫芦（gourds），细囊（little bags），盆（pots），瓮（urns），罐（jars），水桶（buckets），高脚酒杯（goblets），啤酒杯（tankards），长颈瓶（flakes），烧瓶（beakers），马克杯（mugs），酒桶（casks）……有一

些隐喻是活的和血淋淋的：胃，膀胱，脾脏。一个植物学家说，猪笼草瓶子总是让他联想到两种最伟大的容器：大的像女人子宫，小的像阴阜。

在故乡，猪笼草有不少传说和迷信，有的美丽，有的恐怖。有的牵扯到生活习惯，有的遥不可及。中学在雨林露营乍见猪笼草时，伊班同学总是严肃地提醒我们：倾倒猪笼草瓶子里的少量汁液，细雨绵绵；大量倾倒，大雨滂沱、雷电交加、洪水泛滥。露营遇雨最扫兴，扎营时于是小心翼翼，深怕惹恼了雨神或龙王。伊班同学又告诉我们，长住在猪笼草繁茂的地方，小孩尿床，男人梦遗，女人月经失调。好像都和水有关。

故乡从前鸟不生蛋。鸟不生蛋的好处是原始野性，像一个不谙世事、大字不识的朴素美女。鸟生蛋的坏处是糟蹋艳俗，像一个割了双眼皮、隆了鼻、削尖了下巴、拉了皮、植了盐水袋或果冻硅胶、定期注射肉毒杆菌的妖女。

故乡现在鸟生蛋了。建商廉价买下那片胡椒园和猪笼草的荒地，盖起了水泥洋房，陌生的外地人大举进驻，虽然他们花了钱，拥有合法的房契和地契，总觉得他们像小偷，愣头呆脑的洋房就像贼寨。老家的四周，甚至出现了大盗似的大型购物场，流寇似的咖啡馆、餐厅和公司行号更不消说了。政客和大官更是以枭雄的姿态和征服者的暴戾，割据那片飞禽走兽曾经的福地。

老鹰不再盘旋天穹，大蜥蜴不再在芒草丛里和我四目交接。长尾猴和猪尾猴流连云雾弥漫的树冠层，只能从望远镜窥视它们傲慢的屁股。野猪，躲到阴暗丛林去了。

充满情欲的大番鹊歌唱，让我不能入眠的猫头鹰求偶声，烟消云散。

星星的絮语和深邃的眼眸也被光害埋葬。

比起新来乍到的贼寇，它们像天兵神将隐遁了。

午夜梦回，故乡面貌模糊神秘。

只有骑着那片飞行的丛林，像坐在飞毡上，才可能回到记忆中的故乡，就像借着东北和西南季候风往返唐山和南洋的祖先。他们搭乘的是帆船，其实是乘风而来。

记忆中的故乡，是一片飞行的、无处着床和不存在的荒原。在绵延黏稠的记忆中，被我写成不好看的小说，凑成几本卑微的小书。

《猴杯》是其中一块飞毡。

新版的《猴杯》，我做了一些更动，删去了累赘的叙述，就像帮一个脏兮兮的孩子搓泥垢、修指甲、理发，恢复较清晰的面貌。

二十年前写《猴杯》前，心里已潜伏着一个结局。接近完稿时，觉得这个结局太惊悚了。我压抑着情绪，没有让这个结局浮上台面来。二十年后重读，发觉种种铺排和暗示，都指向那个结局。它像种子生根发芽、遍地开花，我却放了一把野火。

新版《猴杯》恢复了这个结局。

二〇一九年六月二十四日　台北

猴杯

第一章

4

雉每次站在走廊上看见河堤下暴涨的臭河时就会想起那条溪底布满人胆猪心状石块的小河。悬挂河面上的树根藤蔓挂满须髯似的青嫩苔藻，款摆在哗啦啦流水声中，好似豆蔻年华的女鬼戏水。水蜥蜴浮游水上，弹涂鱼漂过水面，鱼狗在浅滩上捕鱼。一座树桥横竖两岸，离水大约半公尺，据说是一百年前英国野战部队追剿土著匆忙砍下用来运输大炮和娇生惯养的指挥官。树桥的下半身长满水藻和随着退潮而残留树皮上的蛙卵，树桥的上半身布满兽粪，羽毛，爪痕，刀砍，弹疤。雉第一次和祖父到树桥上祭拜时，就用一把小番刀从树桥挖出几颗弹头。祖父叼着那杆从不熄灭的土烟，吹糊出几颗蕈菇状烟球，用他牛眼大指头掂了掂弹头，说，鬼子做的东西果然不一样，噗咚咚将弹头弹入河里。

河岸竖立着一棵老榴梿树，叶密如册，枝干出水痘似的结着数百颗榴梿，大如猪头，小如猫头，部分早已熟透，开脐出鸡仔黄肉核，仿佛肛开屎出，反常地不落地。两只猴王率领一群猪尾猴在榴梿树上捉对厮杀。猴脸龇牙咧嘴仿佛腮裂颊烂满壳愁惨的老榴梿果。长须猪带着猪仔啃食地上的烂果。大蜥蜴伸出舌头用杰克逊氏[1]器舔嗅猪仔屎臊味。雉从来没有见过面的族人抵达那条河时已经过了中午，老榴梿树上依旧酣战不休，直到其中一只受了重伤的猴王从树上坠下让大蜥蜴叼走，战败的猴群才落荒而逃。战胜的一方开始掠食榴梿果时——它们竟有足够力气赤手空拳剥开榴梿果，并且用榴梿壳掷袭树下观望的族人——族人已休憩完毕，开始渡河穿林，足足跋涉一钟点后才走出雨林来到长满石南树丛的荒地。

1　即犁鼻器。

突然曝晒在一望无际的荒地上使他们感受到危机的密稠。这里土壤酸性贫瘠，除了蚂蚁树和隐萼椰子，杂木茂草不比人高大，而藤蔓的韧性和密度阻人去路。红蚁列队行军，猎杀网路纵横交错，极不痛快地千刀万剐蚱蜢螳螂。大伙一边赶路，一边腾出食指弹走身上的红蚁，仿佛他们也成了猎杀对象。猪笼草肉食性植物的捕虫瓶像圣诞树装饰物附生在葛类植物、石南树丛、杂草杂林、岩石、枯木上，在烈日下撑开瓶嘴掠食。捕虫瓶形状迥异，最大者五指可以握满，最小者像婴趾，茎叶肥硕，卷须飞扬，瓶口和瓶盖布满蜜腺，瓶内酵母清澈，虫骸含糊，蜥蜴蚱蜢螳螂红蚁在消化液中挣扎，小须小足地枯笔拖带，延长和撒完生命的最后旅程。

根据祖父叙述和雉亲自造访，那座墓地离石南树丛约半里地，也是类似石南树丛的荒土，但动植物似乎较丰盛，蔓芒萁、灯心草、大红花和过沟菜蕨正处在二八年华青春期，其中还有许多芳名芳龄祖籍父母不详的野花野草，叶子像镖矢或野猪獠牙，花儿像大海螺或掠食中的兽口。火蚁的百万大军依旧忙碌于护土建国，三叶甲虫、金龟子、天牛、蜂虎、蚱蜢、螳螂云游四方，一只大鱼狗像掷碎的瓷器当啷一声破荫而出，鹅或画眉模拟笼友叹息，雀群穿梭如洄泳。日头肥大，植物葳蕤矮壮，虫兽沉默凶猛。荒地竖立着几千块石头或盐木墓碑，碑身缠着各类寄生植物，花叶扶疏，碑上的汉字依旧清晰。或许墓主后人从前培植过大量奇花异卉，乍看下，仿佛一座花之墓园。那墓上刻着的"叶笑兰""林妩媚""李虎"仿佛花名。那工整的阿拉伯数字1825—1842恰似短命花龄。

两种猪笼草属开出的串状花序竖立在荒茎和矮木丛上，一种像红毛猩猩手臂，一种像雄鸡脖子。瓶色大红大绿，气色饱满，祥瑞逼人，仿佛某种象征福禄寿喜的灵兽，寄生矮木丛上，匍匐地上，垂挂墓碑上，有的捕杀机制未长成，有的刚掀开瓶盖展开处女猎杀，有的已枯死像破箩，但大部分青壮老练像这野地的肉食性猛兽，在炎热的西南季候风吹拂下血气淋漓和充满脉搏跃动。曾祖说那叶子可以直接摘下当船桨，瓶盖可以铲土，捕虫瓶可以背娃娃。即使博学多闻如祖父，一辈子也没有看过这么巨大的捕虫瓶。即使拓荒高手和农业专家如曾祖，一辈子也只见过一两支这么巨大的捕虫瓶。

　　弥漫荒茔的腥臭吸引大伙停下脚步。有人忍不住捏鼻子，干呕唾液。一只大皇蛾扇着两片像小丑脸蛋的翅膀徘徊荒茔上，仿佛嘲弄生死无常。大伙跨过无数藤蔓野草，停在一个红色瓶子前。瓶内的消化液清澈如琥珀，上下各铺一层死虫和活孑孓，一具婴尸漂浮其中，几乎撑破捕虫瓶。婴儿头颅和绞成绳套似的四肢朝向瓶口，小嘴吞吐孑孓，颇似章鱼放墨。瓶子仿佛一个十月孕妇肚子，曲线优美丰满，婴孩瑟缩羊水和子宫中随时破膛而出。大伙停在一个绿色瓶子前。一具婴尸蜷缩消化液中，将一群刚孵化的蝌蚪几乎挤出消化液外，暴露瓶子外头的小手已腐烂得露出骨骸，像某种爬虫类趾爪。大伙继续打量其他捕虫瓶。一具只有下半身的婴尸屁股朝天，消化液外的小臀小阳具被蝇蚋啃去一半，像极了两杯正在溶化的霜淇淋。另一具被剖成一半的婴尸坐卧在较小的瓶子内，依旧完整的头颅伸出瓶口，但颅骨已裂，脑浆依稀可见，仿佛难产而夹死在母亲阴道口。除了几支较大的捕虫瓶，其余较小的捕虫瓶则漂浮着婴儿的小手、小脚、头颅，或显然属于婴儿但不知道属于婴儿哪一部分的肉块。有的捕虫瓶让婴尸撑得失去生息，浮现红砖似的菁萎斑块，也有的承受不住婴儿重量，瓶子横躺地上，消化液已干涸，红蚁正在切割婴尸。放眼望去，共有二十多支捕虫瓶正在努力或不自量力地消化婴儿。少数捕虫瓶因为太小或婴儿太大，酵母一时发挥不了作用，婴儿形状仍然十分完整。大部分捕虫瓶正在品尝婴儿，串状花序吹弹欲破，茎叶膘满肉肥，母性焕发，淫浪多产，养育出无数嗷嗷待哺的小捕虫瓶。一个女子的尖叫声从大伙中响起，惊吓到矮木丛上一只正在害喜衔草，准备筑囍孵卵的大番鹊。

●

　　一场骤雨使眼前这条臭河突然暴涨。塑胶桶、木头、纸屑、保丽龙、人造花、桌椅、校服、参考书、帽子、玩具——战舰、武士刀、冲锋枪、狮、虎、独臂娃娃和缺了下半身的蝙蝠侠——宛如活物泅向下游。常有一些猫、狗、宠物猪、婴孩和中学生尸体点缀其间。去年五月间吧，两个翻墙出校准备到附近麦当劳吃午餐的初中二年级男生在河堤上发现了那具中学生浮尸。头颅、心脏、性器，不知去向。死者是上游郊区一所流氓中学高中一年级在学生。死因显然是寻仇械斗之类，死前还受了酷刑。嫌疑犯是那所学校几个在学生和一批校外人士。警方终于没有查个水落石出。据说数月后死者头颅被雉任教的学校几个辣妹型女生拾获，乃在一个满月晚上生火熏烤剩下的几片烂肉和蛆，又在月日下足足晾晒三日夜。因为报上登载的死者照片俊俏非凡，女学生无聊时就对着骷髅头亲嘴，或者用他整齐秀美的牙齿摩擦胯下，发出咕勒咕勒的怪声。雉记得教过她们。上课时，其中一女常翻着白眼打瞌睡，另一女总是借口上洗手间，一去就是半小时。另一女常用塑胶盆盛尿，掺一些水，灌溉教室里的盆栽。至于婴尸，大概隔三四个月，就会浮现一具。这是指如果他们有幸浮上来，浮上来时还具人样，且在没有彻底腐化前被发现。学生们发现婴尸时，大抵不急着报告师长，尽情捉弄一番后，再请师长辨认那稠稠的或已被戳成数块的臭肉，甚至有时候根本不报告，任由那堆臭肉曝晒岸边让野狗咬走或让河里被人放生的亚马逊吃人鱼啃去。太多中学女生瞒着父母师长怀孕，没知识、没钱、没胆或来不及堕胎，生子弃于河中。每逢女学生瞒着家人请长假时，雉就期待河里出现婴尸。一只小白鹭鸶停在一堆漂流物上以和雉一样的沉思状凝视爪下秽物。秽河让雉想起莽丛中布满人胆猪心状石块的小河……雉瞄一眼午憩中的学生，朝他负责评分的扫区走去。

雉现在站在校园西侧五楼联络走廊上。雉一小时前亲眼看见学生扫净，没想到现在墙角又躺着几支烟屁股。雉自己虽然不吸烟，但可从每支烟几乎烧到滤嘴体会学生难以救济的心灵饥荒。精神上长期的蝗灾已使他们彻底枯竭，一口烟好比一滴甘露，如蚊蝇之于蛤蟆。四楼联络走廊响起学生笑声。笑声像摇晃只存了几枚硬币的陶制扑满龟。雉歪着头，踮着脚，想居高临下窥视楼下。西侧围墙外正开始建造捷运，从泰国和菲律宾招来数十位年轻劳工，搭了两排工寮，数间流动厕所，数个露天式洗澡间。外劳在工寮吃喝拉撒，早起或收工后在只搭了围墙的浴室间洗澡时常赤条条自渎，让清晨打扫联络走廊的女学生不经意鸟瞰到，于是靠近西侧联络走廊班级的学生一大早一整排搀在走廊上，仿佛翘着屁股让师长鞭笞。校方婉转告知捷运公司后，浴室上方才加盖了几块铁片。外劳用绿色油漆在每块铁片上仿佛亚当遮羞器喷了一茎三叶，狰狞昂奋，栩栩如生。蕨类的粗犷根茭或布袋莲纤维状根系的男性阴毛，隐藏在那根茭或纤维状根系下的硕大蚯蚓，蜴舌捕蝇般飞跃的白色精液，各种意想不到的辅助器材，早已深置学生脑海。数个太妹型女生甚至在雉上课时生动描述其中过程。外劳似乎洞悉了女学生心理，常在围墙外用英语、番语和动作挑逗，甚至只穿一条口罩似的内衣在浴室和洗手间外走动。女学生兴奋描述那东西如何黑壮仿佛雉拿在手里的麦克风，耻毛如何偾张如雄狮鬃毛，甚至有一个女学生出乎雉意料之外地，模仿动物园里对游客频频点头的大黑熊。

四个女学生蹲在四楼走廊上，两手扶在围栏上检视工寮，像螃蟹左右移动。因为太投入，完全忽视楼上的雉。工寮寂静无声。外劳饱食一顿后午睡，姿势如圣者受难。温度摄氏三十，湿度六十，降雨机率零，太阳全勤。外劳只着背心短裤，在水泥地荫凉处以厚纸板或报纸当床铺，或直接睡在水泥地上。巧克力肤色，鳍鬣似的发，龟腹似的胸，锈耙似的手，锄似的脚丫子。一只精瘦的红色瘸狗，踮着三足，竖着一只残耳，在困体间像一只大野蜂来回走动，姿势如发条狗，舔食着散发出鱼腥酒气的异乡梦。

瘸狗消失后，外劳仍然汗流浃背躺在荫处。雉正猜测女学生的窥视点时，一位女学生忽然发觉了雉，长满青春痘的脸蛋像煮熟的蟹壳。她们立即七手八脚像一笼蟹冲回午憩的洞穴。雉甚感无趣，踱向面对秽河的走廊。

雉又开始凝视秽河，甚至有一种到河堤散步的冲动。河堤裂罅处长着稀落的葛类植物和野草，晨昏常有人在那儿跑步打太极拳遛狗训鸟，晚上更是蛤蟆和情侣扑蹲。情侣们话少动作多，拥吻时像豹攫斑马，分手时像老羚产子，生死相许，兽性十足。蛤蟆枕股叠臂，数目之多，蔚为奇观。雉甚至幻想自己不小心从河堤摔下，半自愿溺死，和一堆秽物随波逐流。嘟嘟嘟。嘟嘟嘟。电脑设定的校园钟声响了，沉静的校园顿时陷入一片嘈杂的碾压中，把好不容易滋长出来的遍地沉静的脆芽压扁。雉觉得自己站在这里凝视秽河有点像昏君不理朝事，于是迅速从五楼踬到三楼，像推开只有自己知道的暗舱似的办公室大门，逃躲巡检似的穿过十数个办公桌，低头坐在藤制靠背椅上。办公桌玻璃垫下有一幅婆罗洲地图，苦梨状地形占据整个桌面。四周沿海的绿色区域是平原，中间几只黄褐色蜈蚣是山脉。雉一声不响趴在桌上，头枕着山脉，胸贴着平原，两手深入爪哇海和苏禄海，闭上眼睛小憩。嘟嘟嘟。嘟嘟嘟。上课钟声打呼般地响了，学生涌入教室，吵闹的杂草长得快，死得也快，校园变成一座大陵墓，偶尔传出台上老鬼啾啾教诲和台下小鬼尿滴般的朗读。沉静的脆芽又慢慢滋长。雉听见平原上野猪群的蹄响，亚口鱼在浅滩啄水藻，山丘上长臂猿的吼叫，河水哗啦啦流过人胆猪心状石块。那小河在婆罗洲东北角，流经他的太阳穴。

墓园就在附近了。雉后来终于知道那是两种瓶子最巨大的猪笼草属，白种人呼之为王公猪笼草和莱佛士猪笼草，前者名称来自沙捞越第一代白人总督詹姆斯·布洛克，一个流氓探险家；后者来自斯坦福·莱佛士，早期大英帝国殖民地新加坡之父。一九四二年八月某一天吧，一百多个族人因为逃躲日军露宿莽丛一个多月后出林探口风。两天多来一路跋涉，渡过布满人胆猪心状石块的小河，穿过荒茔，眼看就要抵达荒茔前三十分钟脚程的市立医院，医院前有一条柏油路直达闹市，竟没想到让一阵腥臭迷惑得踌躇不前。发出叫声的女人是那座市立医院小儿科护士，是雉的叔婆辈吧，她记得一个多月前全院人员撤逃时，婴儿室中还有十几个刚出生的幼儿，最小才落地一日，最大不超过十四日，医院虽然紧急联络家属，但日军登陆在即，部分家属不知去向，可能联络人中途也开始逃难，使十几个婴儿被活生生弃于医院。婴儿在医院不知遭受什么待遇，竟然被切割成猪笼草食料。

　　雉把汗湿的头发从南海捞起，浑身黏滑坐在办公桌前。已是六月天，冷气机仍不舍得运转，或者又是照例故障。办公室其他老师也都在午憩，身体像猛兽捆在桌前或靠背椅上。玻璃垫上残留着雉大量汗渍，让玻璃垫下的婆罗洲岛又湿又滑像一只眠息中的树蛙。树蛙头部朝着东北，左肢和半个左腹是沙捞越，蛙头和蛙脖子是沙巴和文莱，其余则是加里曼丹。蛙背分布着一串串肉瘤和斑纹，像中部密集的山脉和遍布全岛的零星小湖、沼泽。蛙皮上的须髯状绿脉则像河川。雉记得看过一幅紫外线拍摄的婆罗洲卫星地图，用触目惊心的火鹤红显示被砍伐和酸雨破坏的一大片雨林，仿佛解剖室中的蛙开膛剖肚。雨蛙抬头，准备掠食，朝头上的菲律宾蝶群和日本蜻蜓吐出舌头。雨蛙背后是像大蟒从亚洲大陆出击的马来半岛，正张口吞吃新加坡螽斯和虎视眈眈的雨蛙。雉曾经用红色蜡笔往小河和墓园所在涂了一个小圆圈，大约就是在蛙脖子下方吧。这像正字标记的小圆圈不具任何意义，它所涵盖的范围岂止几百里。这只正想捕捉蝶、蛹和蜻蜓但被马来蟒觊觎的雨蛙是世界第三大岛，长八百三十英里，宽六百英里，横跨赤道，满布雨林沼泽，河系复杂，终年是夏，一年雨量一百二十英寸。卵时代，它潜伏海水中，激烈的地壳皱褶运动后孵出海面。蝌蚪时代，它和亚洲大陆一体。冰期结束，海水暴涨，蜕变成蛙独自浮游海上。

雉看过很多婆罗洲地图，每张色泽迥异，仿佛更像无时不在拟态的变色龙。如果是一张黑白地图时，雉觉得像被赤道一箭穿心的浮尸。

办公桌已清理干净，桌旁放着数叠准备资源回收的参考书和考卷。雉看着桌上的竹笔筒。笔筒像鼎，瘸着三足，仿佛一座无人太空探测船。外壳蛇纹似的爬满雉无聊时用没收学生的小刀雕琢的装饰图案。雉对这批图案熟悉得合眼即可描出，这是受浮脚楼客厅内一批雕塑品上的装饰图案经年累月耳濡目染的结果。雉的技术虽拙，但精琢细磨下仍然相当美观，一些过于繁复的图纹则大刀阔斧地只雕出其中一二，仿佛把人体简缩到只有头尾的胚芽。雉觉得它们像世间万物，虫鱼鸟兽，花草树木，日月星云水火，乃至发眉耳鼻、趾蹄牙爪，但总找不出单一精确的归属。有时候它们抽象得像文字，外科医生随手画在治疗单上表示肿瘤的疙瘩，鬼魅般的微细菌。雉在黑板上写笔记时，以其中一个简单图案标示出重要和必考部分。学生长期描摹，早已熟练麻木。雉曾经从马路旁一块沙地上发现几乎完全相似的轮胎纹，让他悟道似的久久凝视。雉甚至在年初百周年校庆校徽设计征选活动中看到不分轩轾的获奖图案，让他几乎要质问获奖学生是否抄袭自笔筒了。

雉不想把笔筒带走，又不想留给同事，抓起空笔筒丢入纸篓。掀开玻璃垫，将婆罗洲地图对折至可以放到上衣口袋。被压缩在口袋中的雨蛙随着心脏噗噗鼓动。雉瞄一眼办公室。梦的铐镣愈来愈沉重紧密将同事捆翻，有的已快要扑倒地上。学期末只剩一个多月，雉已迫不及待辞职，请代课老师代理职务。今天是雉最后一天上班，处理完琐碎事后，雉已等不及提早上午第一节课后离去。雉低头走下楼梯，全不理睬像公鸡趾高气扬或母鸡咯咯啼叫的雌雄兽鞋。雉走到校门口时忽然想起要不要向校长主任告别？但一犹疑已出了校门，走在崎岖不平像塌墙的红砖人行道。暴躁的车流被红灯堵在十字路口，闪着绿灯的道路空无一车，只有一个老人左斜右倾地骑着一辆破脚踏车，好似刚出膛的牛犊学蹦。再不毅然辞职，学校的停职书将会端到眼前了。雉虽然离开了校园，仍然感受到身后响着追剿号角，仿佛他是一个中世纪武士从龙穴盗走了镇山宝。

●

……去年此时辞职，就不会粪般落下这一身耻辱了。这粪养分充足，让他的耻辱长得烂漫结实，即使现在坐在机场餐厅仍然感觉新枝嫩荄不停冒出，像绞杀榕寄生雉身上。雉，像一只小虫，蠕缩羞耻树中。餐厅坐着许多外国人，验古物似的看报，嗅着煮坏的咖啡，用枯叶般的纸写信。女侍者蹼般戴手套的手把咖啡放到雉桌上，烟雾缭绕中咖啡散发出皮革味道。雉猛然想起一家销路颇广的日报登载过一张校外教学时和学生合拍的照片，他的脸在生产百万次后仿佛洒上了防腐剂，刊登在社会版一角落，无人拯救和怜悯地徐徐陷入各种文字和标题组成的流沙中。雉一口咖啡也没喝，拿起行李到柜台付账，匆匆走向海关。

海关职员核对护照和电脑资料时，雉又想起报上自己海绵般的脸孔。年轻的海关女职员是否看过当天报纸？也许她会更注意家庭版和综艺版。即使看到了，也不可能留下印象吧。雉环顾身后旅客，发觉他们也是心事重重甚至满脸怨怼，好似沉重的行李正折叠着羞耻的十字架和荆棘，像雉裹藏羞耻树。他们不时偷偷拉开一个小缝整理行李和检视羞耻。雉忽然发觉海关职员胸前也挂着一个羞耻红字，用她漂亮笔挺的制服掩饰着。雉似乎松了一口气。

雉拿回证件护照走向登机门，第一个踏入机舱。快乐热诚的空中小姐身上也匿藏着辨认家畜似的耻烙。飞机滑离跑道逐渐远离台湾时，雉的自在也逐渐升高。在二万公尺高空七四七以时速九百公里飞向南方雨蛙。七四七像一个拥有两百多颗心脏的强壮怪物，两百多颗心脏像雉行李中的雨蛙噗噗鼓动。雉的座位靠窗，从卵状窗户俯视出去可以看见前方摄氏零下五十五度恐龙蛋似的引擎和玻璃纸折成似的机翼，也可以看见黏土似的云，膏似的海。雉的旁边坐了一对母女。母亲近四十，女孩约十岁出头。穿了白衬衫和吊带牛仔裤，头发垂到屁股上，花蕊般夹在雉和母亲两片老萼中。飞机起飞不久后，女孩就嚷着看风景，膝盖枕在座椅上，头发洒在雉胸前，额头差点抵着卵状窗户。雉提议母女俩坐靠窗，自己坐在母亲靠走廊座位上。上点心时，卵状窗户外的风景仿佛已煮熟般只看见蛋白似的云。女孩很快看腻了，半蹲在座椅上两眼骨碌碌溜转。母亲拉上卵状窗户像鳄鱼瞬膜的窗盖，挡住外头刺眼的亮白，从手提袋拿出一本十六开本精装书，在她和女儿大腿上打开。《动物地图集》。封面是一颗像烂果实的地球仪，残壳陆地，肉瓤绿洋。一群飞禽走兽像五颜六色的花花叶叶衬托四周。金刚鹦鹉、棕熊、长颈鹿、鬃狼……。母亲翻开第一页，解说栖息北美洲洛矶山脉的兽类。画面右下角是北美地图。山脉、河流、平原画着灰熊豪猪大山猫等等兽类卡通造型表示它们的栖息地，而灰熊豪猪大山猫等等摄影图片则配合文字遍布两张跨页。"……夜间出袭……蹑手蹑脚……从树上或岩石扑下……捉住猎物，撕毁喉咙……"

母亲情绪高昂，仿佛朗读唐诗。雉记得美国有一种大山猫可以利用皮毛在岩石莽丛中拟态，捕杀庞大的鹿，但依稀记得不是夜行兽。在降雪量六十公尺的洛矶山脉，冬季时兽类就披上厚皮毛，会栖息着什么凶猛夜行兽？雉斜斜瞄书页。赤鹿的白屁股。豪猪两万根长刺。滑行中的加拿大鼯鼠。鸟巢中拟态的雷鸟。一双骨碌碌溜转的黑眼珠。雉发觉女孩没有注意母亲，而半跪座椅上像直立的鼹鼠凝视自己，好像将雉视为那只夜行兽，透过母亲讲解，认识和记忆着雉。

雉将视线移回腿上那本十六开英文精装书：《婆罗洲猪笼草》。打开书签标示那一页，凝视用水彩绘制的诺斯小姐猪笼草像锦鲤跃出水面的捕虫瓶。雉对面走廊座椅上坐了一对年轻夫妇和一对约七八岁女儿。父亲看报纸，母亲坐在两女中间读童话。母亲用笑翠鸟般嘈杂的声调模仿各种角色，在两女笑声和乘客蟋蟀夜鸣般的聊天中，雄只久久听见一两个单字："……穴……火……拔剑……吼……刺……"

　　雄从学校附近一家大型量贩店七楼玩具部走入可从玻璃帷幕看见街景的电梯。下降时，雄发觉电梯内有一颗小心脏以和他不一样的更快速节奏噗噗跳动。白球鞋。浅蓝牛仔裤。绿色小背包。白衬衫。长头发。一双骨碌碌溜转的黑眼珠。白衬衫上印着鲜艳的兽类。大耳朵的聊狐。逃亡中的野兔。翻筋斗的花斑臭鼬。抵达一楼时，兽群突然消失电梯外。雄走出量贩店，登上一座通往学校的天桥时又遇见那群小兽。聊狐的一只大耳朵贴在左乳上，野兔跨过右乳，臭鼬在肚脐眼上翻滚。雄步伐较大，走在群兽前面，竟不敢回头张望。直走到校门口，才放慢脚步，而那群兽则一溜烟超越雄，走入校门。雄微惊。是学生？为何不穿制服？竟熟悉得校警也不拦阻。雄远远跟在后面。正是下课时间。群兽奔上三楼，停在三年级教室前和几位三年级女生交谈。从小背包拿出玩具熊交给一位三年级女生。接过熊的女生非常高兴，像啃苹果亲熊脸。群兽蹦下一楼。雄凝视花斑臭鼬离开校门口，不自觉模拟聊狐竖起大耳朵，聆听围墙外讯息。围墙景窗出现部分兔影。兔子穿过三棵被修剪得像鹰巢的小榕树，穿过十几棵被去年台风袭击得不成树形的老榕树，坐在像科莫多龙的根块上系鞋带。雄从景窗中看见其中一只胚芽小手正在抽长，甚至听见哔哔哔营养过剩的发育声。登上天桥时，雄看到了整只兔，但很快被校园内的银桦、枫香和一栋巉岩般的旧大楼切断视线。虎克猪笼草枯黄的瓶盖像洋芋片竖在瓶口，诱惑着饥渴的猎物。雉凌乱翻书，专看图片，眼皮滞重，头靠椅背，四肢浮游般摊开，像老鼠溺死捕虫瓶中逐渐沉睡。雉看见自己沉到捕虫瓶底部虫骸中，弹撞出几只蜘蛛脚和蜂头。脸、腹部和性器官的皮肤开始剥落，慢慢延伸至四肢。雉看见全身皮肤像香蕉皮一样被搓掉，头发、阴毛、手脚指甲开始脱落，肌肉一片片爆炸般散开像被一群秃鹰耙食。雉看见自己化成猪笼草新叶，但很快又被一种怪兽嚼食掉。那是什么怪兽呢？"……哺乳类……奇蹄……喜食嫩枝、新叶、树苗、葛类植物、烂果……常泡在泥沼中……角可用药……"

醒来时发觉小女孩不知何时又像一片蕊夹在他和母亲二尊中，一双骨碌碌溜转的双眼正凝视雉，好似又透过母亲口中的食草兽研究雉。母亲的朗读仍然清亮而准确，摊在腿上的书本出现一幅亚洲地图。雨蛙背上画着红毛猩猩、长鼻猴和弹涂鱼。马来蟒肚子里有一只貘。

吃午餐时，那母亲像稀有动物调查雉。

"台湾出生吗？"

"不。婆罗洲。"

"国籍是……"

"也不清楚。十九岁来台湾念大学，随后弃了马国国籍。台湾人把我当作来自东南亚的野蛮人……"

"是啊。就像红毛猩猩，放生时，还是要回到婆罗洲……"

雉嚼着一小撮甘蓝菜。"……和外劳。我还好。我的一些朋友，只要没有入籍，大学教书匠也罢，水泥匠也罢，一年规定筛检一次艾滋、梅毒、淋病……"

"做什么谋生？"

"教洋文。"

"难怪看这么深奥的洋书。回出生地干嘛？"

"家里有事……"

"家里有几人？"

雉不愿意回答，含糊嚼着一块餐包。"……父母健在……下面还有弟妹……"

"还没结婚？"

"没……"

"多大了？"

"三十……"

"早点结婚。你们华侨应该像孔雀鱼一样多产，人数上占优势就好办事。你吃素？这鱼排……"

雉竖起刀叉。右手边小姐妹边吃童餐边用塑胶汤匙和叉子攻击对方，母亲枯黄的肥齿啃着鸡排，父亲饱食后一张汗脸像鳟鱼头搁在椅背上。左手边小女孩嘴里啃着食物，眼睛早已困得合上。念《动物地图集》的母亲仍然将食物塞入她嘴里。舱壁上的电视荧光幕上有一张东南亚地图，一道红线从台湾蛹指向雨蛙头，显示七四七飞行轨迹。线的尽头逐渐朝雨蛙贴近。雉走向机舱后方，进入洗手间。雉的屁股徐徐着陆马桶时，秽物迫不及待卸下。七四七飞入乱流。

七四七降落雨蛙头上。雉转搭较小的七三七朝蛙脖子飞去。下个目的地四十分后抵达，七三七没采高空飞行，雉用和食猴鹰相同的视野鸟瞰雨林和河流。数千树种簇拥在一块沃土上。高矮不一的树蓬，崎岖起伏的丘原，黑色或浊黄的S型大河，大块云影像蝙蝠夜飞，稻田像龟肚子。雉看见河岸上破棺般的舢板和马陆般的长屋。莽丛中偶尔冒出一栋或一群浮脚楼，锌铁皮做成的生锈屋顶，晾衣服晒鱼虾的阳台，绿色毛毛虫似的菜畦，针眼般的水井。七三七下降时，更多浮脚楼出现卵状窗户外。雉看见打赤膊的男人砍腊肉般的木柴，戴草帽的女人像蛤蟆蹲在菜园中，屋檐上像蟒蛇的睡猫，芒果树上像枯枝的大番鹊。七三七停在机坪上时，雉看见机场外雨林边缘聚集着工人和庞大机器，大树被拦腰锯断整齐堆积着像一群小山。雉下机后那机器操作时的声响使海关职员张口无语。那声响附带一种无孔不入的杀戮和绞食，在它的音量范围内穿脑凿心地感染着每一种东西，让雉的触摸充满破坏。

●

雉抵家两小时后招计程车赶赴锣市市立医院。锣市道路两旁已很少看到浮脚楼，大部分是钢筋水泥双层独立洋房，部分仍是待售中的新屋。在马国绘制的长远美景中，锣市像一翻黯淡羽毛加入了经济起飞的灿烂大鸟。从肤色长相分析，近五十岁而满脸风霜的司机血统模糊，神似马来人、达雅克人、印度人或随着经济起飞大量偷渡的印尼仔，但司机却自我介绍是华人，为了博得雉的信任，用流利的客家话广东话华语抬杠。雉半信半疑，没有心情进一步试探。如果乘客是英国人或马来人……司机的英语或马来语也会像天堂鸟求爱一样华丽吧。车子横蛮地冲上一座山坡，在两旁长满朱槿的马路上奔爬。天边只有一二朵细云，下午五点的阳光仍然肥大得令人窒息，曝晒得树丛建筑物臃肿矮胖。行人仿佛处于静止状态。直到计程车停在医院门口，雉才感觉世界在蠕动。

付钱时雉终于认同司机的肤色和越讲越绵密有机的广东话。雉偷偷比较一下彼此。对方红褐如果蝠，自己枯黄如稻秆。雉相信只要在赤道下多晒几天，就可以将多种肤色混为一体，还原为婆罗洲之子，像北极雪兔披一层保护毛色。

医院两年前才启用，双层钢筋水泥的灰白建筑物连绵不绝坐落在绿树和花园中，一望无际的停车场可以停下整个锣市长了轮胎的机械。雉进入医院大门就突然迷失方向。出入之洞如蜂巢，无所不在的马来文像捕飞禽的鸟黐，粘住雉这只迷鸟。碰了十数个钉子后，雉终于像爆破专家找到藏在密处的炸弹慢慢挨近服务台。柜台小姐是一个戴眼镜的马来女孩，正忙碌应付电话和文件。雉觉得她体内有一个准确的计时器嘀哒嘀哒运转。

"对不起，"雉说，"我找余丽妹的病房，是一位产妇……"

女孩放下电话，说着荒废已久的英文："……生？……生……了吗？"

"生了吧，"雉润饰她的句子，"已入院一个多星期……"

"你往前走……一直走……一直走……"女孩站立着用手势造句，"走……不停走……有一个牌子……写着……B4栋……

右转……"

　　雉穿过数栋建筑物和数不清的走廊、花园才挨近 B4 栋。一只黑扑扑的大野蜂沿途追踪，被雉用一块落叶击倒，踩死在 B4 栋入口处。鸽屎般的尸体使雉产生莫名懊恼。那野蜂肤色和毛森森的瘦弱体态，它和雉之间的龃龉斗争，让雉幽灵般想起刚才那马来女孩。热心引路的野蜂仿佛就是那言语支吾的服务员化身。雉很想回到服务台悼念一番。

　　一棵高大的五点树竖立在 B4 栋右侧，五点树后方是一棵肥矮的炮弹树，炮弹树后方是一棵树蓬开满红花的印度玫瑰。五点树至少四十公尺高，炮弹树腰身四五人围，印度玫瑰爬满葛类植物和绞杀榕。三棵老树显然是代代相传的原住民，永久居留权比医院资深千年以上。婆罗洲雨林隐约浮现在屋檐和树缝间。雉忽然对医院的广大属地感到愤怒，用力推开 B4 栋大门。

　　也有一个 U 形柜台像花台嵌在墙上。柜台上也摆了一盆像是野生的兰花和黑眼苏珊，也许是员工从雨林边隄顺手掘夺的吧。柜台后坐着两位马来护士小姐，仿佛两朵就要盛开的白色花苞，其中一位长相和刚才服务处被雉当野蜂踩死的小姐神似。雉惊讶地凝视着忘了开口。

　　"有……事吗？……"也是步履蹒跚，抵达雉耳朵时不止摔了一跤的英语。

　　"我找余丽妹，一个产妇……"雉扶持着她的英语。

　　"是……你太太？……"

　　"不。我妹妹。"

雉朝 11 号房走去。雉仍然记得十五岁那年和总督在红毛丹树下散步时，祖父牵着九岁的丽妹在暮色中走过一道独木桥，打开一道木栅栏，经过余家的凤梨园和胡椒园，在野草朦胧和归鸟嘈杂中步入余家家门。雉的老家是一栋浮脚楼，坐落雨林边陲，围绕在果林、农作物、石南树丛、矮木丛和莽丛中。十八座窗户，三道门，数不尽的小气窗，黯红的锌铁屋顶，铅灰色的盐木浮脚，像大角鸮盘旋莽丛。雉小时候常抱怨浮脚楼太矮，如果像左邻右舍有一层楼高度，总督就可以悠游楼下，弯刀般的长角就不会撑破浮脚楼地板。祖父坐在波罗蜜树下吹糊出像蜥蜴干的浓稠烟球，说现在毒蛇猛兽少了，房子像鸟窝吊在空中有什么屌用？祖父晚上陪雉到香蕉园拉屎，用手电筒照射和咒骂黑暗中掠食的大蜥蜴，说盐木价格惊人，你老爷我为了这批盐木少抽了三个月鸦片。祖父将他对大蜥蜴的怒气和对鸦片的痛苦抑制合而为一，抽出番刀追杀大蜥蜴，让雉吓得一筒糯米饭似的热屎收缩得隐秘曲折。祖父午后躺在丝棉树下兽栏旁麻袋吊床上，热汗淋漓从一个长梦中惊醒，坐在吊床上久久不语。祖父抬头仰望丝棉树，聆听树内树外动静。丝棉树上五脏沸腾，欲语还休，弥漫百年污秽。丝棉树下筋骨淋漓，弥漫千古奇痒。祖父搔着黑白斑驳仿佛一锅热乎乎稀饭的头发，吹糊出一朵蛙卵似的烟球，烟球飘浮在终年潮湿阴暗的丝棉树下，蜕变成两栖动物扑跳树上树下。祖父在烟球吐哺到一定数量后，荤言腥语诉说那个长梦，那个长梦胎动频繁但是永远没有瓜熟蒂落时候，使祖父肉体消瘦心思脑满肠肥。是二十多个苦力模样男人，大部分清朝装束，头上盘着辫子，腹下挂着肠子，缺手断脚，拆卸浮脚楼的盐木浮脚和梁柱去支撑巩固那座七十多年前发生灾变的矿区。据说矿区崩塌后，活埋其中的二十多个矿工从此阴魂不散，入夜后即提着采矿灯寻找最坚固耐用的木材试图重建矿区。曾祖不得已雇了一批工人深入矿道挖出部分骨骸，请道士在灾变处撒下数道符咒，慎重迁莘安葬骨骸。不知道是曾祖苦心感动鬼魂，还是符咒奏效，祖父从此常常梦见十八只长着人头的矙屃驮着浮脚楼十八根盐木浮脚像牛一样彻夜吼叫。祖父吹糊出几朵蕈菇状烟球，闭目不语。兽栏内总督叫声如鼓，蹄声如雷，金属搔刮声丝丝入扣，让雉不止一次以为总督皮褶内数不清的弹头箭矢相互摩擦碰撞火花四射。"总督！"祖父懒洋洋吆喝一声。

祖父母在丽妹初抵家门那晚在丝棉树下模糊对骂，雉在丝棉树外试图窃听，只听见总督响彻野地比祖父母争吵更愤怒响亮的雷鼓声。吃晚饭时，丽妹已冲过凉，换上母亲少女时代装束。雉觉得丽妹手指细如木筷，手腕好似饭勺柄。缺阳的五官让人想起满月娃娃，光溜溜的头皮像刚冒尖的蕈菇。

"小弟，夹菜……"雉说。

"是你妹妹……"祖母说，"叫丽妹……"

"什么时候多了个妹妹？"雉的弟弟，八岁才会叫"妈妈"的鸽，忽然口齿伶俐插入一句。鸽满嘴白饭和空心菜，两颊像猪腮，让人质疑发声的空间和器官。雉记得六岁时母亲曾生一婴，落地夭折，兄弟俩在果园里试图替妹妹造坟。雉用旧猪槽充当小棺木，棺中放一个枯草填充的布娃娃，木碑上刻"阿雉阿鸽妹妹之墓"，土坟四周竖一排小树枝和栽种野兰，无聊时摘几根草秆点燃，乱拜一气插在坟前。三个月后，鸰说妹妹应该只剩下骨头了，掘坟开棺，清出布娃娃，将猴园里一只病死的食蟹猴放入棺中。又三个月后，兄弟开棺检视猴骸，果然和人类婴骸难分轩轾。兄弟在果园游戏时，偶尔会看到一只憔悴多毛的猴子，穿着和布娃娃类似的小女生服装，铿锵当啷咬着一个空炼乳罐头。

母亲不语，用她缺了两根手指的手掌摸了摸丽妹左手臂上的猪笼草刺青。那是一支小指粗长的猪笼草瓶子，瓶嘴撑着指甲大小的瓶盖，左右各有一片蝉翼似的叶子，像女子生殖器剖切图附着在丽妹左臂上。大家注视着丽妹手臂。

"这刺青……番人的玩意嘛……"母亲说，"以后别刺了……番鬼不卫生，刺这东西会染病……"

"乖孙女，马上就要长出来啰，"祖母拍着丽妹后脑勺，夹一块鱼肉放到丽妹碗中，"不必担心……你只是长得比别人慢……等它一抽芽啊，就像野地里的蔓芒萁，哔哔剥剥，又高又茂盛，砍都砍不完……"

丽妹低头扒饭，用柔顺和沉默度过她在余家的第一晚。雉看见丽妹牙齿出奇细致，白中带黄，仿佛她嘴里啃着的饭粒。雉觉得那一碗饭仿佛早夭女孩来不及抽长的齿冢。

"是啊……多吃……"母亲说，"多吃才会有养分，那头发马上就会长到地上去……"

祖母母亲二位培植过余家一大片农作物的哺娘[1]开始像农作物培植丽妹头发。丽妹抵达余家第二天开始会诊中西巫医，抹草药，

---

1 妻子，客语。

吞符咒，拜神鬼，头皮依旧光秃秃，亮如白玉，滑如椰肉，嫩如刚冒尖的蕈菇。父亲从伐木厂休假回家时，在一个幽暗早晨牵着丽妹走入雨林。传说女人被猎过人头的达雅克男子以手抚头后可以长出美丽丰润的头发。父亲在雨林辗转流徙十多天，终于在一栋长屋中遇见一个二次大战时砍过日本人头颅的达雅克老头。丽妹看到吊挂长屋屋檐上一篓篓骷髅头就细声哭泣，死也不肯走入长屋。父亲安慰她：丽妹乖，将来长出美丽头发，嫁个和摸你头颅的达雅克叔叔一样英勇的男人……年迈的达雅克战士严肃地执行了这古老仪式，手掌每抚一次丽妹头皮，丽妹就不由自主抽搐一次，直抚到她滑落两行清泪。父亲准备住宿长屋一周，让丽妹早晚接受一次赐福。第三天达雅克老战士拒绝了这仪式，透过翻译告诉父亲：当年我砍下侵略者头颅，一来是为了保家，二来是为了获得姑娘爱慕。我这双手只能抚摸我心爱的和中意的姑娘，在你百般恳求下我极不情愿摸了这位小孩，最后一次我心中升起了使我羞耻的念头，请原谅我，这小孩已接受了我足够法力……。战士腰挂当年砍过人头的番刀，喃喃独语，幽幽鸣唱，走出长屋消失雨林中。一个月后丽妹随父亲返回余家，二哺娘、雉和鸽发觉丽妹头皮又坚又脆，像肌理密致的小月亮。

丽妹九岁开始拥有二哺娘利用草秆竹藤羽毛编织的十多顶帽子。雉和鸽不止一次问丽妹喜欢什么款式的帽子，丽妹总是不答，直到有一次他们三人走在马路上，一辆外国人驾驶的跑车从他们身边呼啸而过，车后坐了一个金发女人，头戴一顶缠着绿饰带的黄色布帽，丽妹用手一指，说：瞧，多美！雉和鸽觉得那顶帽子让洋女人的金发衬托得像光芒万丈的皇冠。第二天同一个时候兄弟俩推着脚踏车守在同一个地点，跑车迎面呼啸而来时他们骑上脚踏车追逐。第三天他们又推着脚踏车守在昨天跑车消失他们追赶不及的地方，跑车迎面呼啸而来时他们又骑上脚踏车追逐。如此追逐五天，终于看见金发女人住处，一栋孤伶伶坐落海边的双层水泥洋房。兄弟观察两天，肯定主人日出夜归后，翌日下午翻墙入屋，在女主人卧房找到那顶追寻多日的帽子。帽子挂在化妆台右边墙壁挂钩上，两条绿饰带从帽檐像天堂鸟尾羽垂下，仿佛一头肥胖的雄天堂鸟鼓起羽毛翘着弹性十足的屁股。雉从墙上取走帽子时，鸰突然惊呼一声，手指化妆台。雉看见化妆台上竖着一颗金发人头，一个尖下巴高鼻子没眼睛的模糊五官正从化妆镜中"凝视"兄弟，墙上一个大洋钟额头忽然打开一个小洞，飞出一个吹喇叭的赤裸小天使"嘟——嘟——嘟——"发出三声鸣叫，同时洋钟下巴大张，吐出一对洋情侣搂腰共舞。兄弟慢慢靠近化妆台，发觉人头只是塑胶模型。鸰狠狠敲了一下化妆台：这洋婆子头发是假的！兄弟从此才知道世上有假发这玩意儿。

雉和鸰在果园里当年造小坟的地方将帽子金发献给丽妹。帽子继承了洋女人的额粗头肥，大而不当戴在丽妹头上，丽妹忍不住笑了，露出像荚果裂开时整齐排列的豌豆小齿。丽妹看到金色假发时，表情令兄弟一辈子难忘。雉和鸰发觉丽妹简直就像跑车上洋婆子小时候化身。丽妹以这套装扮和兄弟在果园野地里游戏。画眉歌声响彻野地，像许多小溪流流过野地。鱼狗叫声扎耳，像一道激流冲入野地心脏。麻雀的合唱平稳而不中断，像星布四野的小水池。

"妖精！"

一群少年从矮木丛中冲出，将兄妹们压倒在野地上。三个大男孩慢条斯理走出矮木丛。

"等你们很久了……"

"听说小尼姑长头发了……"

"尼姑长什么头发！让我摸摸看……"

他们胸前挂大弹弓，裤袋装满小石块和锡弹，腰上倒吊几只死鸟。雉和鸰各被一个孩子骑在肚子上，两脚被另一个孩子压着。两个孩子从两侧各压着丽妹手脚。雉和鸰越挣扎，坐在肚皮上的孩子就越频繁出拳。三个大男孩走到丽妹身旁摘掉她的帽子。

"金色的！番人！妖精！"

一个男孩摘了丽妹金发，摸了摸那光秃秃像蕈菇刚冒尖的头皮。

"假的！假的！尼姑还是尼姑……"

另一个男孩鄙夷地踩着野地上的帽子和假发。

"放了我妹妹……"

"不可以！不可以弄坏头发……"

雉和鸰每说一句，拳头就落到脸上。

三个大男孩嬉笑着蹲到地上，在丽妹头皮上又是一阵抚摸。"妖精！你到底是男是女……"

"脱了！脱了！……"

一个大男孩突然扯断丽妹身上雉母亲少女时代的衬衫纽扣，露出丽妹十岁已部分发育的胸脯。

"看不出来！看不出来！脱裤子！脱裤子！"

28

鸲狂吼一声，将身上两个孩子推倒，抽出后裤袋中的小钢刀冲向丽妹。他踢翻两个压着丽妹手脚的男孩后，其余男孩则松开丽妹，将鸲圈住。丽妹拉上衬衫，扑向一排矮木丛，蹲在矮木丛下哭泣。她软热的头皮被树枝划出几道血丝。雉也和孩子们扭打成一团。鸲用小钢刀在空中划出呼呼声响。

"小王八，给我滚。"

祖父拿着猎枪，背一截像老树的竹篓，戴一顶像灵芝倒竖的松软布帽，吹糊出羊屎似的颗粒状烟球，拨开一簇蔓芒萁走向鸲。孩子一哄而散。

"龟孙，讲过几千几百次，不要带丽妹出来。"烟球进一步模糊布帽下祖父的老脸，虚拟出各种似哭非笑的神情和匪夷所思的五官拼凑，进一步凸显祖父大颚大牙的牛马因子。"我看你们帮着外人欺负丽妹，让你妈知道不剥皮煮烂才怪……回去，还不回去……"

祖父没有注意到已经被彻底破坏的帽子和假发。两个月后，父亲趁伐木厂放长假时带回一套黑色假发，晚上在浮脚楼客厅慎重举行了一场授发仪式。假发披在丽妹头上时，丽妹嘴角长出两个靶状酒窝，两撇豆芽眉极富韵律地跳动，睫毛下的眼珠子仿佛硕果。

"丽妹，你是我目视过最美丽的女孩子呢……"祖母说。

"甚好，甚好，"父亲绕着丽妹，仿佛检视一棵即将被他放倒的大树，"是一个十二岁达雅克少女的头发……虽然安慰她头发剪了还可以长，可是剪的时候还是哭得很伤心……讲好三十元，后来不忍心又补了二十元……丽妹，你中意就好……"

"看这头发长得像野草一样密，会不会被砍人头的摸过……"

母亲像嗅椒粒嗅着丽妹头发。

　　丽妹戴上假发后从此才获准和二哺娘外出，和兄弟一起上学，一起在果园野地游戏。孩子们在矮木丛遇见寻找大番鹊巢穴的三兄妹时，丽妹的美丽使他们感到窒息。他们傻乎乎地站在野地上，仿佛屈服蟒力下的失声猴。

●

　　雉推开十一号病房大门。房内有三床，靠墙二床占着病号，中间空一床，纯白床单仿佛裹着大棺木。雉凝视空床。枕头和床中央凹着一个人形，忠实地反映出病人的瘦骨嶙峋。窗外簇拥着木槿、旅人蕉、棕榈，陶制的大小盆栽盛放着各种兰花，鲜艳的花海仿佛堆积如山的蝶冢，年华青涩的相思树和热带柳依偎在五点树和炮弹树等等年华老去的原住民胯下。树枝上、草坪上、步道上栖息着一群乌鸦，像出席葬礼的西方绅士淑女。雉发觉以后总有一群乌鸦肃穆地栖息在医院草坪和步道上，木讷得像橱窗中一批无人光顾的黑色高跟鞋。坐在轮椅上的病人接近鸦群时，它们非但不离去，反而深怕吓走病人似的徐徐靠近，昂首凝视病人一双对衬下苍白如雪的脚丫子，这情景仿佛一个走得疲累的女士脱去高跟鞋休憩。十一号之B……怎么是一张空床？雉左右望了望。母亲歪着头从右边靠墙病床旁凝视雉，伸手向雉挥了挥，随后把右手食指夸张地压在唇上。母亲食指肥短多茧，脆而硬，如鸭嘴，展开恰好六公分，是她衡量瓜果和一切长短的依据，是八指中最受重用的大将。母亲少女时代收割水稻时，外祖父用镰刀斩蝎子，削断站在身后母亲的小指和无名指，使母亲拍实菜畦上的松土时留下类似大公鸡的爪痕。"睡着了，"母亲用鸡爪和另一只五指齐全的手收拾饭盒，竟然没有发出一丝声响，"丽妹喜欢靠墙睡，所以换过来了，但床号一直没改，唉，公家医院……"

雉走到病床前。丽妹趴卧床上，脸朝墙壁合上眼睛，被单盖住整个产后身子，露出被单外的头半陷入枕头中。头皮依旧嫩如刚冒尖的蕈菇，脸上肤色比从前稍深，耳鼻红润得像刚在太阳底下曝晒过。雉已有七年没有见到丽妹。"身体还好吧？"雉小声说。

"还好……"母亲已将便当收妥。

"什么时候生的？"

"前天……"

"孩子还好吧？"

"等下再告诉你，"母亲将椅子放到墙角，"丽妹刚吃完晚饭，让她多休息吧……我带你去看孩子……"

"记得叫他们把床号更正过来，免得写病历时弄错了……"

"是啊，昨天有一个糊涂医生看见丽妹的光头，以为要动脑部手术，差点把她推到手术室去了……"

左边靠墙病床躺着一个头发散乱的老妇，用一双果核般的眼睛目视母子离去。雉发觉母亲在迷宫般的走廊上穿梭自如，仿佛烈日下巡视胡椒园玉米园。不远的雨林上空抹着满天霞色，犹如曝晒中的数千枝红椒。医院的巨树和花园也逐渐笼上一层暮色，不似先前刺肤扎眼。成群结队或落单的归鸟飞向巨树，雉忽然发觉树上鸟

巢多如医院病床。寂静的医院突然塞满健康快乐的鸟声，正在巡视
病房的医生和护士也步履如鸟，围着病床啁啾。探病的家属老少出
动，鲜花和水果充满祭拜意味，玩具熊满脸病容。雊忆起午后放学
回家寻找丽妹，看见丽妹坐在果园里荡秋千哼儿歌，戴着野地里被
践踏过的帽子和金发。帽子黏乎乎像土蜂窝，金发稀疏像玉笋须，
使丽妹五官有时候嫩如青草，有时候韧如老藤。丽妹荡完秋千后，
从裤袋拿出一个塑胶袋，将帽子和金发放入袋中，走到隔离果园和
矮木丛的铁篱笆旁，挖了一个小洞将袋子埋妥，戴上那顶达雅克少
女的黑色长发。

　　那个夏日午后两点左右，鸰和丽妹在矮木丛一棵沙士树下放风
筝，雊坐在红毛丹树下看书。雊偶尔抬头，就看到远方一只红色和
一只紫色菱形风筝悠游在碧海般的天空，宛如在飞机上鸟瞰海上两
艘红色和紫色风帆。天上同时盘旋着一两只消瘦的苍鹰。红毛丹树
上结满红皮白毛的熟果，很像一窝窝腆肚大肚子的雏鸟。雊只要看
到紫色风筝亦步亦趋追撞红色风筝，或像蜂鸟求爱绕着红色风筝打
转，就知道鸰正在戏弄丽妹。红色风筝试图反击，但在紫色风筝的
高超飞行术下丑态百出，最后躲在一块白云下生闷气，惹得紫色风
筝在一旁频频点头摇尾赔罪。雊一时童心大发，回房取出自己已有
三年飞龄的蓝色风筝，顺风放入空中徐徐向紫色和红色风筝靠近。
当蓝色风筝已高高飞在红色和紫色风筝上空准备俯冲而下时，雊忽
然发觉紫色和红色风筝正急速后退，倒栽葱翻筋斗渐行渐远离蓝色
风筝。雊起初以为是红色和紫色风筝结成同一阵线应付蓝色风筝俯
冲而下的策略，正准备放长线追踪时，却又发觉红紫二风筝撤退得

又快又狼狈，转眼就要无影无踪，显然已断线。雉一惊之下，绕子脱手而出，让蓝色风筝拖行了一段路挂在铁篱笆上。余家的风筝线是鸰将玻璃片磨成沙粒状，搅拌在捣烂的仙人掌汁和面粉煮成的糨糊中，以拇食二指涂抹于线上曝晒制成。这种风筝线锋利如刃，能轻易割伤手指和切碎细枝绿叶。鸰如此用心淬炼风筝线，无非防止别家小孩以同样粘上玻璃碎片的风筝线切断和抢走他的风筝。但鸰淬炼的风筝线比别人锋利耐用，关键在于他的粘着材料除了煮烂的面粉，还有捣烂的仙人掌汁。据说这种仙人掌汁和面粉组合出来的黏性最细致坚韧，将玻璃碎片固着风筝线上永不脱落，别家小孩不了解这个小秘诀，和鸰对决数次后再也不敢出手。鸰和鸰精心制作的丽妹的风筝，怎么会突然断线？

雉离开红毛丹树飞奔向矮木丛。

鸰和丽妹在沙士树下放风筝时，苍鹰在他们斜后方逡巡不去，阴影在沙士树树荫中出没。它飞得又高又优雅，注视着沙士树后石南树丛下活动的白腹秧鸡家族。传说它不喜欢中午出猎，顾忌的就是烈日会将自己的阴影笼罩在猎物上。这苍鹰在日头稍微偏西后即出巢，显示家里可能新添一群馋嘴的小家伙。强烈而带着海味的季候风吹拂野地，声音苍凉洪亮。一群小蝴蝶仿佛小风筝在莽丛上飞翔。鸰的紫色风筝，向红色风筝横扑过去。

"丽妹，小心，这是饿虎扑羊。"

"哥，别闹。"丽妹撒线让红色风筝后退数步。饿虎扑了个空。

"是丽妹……"

矮木丛后走出六个少年，身高如鸰，其中三位看过丽妹的十岁胸脯，摸过丽妹柔软的头皮，践踏过丽妹的帽子和金发。他们敏捷精壮的身子忽然笼罩在沙士树荫影下。

"干什么?"鸰拔出裤子后的小钢刀。天上风势强劲，红色风筝逐渐左倾，翻了一个小筋斗。

"丽妹，你右舷太轻啰，应该系一块布平衡一下，风再大就会翻到地上……"一个长发披肩的黑少年靠近丽妹拉了拉风筝线。

鸰推开长发少年。"别碰丽妹的风筝!"

长发少年耸了耸肩。"做个朋友嘛?丽妹，上次的事很对不起……"

丽妹抓着绕子靠近鸰，怒视长发少年。

"上次的事还没有和你们算账……"鸰捡起野地上一个完好的可口可乐玻璃瓶子，在空中甩一圈，左手攒着瓶颈，右手上的小钢刀砍向瓶腰，瓶子后半部应声破裂。这一招鸰练习了很久。

鸰的动作迅速利落，长发少年表情冷漠。"阿鸰，听说你做的风筝是全锣市最好的，一起玩嘛?丽妹，你说好不好?"

"滚。滚远一点。"鸰说。

六个少年已将鸰和丽妹围堵在沙士树下。

"不玩风筝也可以，玩别的嘛?"长发少年突然嬉皮笑脸，"做朋友嘛……"

"不和我们玩，就不放你们走……"另一个少年说。

站在丽妹身后的少年突然伸手抓走丽妹假发，转身逃向野地。丽妹惊叫一声，绕子脱手而出。鸰扔掉绕子追过去，五个少年围住鸰。蓝色风筝正飘越沙士树，而红色紫色风筝越飘越远，消失在一群大树后。鸰挥砍小钢刀和玻璃瓶，少年们节节后退。

"丽妹！快跑！告诉大哥和阿公！"鸰的小钢刀和玻璃瓶在烈日下闪闪发亮，少年们不敢靠近，可是鸰也无法突围。

丽妹快接近香蕉园时遇见了雉。雉看见丽妹烈日下发亮的头皮和脸上两行清泪，不发一言继续冲向野地。少年们看见雉后怪叫数声，四面八方逃向野地。鸰带领雉追向抢走假发的少年。半分钟后，他们看到一幅难以置信的景象：丽妹假发悬挂在一棵即将枯朽的小树上，已烧成一颗火球，一阵强风将火球刮到蔓芒萁中，引起一场燃烧一个下午和一个晚上的野火。

香蕉园撒满枯草和畜粪，长着稀落的羊齿植物和几撮了无生气的野草，偶尔从幽黯飞出一只深褐色大皇蛾。丽妹常以为那是母亲穿着深色工作服戴着遮阳头巾从园中走过。蕉树开花结果后，母亲以麻袋或厚布将果实套袋，防果蝠和鸟类。那批厚布多是家中不再能穿着的衬衫或裤子，仿佛一个只拥有上半身或下半身的人垂吊树上。从裤管伸出的纺锤状紫色花苞很像勃起的阳物，是雉鸰小时候嘲笑对象。丽妹本想绕过香蕉园到丝棉树下找祖父，但香蕉园的广大让她咬牙握拳冲入香蕉园。丽妹小心脏跳跃的声音几乎和双脚踩在枯草上一样扎耳。套袋不止一次打在丽妹头上，她终于忍不住抬头往上看，看见套在据说曾祖穿过的衬衫中一串绿蕉仿佛绿莹莹的肋骨，套在祖母穿过的唐衫中的绿蕉像野猪獠牙，套在祖父躺过的麻布吊床中的紫色花苞摩挲着丽妹头……丽妹咬牙握拳在香蕉树中曲回穿梭，突然看到香蕉树上没有下半身的和没有上半身的合为一体，在蕉园里幽幽穿梭。是一个长头发的黑衣女人。丽妹看见她的肠子像一串香蕉挂在肚子上，胯下被摧残过的性器官像纺锤状紫色花苞……一个小婴儿从迅速张开又枯萎的花瓣中破腔而出……

　　丽妹几乎张口尖叫，突然发觉自己已走出香蕉园站在丝棉树前。丽妹看见高达七十公尺的丝棉树在晴空强风中撑开六只螳螂似的枝臂，步履犹豫不决。丝棉树上还长着其他小枝小丫，但这六枝长满鸟巢蕨和各类附生植物的灰白枝干最引人注目，它们将丝棉树膨胀得既高且广，枝叶繁茂让阳光无法渗透影响树下的动植物生态。锣市没有一棵大树会像这棵丝棉树垂挂着如此众多斑驳的风筝尸骸。据说余家未落户前这树盘踞着一头大蟒蛇，一日傍晚有人发现树上长出第七根大枝臂，仔细一看原来是一尾大蟒蛇正伸长身躯捕捉一只食猴鹰。这蛇独居树上甚少离开，树上别无其他生物，人类不敢轻易接近大树，到树下寻食的野生动物常被大蛇从高空扑下绞杀。有一年一个不知情的达雅克少年爬上大树采野菜，从此失去音讯。数日后少年长辈出动整座长屋七十多个达雅克壮年汉子，每人携带一支吹矢枪围住大树，朝树上射了近千支抹上激毒的吹矢箭。十多天后，树上终于传来恶臭，达雅克人才翻身上树，看见早已腐烂全身插着百多支吹矢箭的蟒蛇尸体。达雅克人剖开蟒蛇，挖出少年人迄没有被完全消化的躯体。蛇骨至今还留在树上，被藤蔓等附生植物紧紧缠绕。丝棉树则承受了另外数百支毒箭，一度叶黄枝烂，几乎死去。老人家认为这是一棵毒树，皮肤沾到树汁就会腐烂见骨，没有药物可以救治，唯一办法就是连肉带骨削去。

　　"阿公……"

　　丽妹抬头仰望大树，觉得灰白斑剥的树身和六枝枝干仿佛一只巨蝎，尾巴像须根深埋土中。树下幽黯寂静，长着数棵比丽妹高大的羊齿植物。丽妹从来没有单独接近过树下，她对这树和这周围一切事物潜伏着莫名的惧怕。丽妹又靠近两步，鼓起全身力气呼叫祖父。丽妹终于看见那错落庞大的兽栏，看见一支弯翘像番刀但比番刀修长的巨物从栏中刺出，听见一阵雷鼓声从树下一直奔腾到树上，清楚感受到栏中兽无坚不摧的尖角锐蹄和密密麻麻形成皮襄一部分的弹头箭，也清楚听见一阵金属搔刮声仿佛一个老妇用指甲逗玩一批首饰。祖父第二天拜访六个男孩父母亲，向每人索赔五十元，同时打了每个男孩两巴掌，偷走假发的男孩让祖父拧着耳朵绕着他家走了一圈。祖父回家后说假发才花了五十元，我们现在得了三百元，够了。说完把钱放在祖母手上回到丝棉树下。祖母托人把钱捎给伐木厂里的父亲。父亲带着三百元找到从前卖发的达雅克少女，花了相同价钱买下她已长长的头发。少女这回笑嘻嘻落发，告诉父亲她妹妹也想卖发。两个多星期后，父亲托人送回家里一顶长发和一顶短发。

高中毕业一年后，祖父将雉送到台湾念大学。"有出息一点，最好不要再回到这块鬼地方。"祖父坐在丝棉树下吊床上，吹糊出一颗颗灵芝状荷叶状烟球，用一根缠着钢丝的藤条拍了拍兽栏。"你要走了，再喂它一次吧。"雉用番刀在家园四周砍下两畚箕青草嫩叶，摘了半桶青果和捡了半桶烂果，从阔得可以伸入整个头颅的栏缝倒进兽栏。雉听见吱吱喳喳啃吃的声音，忍不住伸手入缝抚摸许久。兽栏中的粪臭弥漫草香和果香。"你要走了，再帮它清一次粪吧。"雉从栏缝伸入竹扫帚，将仍然温热的粪块扫出缝外畚箕中。雉将零星散布着榴　核、红毛丹核、波罗蜜核的粪块抬到丝棉树外，匀摊在树外祖父自己栽种的小型木瓜园、木薯园和甘蔗园中。"你要走了，再帮它冲一次凉吧。"雉拎着两个铁桶，走到丝棉树和野地中间一条小溪旁，将铁桶压入长满野空心菜和水藻的小溪中，提着两桶溪水回到丝棉树下。离开溪前，雉小心检视桶内，将意外吸入的两点马甲、孔雀鱼或攀木鱼扔回溪中。雉用力将冰凉清澈的溪水泼入兽栏，再回到溪旁汲水。如此来回十多次后，雉才回到树下拗了一根嫩树枝蹲在兽栏旁。"总督，雉要走了，"祖父躺在吊床上合上双眼，"跟他说再见吧。"雉将嫩树枝伸入缝内，喜悦感受它被啃吃时的栗动，仿佛攥住鲨尾巴。牙齿的咬嚼，舌头的舔扯，点点滴滴，如在心头。雉用力将树枝往后拉，直到总督头颅接近栏缝，整只角几乎叉出栏外。雉放了树枝，用两手抚摸那只角。树外木瓜园中已有十几颗瓜果呈橘黄甚至鸡冠红，被果蝠和野鸟啄出坑坑洞洞。雉提醒祖父摘木瓜。祖父说总督最近水果可能吃多了，粪便有一点稀。

"阿公，今天手气好吗？"雉说。祖父一向不回答这类问题。余家人中只有雉和鸽有勇气对祖父提赌场里的事。

祖父继续吹糊出灵芝状荷叶状烟球。

"阿公，让总督出栏散步吧。"

"不，"祖父从吊床上一跃而起，"我早制不住它了。"

雉想在丝棉树下陪祖父宿一夜。祖父说你明天一早坐飞机，树下蚊子野兽多……雉在丝棉树下用腐枝筑巢孵一窝火，火苗迅速喂大，依旧撑开大嘴索食，滋滋哗哗啃雉手里的燥叶干草。雉抽走数截腐枝，不让火势扩大。火势已稳，像两只金黄色斗鸡在划定范围内缠斗。祖父抽完鸦片后卸下刀枪躺在雉身后吊床上，呢喃低回，声音痛苦甜蜜，如少男文身。雉只有从火光中闪烁的猎枪番刀确定吊床上的人类是祖父，不是某种夜行兽，不是从树上出击寻找猎物的想象中的蟒蛇，不是处心积虑屠杀总督的一票来历不明的家伙，也不是擅闯家园意图不明的夜行人；确定那疥癣般附着在记忆皮囊的声音是祖父的声音，不是马来巫师呕出已久长了霉菌的咒语，不是浮脚楼里祖母父亲母亲老得包着茧的争执喉核，也不是毒脉偾张，使雉困眠，万物麻痹的丝棉树莘言腥语。总督轰隆撒屎，淅沥撒尿，在余家浮脚楼四周黑土上，褰袚长了疥癣，嘴角淌着霉菌，浑身老茧，独角闪烁丝棉树皮上的毒素，见人即追，见兽即戳。总督小时候食量骇人，稍长后横冲直撞无坚不摧，数度诱使曾祖动念放生，有一次它追剿一只惯常叼吃余家畜生的大蜥蜴，踏烂半座胡椒园，抵毁一座鸡舍，扯坏一百多码铁篱笆。曾祖与祖父用缠着钢丝的藤条将总督赶入雨林，将它弃于一块沼泽地上，但第二天中午总督在芒草水藻野空心菜围绕下像一截树骸浸泡在丝棉树后小溪中，如果不是无处隐藏的独角弯翘得实在不像枝干，没有任何人可以看出其中破绽。它浑身烂泥，直立野地如蚁丘，没有任何野兽可以看出破绽，如果不是它闷热难受寻找湿地泡泥澡。它像巨石竖立芒草丛和矮木丛中，没有任何大蜥蜴可以看出破绽。那天黄昏惯常叼吃余家畜生的那只大蜥蜴出现菜园时，总督冲散一批曝晒中的柴薪，柴薪像鞭炮爆破飞散，总督从柴屑中像一头舞狮冲向入侵者。大蜥蜴来不及逃回野地，扑向一棵矮壮耳环树，但是刚上树就从一阵巨大颤栗中坠地，让总督来回践踏成肉酱。曾祖终于了解总督从小在余家长大，早将余家家园划入它的势力范围，除了和它一起长大的家畜和余家人，不容许任何人兽刨穴刨食。总督如坚守地狱之门的三头犬，保卫家园凶残积极，戳死、撞死、踏死十多头野狗、大蜥蜴、长须猪、两头羊、一头牛、数不清的小动物和一个九岁男童。男童是潘家独子，曾落户现在余家果园最僻远一隅。枝杇叶落，花开果熟，须蔓不枯，猴雕，猿殇，月娘肌理皲裂，日头腥膻蝙蝠盘缠。果园幅地仅次玉米园，最初只比香蕉园稍大。曾祖与祖父垦荒时，并没打算将那一片野地纳入种植区。那里一半低洼腐湿，一半酸性贫瘠，石南树丛和猪笼草属蔓延。两年多后，潘家向殖民政府申请到这片野地垦殖权，填土添肥，植树浚沟，竟培养出各式肥嫩蔬果，但他们不知道总督早把尿屎洒遍这块野地，从他们当初放火烧芭开始，总督就在烟火弥漫能见度零中咆哮冲撞试图用四根肉蹄捶熄火种，直到他们锄田竖篱傍水造舍，总督的破坏从来未曾停止过。曾祖不止一次拴绑总督，但总督听觉灵敏，野地锤锯才刚清嗓，总督已挣脱枷锁，一路鲜屎干粪防卫家土去。总督两次撞毁潘家临时用原木搭建的小屋，十数次捣坏潘家的新篱菜园，踩蹦潘家两辆脚踏车成废铁。潘家全家日夜带刀，强力护土。"那畜生……野性难收……"曾祖说，"我下不了手啊……你们能剐……就将它剐掉吧……"潘家九岁独子习惯在矮木丛中撒屎，荤臭熏天，犯了总督大忌，它用关刀型头颅和偃月型独角将男孩抛入矮木丛，鸣如击鼓，雷蹄响彻云霄，时速六十公里。丛枝挂肠，浮云漫血。潘家人全体出动声讨总督，之前已刀疤累累但皮肉未伤的总督已不知去向，有一点可以确定：总督并没有远离野地，三不五时潘家垦地就出现它那地狱守门狗似的三蹄足印和新鲜的木屑状粪块。"那畜生……虽然野性难改……"曾祖说,"但知道闯了祸……不敢出来……你们找到它,就将它剁掉吧……"潘家不胜其扰,三月后另觅垦地,含泪离去。曾祖见那一片沃土荒废可惜,向殖民政府申请垦殖权,纳入果园种植区。潘家刚走,总督已扬着独角抖茎开肛,尿屎齐下,垂怜那片一度让陌生人侵占的野地。

祖父从吊床上翻身坐起伸了几个懒腰,跳下吊床,捡起地上的番刀猎枪,两眼闪烁着仪式似的呆滞,掀起四周一阵阴影杂声,丝棉树下筋骨淋漓,弥漫千古奇痒。雉回到浮脚楼睡觉时,听见祖父吹哨如瓮沉江河,唤来余家四只白天从不现身的深海黑犬,一人四兽,夜巡家园。祖父的一双皮革长筒靴,四犬的十六只黑爪,总督的四根肉蹄,侵入雉的听觉尾椎,兽性地退化雉,让雉一夜难眠,精血越来越趋近夜行。雉甚至看见祖父巡累后坐在门外木梯上吹糊土烟拭枪磨刀霍霍,总督挥臀枯坐如坟丘,四犬来去,一切如飞蚊症,在他夜行动物的色盲想象中。祖父、总督、四犬据守浮脚楼,在雉的星云爆炸不眠夜形成一颗钻型星座,护卫混沌暖昧的家园。四犬黑如蟒胆,除非有事,白天从来不走出浮脚楼下。它们黄昏出游时,也是它们撒野和淋漓尽致发挥势力时候,果园、香蕉园、胡椒园、玉米园也因为它们的出现而显得更阴黯,夕阳光彩尽失,那乌云蔽顶的年轻月娘仿佛一块瘀青头皮。四犬不管盘桓哪里,哪里就会阴黯晦败,蕈菇羊齿蕨蕤,马陆蟾蜍横尸。自从草食总督被长期囚禁丝棉树下后,四只肉食土犬扛下了护卫家园的部分重担,它们不像阳兽总督以庞大吨位和尿屎明白恫吓入侵者,也不像总督发出雄性鼓鸣，而是从无虚有伏击。四犬是祖父从众多野犬土狗中精挑细选出的，施以严格训练，但闻陌生气味即嗓门紧闭饱以狗牙，据说连邻居也少有人识得其真面目。它们白日各据守浮脚楼一角，入夜后二犬梭巡浮脚楼前后，另二犬围守丝棉树，隔两小时在祖父如瓮沉江河的哨声中聚合浮脚楼前四下夜巡。从黑夜到黎明，草食总督鸣如击鼓，声音弥漫皮之腥气；冲撞栅栏和丝棉树，声音充满尖角锐蹄；捶踩大地，发出蹂躏脚踏车铁皮屋的金属爆裂声。四犬一夜无声，用猪骨牛头磨牙，无限撑大肉食性下颚。

　　四年后雉大学毕业，返家第一件事就是探视总督。总督匍匐栏内，似睡非睡，两只蚬壳大耳扇了扇，从鼻嘴发出介于昏睡和烂醉之间的一道不沉稳雷声，似乎雉的出现替它的万里无云花叶扶疏的草食性动物美梦抹下一道阴影。祖父喜欢在睡前用烂果喂食总督，让喜欢泡在泥沼的总督烂醉如泥睡去。雉敲打兽栏，呼叫数声，总督不理。雉拿起番刀想清除兽栏上和树下藤蔓羊齿，忽然想起祖父任由它们生长必有道理，也许它们就是最好的掩饰、拟态。雉只削去兽栏上可能带有毒素的蕈菇，随后开始清理兽栏。祖父吹糊土烟捧着一粒大榴梿走到树下，用番刀将榴梿剖成四壳，丢两壳入兽栏内，给自己和雉各留一壳。雉看得出来祖父刚从赌场回来，手气很顺，烟球气足饱满，大小相同。

　　"阿公，督督睡了。"雉捧着四分之一壳榴梿，突然听见总督从鼻孔里发出一声响呼，抬起关刀型头颅嗅了嗅榴梿肉。总督显然早已听见一老一少走入丝棉树下，辨识出一老一少的熟悉气味，它在梦中看见一个年轻人用一双书生手清除它身上的蕈菇羊齿鸟巢蕨土蜂窝，用一把小刀刮走它皮囊中的弹头箭矢，当它身上的动植物和外来物全被清除后，它发觉自己瘦小得可以从兽栏隙缝中走出去并且轻快上树站在丝棉树梢上。祖父不说话，用手指夹起一颗榴梿果放入口内。总督连肉带核啃吃榴梿。据说土人视榴梿为催情剂，常以此果喂畜，因此六畜兴旺，春情遍野。"阿公，天天用这个喂总督，它又没有女朋友，怎么受得了喔？"

"龟孙，难道要我阉它吗？它只有吃这东西，才能保持充分斗志，对未来还存着点希望。"

祖父吱吱喳喳啃着榴梿肉，将榴梿果吐到地上。"总督，阿雄回来啰。还记得阿雄吧……雄啊，住个几星期，就回去吧，别回来了。"

丽妹此时已拥有四顶假发。晚饭后，雄拿出从台北捎回的礼物。祖父、父亲、二哺娘和鸽的礼物是衣服，丽妹是一顶假发。丽妹右臂又多了一块小刺青。

"是一位达雅克同学……带我到他们长屋里……刺的。"丽妹小声说。

雄注视着仿佛某种藤蔓植物的蛇形刺青。

"这图案很眼熟……"雄指了指客厅墙上和壁架上的摆饰物，"和那块木盾上的雕饰……几乎一模一样……"

二哺娘埋头吃饭。兄弟俩讨论着木盾上和手臂上的刺青。

"文身……痛吧？……"雄说，"丽妹……"

"痛痛……痒痒……"丽妹的声音很僵硬，仿佛透过某种喉，甚至舌喉也钙化似的。"痒时……像猫舔……痛时……像蝎子咬……"

"蝎子……"鸽盯着丽妹手臂。

"是啊……"丽妹用食指戳了戳纹案,"朋友说,这个就叫蝎文……看啊……这弯弯翘翘的……就是蝎尾……"

兄弟凝视纹案。二哺娘停筷,噙饭注视墨绿色的纹蝎,滔滔说起浮脚楼从前的蝎患和蝎猫大战……祖母说——大部分时候是她在滔滔不绝,母亲只偶尔插入一两句——那时候浮脚楼内外上下,任何夹缝暗穴,凡是阴黯湿凉处就有大量蝎子蛰伏,那是曾祖落户浮脚楼五年后。没有人知道为何浮脚楼一时之间冒出数量骇人的蝎群。曾祖、曾祖母、祖父有空即开柜倒瓮,见蝎即砸,但才刚清除过的地点,一两日后即蝎影成群。蝎群攀檐上壁,刨土削木,昼伏夜出,猎食蜘蛛、雨蛙、壁虎、蜈蚣、马陆、老鼠、蝙蝠和鸟类。浮脚楼雨季时阴晦潮湿,夏季时闷热干燥,糟糠猎物众多,蝎群衔尾交媾,背养子嗣,筑巢如骷髅。曾祖白天用手电筒照射浮脚楼下,发觉蝎子甲壳在黑暗中发出粉红色或绿色光芒仿佛毒荧光菇,已经没有任何小型动物胆敢走入浮脚楼下。护土大将总督视力不佳,无法准确侦测方位,只能利用嗅觉在浮脚楼下鸣鼓冲撞,但躲在木缝土窦中的蝎群毫发未损。它们尝试对总督狠狠螫了几下,发觉总督皮厚如砖,内藏弹头断矢,纷纷败退。那时余家尚未饲犬。隔一个月曾祖就对浮脚楼做一次地毯式搜索,熏烧消毒,几乎内外彻底整修浮脚楼,曾祖匿藏鸦片私房钱壮阳药的三处暗穴和祖父匿藏盗自曾祖曾祖母的鸦片私房钱的两处密窟——据说祖父用它们偷嫖马来种和达雅克种土妓——不止一次暴露在曾祖母眼前。祖母嫁过来时,蝎群已蔓衍至畜舍、果园、胡椒园、丝棉树下。

　　丽妹显然对这刺青相当满意，不顾二哺娘怒目相视，鼓励兄弟二人仿她文身，还说以后要更多图案，草草吃完，回到卧房，反锁房门。洞房夜时，祖母直喊下体疼痛，祖父不但会错意也不怜香惜玉，初尝人事的神经和阴茎抖擞了大半夜。第二天早上祖母左臀已一片红肿，傍晚红肿蔓延到整条左大腿。曾祖在臀部皱襞处找到了蝎咬，敷上祖父从中药店捎回的中药，但曾祖不放心，亲自用三轮车将祖母载到殖民政府开设的医院打了一剂抗毒蛇血清，两天后，祖母臀部大腿已开始腐烂出脓。祖母打了三剂抗毒蛇血清，敷了无数中药土药，伤势依旧。巫医中医西医都摇着头说，从来没看过这么毒的东西，再这样下去，这条腿恐怕难保了。

　　最好把那只螫人的蝎子找到。西医说。可能吗？

　　你他妈只顾屌……曾祖骂祖父。你他妈没听到你女人喊痛吗？

　　第一次嘛，痛是一定的……祖父说。

　　祖母是爱猫之人。她嫁到余家，什么也没带，只从娘家带来两只花猫，公肥母瘦，公猫喜欢睡在浮脚楼下像一只绿蟾蜍，母猫喜欢攀檐上树像极灰林鸮。不知道是余家的老鼠壁虎早已绝迹，或是二猫饥饿无聊，夜宿余家第一晚竟杀死三十多只蝎子，吃下其中十多只。从此猫蝎白天睡觉，晚上倾巢而出，鏖战至破晓。二猫拥有猫科类的狡诈暴戾，擅于暗算和先声夺人，总有办法在蝎尾释毒前将对手撕烂。二猫虽然尽忠职守，勤于搏杀，但敌众我寡，情急下常凄厉呼救。曾祖知道祖母娘家还有七只成猫，唤祖父带来其中五只，又向邻居讨获三只。生力军刚报到，浮脚楼内外蝎尸暴增，祖父一天内就扫获三畚箕。第六天，曾祖在隔热层里惊见一具猫尸，眼睁舌吐，死状恐怖。一月内除了最初那二猫，八猫先后殉职，曾祖厚葬在野地。蝎群从此绝迹余家。一个多月后，祖母左脚逐渐恢复正常，已能下床干活，日后祖母虽然大致康复，但左脚干黑缺肉，行动无力，左臀、大腿乃至左阴阜仍残留零星疥疮，据说祖父每次在床上看见这腿就倒尽胃口，情愿冒险嫖土妓也不再亲近祖母，父亲就是他新婚那晚撒下的种。胡椒园椒粒累累，已快到了采椒时候，夕日的斑斓漫染椒叶，鸟逐虫，婆娑迷离，雉仿佛目测到蝎影朦胧，嗷嗷吱吱，攀枝刨木，一只干瘦长尾猴蜘蛛状漫游，捧一支枯皱如织布鸟巢穴的猪笼草捕虫瓶，女孩着蜡染衬衫红色沙笼坐在一粒大冬瓜上，接下长尾猴的猪笼草咕噜咕噜喝下一笼清水。发飞如夜蝠，冬瓜应声破裂，皮瓤漫血。那晚霞死死地躺在那里，如被蛮荒之狮开膛剖肚的牛羚。

"丽妹变了……逃课，不爱读书……常和小流氓混……"母亲不知何时出现雉身边，仔细拗断遮阳的椒叶，"骂，打，关——足足关了十多天，没用，你阿公、爸爸也拿她没法……在学校里，有一个女生嘲笑她的光头，丽妹……抓着人家头发，从楼上拖到楼下……"

"也从来不到园里帮忙……"祖母也不知何时出现母亲身边。拗椒叶比母亲迅速果断，"算了……不爱读书……念完高中……就让她做事吧……"

二哺娘手起手落，将拗断的椒叶扔入背篓，仿佛当年总督偷吃椒叶。雉也帮忙拗。

"恐怕高中也念不完了……"

着红衬衫黑牛仔裤的丽妹出现在胡椒园外。长发扎了马尾，马尾如一缕炊烟。假发像一头黑金鱼。一个长发男生随后走出椒园外，骑上一辆机车。

"阿雉，你看……"母亲说，"刚才丽妹和那个小流氓不知道在胡椒园里做什么……"

"阿雉你下次看到那些小流氓，早早把他们赶走……"祖母挥了挥手，像在逐野狗。

又四年后雉第二次返家。如果用尺丈量，雉断定丝棉树长高了四五公尺。藤蔓和气根除了攀爬着大量野兰花、牵牛花和各种不知名野花，还有三四种猪笼草属，捕虫瓶像一批小萨克斯风或小茶壶。祖父在树下新盖了一栋小木屋，屋内有一张木床、茶具、衣服和几把番刀。雉随手摘了一根嫩枝伸入栏内。一个黝黑庞大如少年象的东西从丝棉树根上站起来，接近嫩枝。雉感受到一种窒息的压迫感逐渐逼近，仿佛丝棉树被连根拔起。吃晚饭时总督在丝棉树下吼声如鼓，用尖角锐蹄冲撞栅栏如雷声霹雳，发出忽远忽近有时刺耳有时柔和的金属声，让雉又一次以为总督四脚套上铐镣独角绕上钢索牵绑丝棉树下。雉已从鸽的信中知道丽妹高中没有念完即辍学工作，两年前和一伙朋友到马来半岛及新加坡，居无定处，游荡、工作，隔个半年捎一封信，寥寥几行问候和报平安，连地址也没有。

●

母亲推开婴儿房大门。正是喂奶时间。十多个新生婴儿躺在穿着哺乳装的年轻母亲怀里，合着双眼啜食母亲乳房。雉发觉大部分母亲的乳房比婴头硕大，乳头也硕大得塞不入婴儿嘴里。两三位母亲以奶瓶喂食婴儿，像开保险箱密码转动奶瓶。雉发觉她们也有丰乳，其中一位硕大如圣伯纳狗头。两排活动型婴儿床放在一个无菌室内，床上躺着五六位婴儿，有的酣睡中，有的由护士代喂奶水。无菌室内部还有一个小斗室，里面摆了三个保育箱，其中两个各躺着一个婴儿。

"丽妹孩子呢？"雉说。母亲伸出食指，指着小斗室其中一个靠墙的保育箱，确定雉知道后，才慢慢将食指放下。母亲的沉默，抬手指示之久，仿佛小时候有一次雉看见母亲抬手指着被蛮猴摧残得惨不忍睹的玉米园或被一场夏日野火夷成平地的胡椒园。保育箱内躺着一团肉疙瘩，被一层层纱布包扎着，伸出数根像某种昆虫触须的橡皮管。雉凝视许久，没有看见婴儿的五官或四肢，只看见类似头颅的圆形肉瘤，让雉想起小时候总督圂在红毛丹树下的木屑状粪便。

"早产两个多月……"母亲注视来来往往的护士，"很多毛病……能不能活下来都有问题……"

"丽妹知道吗？"

"还没告诉她……"母亲伸出双手八指拦住一个从无菌室走出来的护士。二人小声交谈了一会。母亲走回雉身边。"你阿公不管事……你爸还在林里……鸰不懂事……等下住院医生来了，你和他们谈谈，看看怎么办……"

雉和母亲走出哺乳室，坐在婴儿房外走廊上一排铁椅上。从玻璃窗可以看见哺乳室和无菌室，但放着保育箱的小斗室则消失在一排白色布帘后。母亲们哺完乳后，将婴儿趴放在胸前，细致得像护士敲击病人手腕找寻皮下注射的血管拍打婴儿背部。有的母亲像剥蛋壳撕开襁褓，捆上另一层襁褓，交回无菌室的护士手中。婴儿只露出一颗小头颅，躺在整齐排列的小床上，精致易碎地，像包装盒中裹着装饰纸的麻糬。雉在走廊上看见婴儿五官萎缩，小嘴像河豚御敌般膨胀，但哭声全无，让他想起压在水里受洗的啼婴。雉忽然看见自己站在学校走廊上凝视秽河，成千上万漂流物和动物尸体挤进无菌室，二十多张婴儿床也随波逐流，哗啦啦冲出婴儿室，母亲们在恶臭的河水中载浮载沉，婴儿床越漂越远。

"是你妹妹？长得真漂亮……好乖，给你送便当呢……几年级了？"

"小学刚毕业，下学期就升入我们学校了……"

三兽各据一角。左胸鼹狐，右胸野兔，肚脐眼花斑臭鼬。依旧是同一件动物衬衫，浅蓝牛仔裤，白色球鞋，长头发，站在校门口和姐姐聊天。雉发觉鼹狐盘踞的沙丘和野兔越过的土丘比一个多月前坚挺高大，接近额头的黑发则染了红褐色。雉忍不住又像夜行兽竖着长鬓角的耳朵，努力窃听三只小兽。中午送便当的家长挤满校门外，学生隔着校门寻找家长。校门前面马路上的车子像漂流物挤成一个个乱集团。嘈杂声干扰着雉的听觉，雉只获悉一个紧要讯息：一个多月前追踪过的野兔下学期会变成自己的学生。雉不想离开，装模作样站在校门口像在等人，在压肩叠背中像夜行兽监视猎物。雉一一打量猎物的头发、球鞋、鼻子、下巴，随后看到衬衫上鼹狐和野兔充满警戒地凝视自己的两双眼睛，不知为何，衬衫上的动物图案反而使雉感到更紧张，雉于是急忙看向别处。当雉终于有勇气再度寻找猎物时，三小兽早已烟消云散。那是去年六月底吧。雉大学毕业一年后在这所初中当上英文老师，但不到六年就倦勤，决定辞职返乡。雉写信告诉家人时，祖父反对，母亲也不赞成，父亲继续伐树。雉犹豫不决，辞职表虽然早已填妥，始终像写给情人的绝交信搁在办公室抽屉里。那年学期终了，雉还是没有递上辞呈。

"阿雉，医生来了。"

雉和母亲随着一位护士进入一间办公室。天花板上八盏扎眼的日光灯，仿佛冷血动物血管在建筑物内流窜的中央空调系统，像猪脂肪一样油亮的医生制服，靠墙近百个像寄物柜的长方形箱子和两张一尘不染的治疗床，让雉觉得像走进验尸室。一位不到三十岁的华人医生和一位约四十出头的马来医生坐在办公桌后，一位戴眼镜的中年女医生拿着一份文件站在办公桌旁。办公桌上大小纸张堆积如山，有的随意叠成一堆，有的捆成一团，有的像干皱的橘皮，有的像山产店里的蜥蜴干。

雉和母亲坐在办公桌前。

"早产十周又三天，体重一千七百公克……"微胖但五官俊秀的华人医生说话时始终像翻行事历翻着桌上的文件，丰厚而花白的头发从中整齐分开，仿佛头上顶着一本翻开的辞海。领结扎得比喉核细小，但鸭绿色的领带却宽长如餐巾，暴露在纽扣全部松开的白色制服上，远远看过去像一只死鸭子挂在脖子上。"呼吸窘迫症候群，头盖内出血，重症黄疸，早产儿网膜症……这些早产儿常见的疾病都不算什么，最重要的，这孩子百分之九十以上机能不完全，至今还在保育箱中靠机器养活，如果把机器拿掉……"

"不，我认为再撑两三天，即使靠机器也没有用……"留着两撇薄胡子的马来医生两手也拿着一张狭长白纸，仿佛正要朝什么等待化验的证物贴上封条。他头发僵硬鬈曲如软塞开瓶器，制服宽松如雨衣，听诊器不自然地挂在耳垂下。雉甚至看到他的衣领上沾着一滴仿佛血迹的红斑，也许是血腥玛丽之类残渣。"这孩子能活到现在根本是奇迹……"

Miracle, miracle, miracle……他重复说着奇迹这个英文字。

"余先生，"华人医生搔着头上的辞海，似乎在寻找几个表示同情的字眼，"这可怜的、被痛苦折磨的孩子，存活率……"

"等等，"雉打断，"孩子情况如此危急，为什么还放在婴儿室中？我在那儿待了半小时，没有看到一个医生……"

"孩子在加护病房中……"女医生把手上的文件放在华人医生桌前，两眼看着二位男医生。她发型像洋葱，身材精瘦如蚱蜢，肤色棕红。"二十四小时全天候观察……"

"不是说中午移到婴儿室吗？"母亲说。

"诚如余先生所说，孩子情况如此危急……"女医生仍然看着二位男医生，"所以早上临时做了变动，让他继续待在加护病房……"

"我们刚才看到的不是丽妹的孩子？"雉说。

"你看到的是另一个早产儿，"女医生瞄了一眼雉，"你的甥儿比你看到的这个早产儿糟糕十倍……"

"简单地说，不告诉你的话，"华人医生终于停止翻阅文件，十指在桌上相互揉搓，身体忽然倾向雉和母亲，眼睛瞪得像被手电筒照射的夜行狐猴，"你大概不知道那是人类的婴儿……"

两个穿着医生制服的中年人走入办公室，打开墙上一个长方形箱子，沉默地凝视一会，随后合上箱子走出办公室。

"可不可以先让我看看孩子……"雉闻到从华人医生身上扑来的香水味。

"余先生，不如不看……"华人医生快速地搓着两根生姜般的大拇指。

"令堂已看过了，她……"马来医生每说一句话，就习惯性地像鱼狗吞下一尾大鱼，扭一扭脖子。

雉看一眼母亲。母亲垂首凝视地上。

"好歹也是一个生命，"雉说，"让我先看过婴儿再说……"

"行，行，"华人医生用两手碰触指尖，两根中指搔着像马来糕的下巴，"等我们讨论完以后，马上带你去看……"

"孩子活下来的希望怎么样？"雉说。

"余先生，别急，"华人医生又将身子倾向雉，"令妹的生活还算正常吧？有没有被人虐待过？殴打过？"

"怀孕期间有没有发生过意外？车祸？摔倒？或者工作太劳累？"马来医生扭了扭脖子。

雉迷惑地皱着眉头。

"这孩子还在母亲肚子里就四肢骨折，头颅因为受到挤压而畸形，其他骨骼也无一完整，"华人医生说，"伤害都是来自外来的力量……没有胎死腹中，真不知是幸还是不幸……"

"和生产无关，"马来医生扭了扭脖子，"生产非常顺利……令妹非常健壮，像运动选手……孩子噗哧一声出腔，像球儿应声破网，那声音清脆饱满，像山猫喀勒咬断羌鹿的脖子……如果早点做产前检查，我们会建议不要生这孩子……"

"最令我不解的是，"华人医生终于靠回旋转椅上，"产妇肚子上长了一层厚茧，仿佛长久和粗糙物摩擦……"

"屁股上也有类似鞭笞的伤痕……不过产妇很健壮……"

"非常健壮……"

雉看了看母亲。母亲仍然凝视地上，眼里衔着模糊的泪花，三指和五指在两腿上相互揉搓。

"我妹妹有一段时期没有和我们生活在一起，"雉说，"这是我们自家的事。孩子……"

"这孩子现在完全仰赖机器，一拔除机器，完全没有希望，即使有了机器，也不见得能够活下……"华人医生说，"就算生命迹象稳定下来，养大这孩子需要花一大笔钱。孩子长大后，不但是白痴，也是残废，既不能站也不能坐，不会说话不会吃喝拉撒，完全没有行动和沟通能力，和植物人差不多……最可怕的，孩子外表根本不像人，像某种野兽……"

雉吃惊地凝视三位医生。办公室出现一阵恐怖的沉默。

"余先生……"

"三位的意思……"雉说。

"我们当然不会放弃拯救这孩子，不过我们希望你有心理准备，这里虽然是公家医院，可是有一些特殊费用还是要自付的，"华人医生忽然从旋转椅上站起来走向靠墙的长方形箱子。旋转椅在他身后猛烈地转了一个圈子。"这孩子不幸逝世后遗体如果捐给本院作医学研究，所有医疗费用将由本院承担……这是一个很特殊的案例……"

"做什么研究?"雉说。

"也许会做一点解剖，"华人医生将几个面向雉的长方形箱子打开，"或者直接泡在福马林里……"

雉看到数个巨大如沙袋的玻璃瓶中，腌泡着各种奇形怪状的畸形婴儿：肢体纠缠一块的连体婴，头大如皮球身体小如老鼠的怪婴，像缩头乌龟没有手脚的畸形婴……。

……

走出医院后，月亮已升到炮弹树梢上。

"明天买一束鲜花，去祭拜一下你婆婆吧。"母亲说。

第二章

雉八月大在浮脚楼地板爬行时，常听见总督在浮脚楼下啃吃雨季后繁衍于浮脚楼下的蕨类植物。总督背部摩擦地板和前角一次又一次敲击地板时发出类似丝棉树下的金属搔刮声，雉追随那声音从客厅爬到厨房，从厨房爬到后阳台，看见总督像番刀的长角首先出现围绕阳台的木栏外，随后是两只蚬壳般的大耳，像披着多层战甲的庞大灰色身体，雄伟的臀部，木薯般的尾巴，碌磟般的大腿和三蹄足印。总督渐行渐远，直到它转了个弯，雉才看见它几乎贴地行走的关刀型头颅。总督在浮脚楼下尤其爱用前角捶击地板上拣菜的祖母，常将祖母骚扰得勃然大怒，用她半瘫的左脚和健康的右脚踢踩地板破口大骂。总督趁祖母离开时，撞毁地板伸出关刀型头颅啃吃撒落满地的青菜黄瓜绿豆，等祖母挥舞祖父缠着钢丝的藤条赶回时，总督早已飘然远去。此兽瞎了一眼，视力奇差，接近半盲，但听力、嗅觉远胜猎犬，它大概嗅到了地板上祖母正在挑拣的新鲜菜豆。总督有一次甚至将祖母嫁到余家的唯一嫁妆——一个清朝的针线盒——用它的锐蹄捶踩得面目全非，人兽从此反目成仇。祖父在浮脚楼四周围起一道栅栏后，雉终于失去在浮脚楼像寻找什么遁地怪兽追踪总督的乐趣。这一道栅栏并没有切断祖母和总督之间的针锋相对。总督不管在什么地方看见祖母，总是毫不犹疑俯冲过去，造成祖母无数次险象环生和死里逃生，据说，当初射杀总督父母的英国人也是个跛子。祖母用右脚拖拉着半瘫的左脚行走时，显然勾起视力不佳的总督的痛苦记忆和血海深仇。

雉三岁。文莱共产党武装革命，一小队"婆罗洲合众国"建国羊群涌向锣市吃草，全镇弥漫腥膻的战争氛围。英军迷彩色直升

机像牧羊犬在浮脚楼上空盘旋时，总督模糊看见一个入侵野地的庞
大飞禽，怒不可遏，开始破坏庄稼、畜舍和铁篱笆，丝棉树悚颤惊
狂，呕出小蛇、昆虫、鸟蛋、大蟒和风筝残骸。雉抬头可以看见驾
驶直升机和打开机门撂下一叠反共宣传单的英国飞行官，直到直升
机完全消失在雨林上空雉才捡起宣传单交给祖父烧毁。英军一周后
敉平叛乱，走访穷乡僻壤，表面安抚民心，实际扫荡共产党散兵游
勇。雉记得二十多个人高马大荷枪实弹穿迷彩装的英军步入家园
时，祖父刚吸完鸦片和二哺娘站在门口列队欢迎。英军前后左右随
便看了看，大部分时间在总督四周啃着余家奉上的生果，谈论这只
婆罗洲濒临绝种的庞大草食动物。

　　祖父用结结巴巴的英文说：玉米园……胡椒园……你们去搜
一搜吧……我自己也不敢……天黑后……进去……

　　汗流浃背且满脸倦容的年轻英军彼此摇着头说：Oh, come on.
No No No……

　　三天后傍晚一个穿黑衫戴布帽手拿猎枪的年轻女人从野地走向
菜田里工作的二哺娘。祖父让女人在丝棉树下小木屋中过夜。吃晚
饭时二哺娘颇有怨言，祖父回到丝棉树下时说：这女人几天没吃饭
了，等她身体好一点就让她走……第二天女人躲在小木屋内没有
现身。雉傍晚走到丝棉树下，看见女人坐在小木屋中梳理头发，以
手轻抚肚子，哼唱一首雉十分熟识的儿歌。女人看见雉后立即抓起
身边的猎枪，随后又笑了笑放下猎枪，说：你是余翱汉的孙子吧？
雉点点头。女人说：叫什么名字？雉说：阿雉。女人举手向雉招了
招：阿雉乖孩子，别跟人说你看见我……雉拔腿冲出丝棉树。

第三天清晨雉醒来就想起昨天和女人的对话。女人仍有湿气的头发显然涤洗过，声音像嚼山竹，表情像筑巢的山鹊。丝棉树下突然响起一串枪声和一声爆破。雉打开窗户仰望香蕉园上方随风款摆的丝棉树树冠。枪声、爆破声逐渐响亮紧凑。那枪声有如一群鸽子起飞时的拍翅声。雉感觉整栋浮脚楼在震动，脚步声响彻全屋。雉正想回头，已被人从后揽腰抱起，两脚离地，穿过睡房、厨房，一刹那进入阴晦的香蕉林，耳边响起母亲歇斯底里的声音：她掳走了我儿子，不要开枪……。女人将雉放下时仍然紧搂着雉，在雉耳边细声说：阿雉，英国人要杀我。枪声和爆炸声暂时止住，雉嗅到一股弥漫香蕉园的火药味和淡淡的发香。香蕉园外响起显然从扩音器传出的声音：放下武器，立即投降，不可伤害无辜……。雉感觉女人身体发抖，猎枪忽左忽右款摆，湿热的脸颊紧紧贴在雉脸上，接着雉听见女人说：阿雉，英国人要杀我，不可以离开我。为什么英国人知道我在这里？是你说的吗？……雉拼命摇头。雉又听见女人用像嚼山竹的声音哼着昨晚那首儿歌……雉感觉大地震动，看见被枪声和爆炸声惊吓的总督低头冲倒一棵又一棵香蕉树。香蕉树在总督关刀型头颅冲撞下像枯草应声倒下，仿佛被拦腰砍断。总督在香蕉园刮起的一股狂风迅速击向女人和雉。女人抱起雉正想逃躲，总督番刀型前角已接近。雉被凌空抛向一棵香蕉树，扑倒在一叠干草畜粪上。雉抬头看见女人四脚朝天跌倒在四棵香蕉树外，总督雄伟的屁股继续压倒一棵又一棵香蕉树，一直冲出香蕉园外仍不停止。雉看见女人痛苦地抬起头，用依旧像嚼山竹的声音说：阿雉，不要离开我……。雉慢慢站起来，看见香蕉树上盘旋着一架直升机，感到莫名的恐怖，穿过一棵又一棵香蕉树，逃向香蕉园外。雉一现身，母亲就抱着雉冲入浮脚楼内。英军用机关枪、手榴弹、迫击炮扫平整座香蕉园，抬出女人焦黑的尸体。根据记者报导，这位宁死不投降的忠贞"加里曼丹国民军"女共产党员死前怀了五个多月身孕。雉上小学时突然想起女人像嚼山竹的声音和像山鹊筑巢的表情，即使面临生死关头仍然不断哼唱的儿歌，原来都是女人和腹中胎儿的沟通方式。母亲逢人抱怨，说红毛鬼没耐心，再过一阵子我儿子如果还留在园里，肯定连我儿子也一起炸死。

●

曾祖向殖民政府签下这块野地垦荒权时，发觉野地遍布三蹄足印和木屑状粪块，围篱畜舍菜畦的棚架屡遭破坏，蔬果花卉常被嚼食，连曾祖焚烧莽丛的小火种也突然莫名其妙被一阵旋风吹散捶熄。父子俩一早醒来看见满目疮痍，一日耕耘付诸流水，情况之惨重仿佛经过野猪群刨食或鬼子坦克车摧毁，开始认真和一只禽兽争夺这块野地拉撒权。曾祖架设陷阱，饲了五只土狗巡视野地，三天后，陷阱支离破碎，土狗肚破肠流同时遭到来自四面八方的大蜥蜴掠食，同一天父子栖身丝棉树下的小木屋也在一阵雷鼓交错声中四分五裂，祖父看见一根悬挂日光灯的檐梁像一轮风车被抛掷出丝棉树外。曾祖终于了解为何垦荒人放弃和殖民政府签下这片丰沃野地的垦荒权。这只婆罗洲濒临绝种的大型哺乳动物盘踞这块野地多年，汗臭尿屎味弥漫这块野地像苦力汗臭尿屎味弥漫一艘载运猪仔的帆船底舱，外来势力毫无生存余地，即使是横行此地的原住民大蜥蜴；但是也只有这种狡猾顽强的腐食者可以在它的踩躏暴政下苟延残喘并且继续大量繁殖。这只素食者长年浸泡水池或烂泥巴中，畏热，性喜夜间活动，时速四十公里，皮厚如砖，行走在荆棘和矮木丛遍布的野地如履平地，头上长着一只弯刀型长角，一角可以换取六只长度相等的象牙。三年多前，英国官员砍下它爹长角和剥下它爹娘皮襖卖给中国商人，同时用长筒靴踢了几下刚脱乳的它的屁股，将它赶回野地。它躲在矮木丛中目睹爹娘被人类卸皮截角，尸体被百多条大蜥蜴分食，对着尖桩和荆棘遍布的矮木丛冲撞啃咬，左眼被一根尖桩刺瞎，右后脚踩到垦荒人捕捉大蜥蜴的陷阱一度处于跛脚状态。它徘徊野地，衔泪哀号，逃躲长须猪的欺凌和大蜥蜴的掠食，两年多后，当它第一次踩烂一头大蜥蜴和戳破一头长须猪脖子时，它知道自己已有能力对抗仇敌。它开始骚扰破坏垦荒，让垦荒人不胜其扰自动离去。它独眼半盲，耳鼻神经像蜘蛛网遍布野地，用可以抵翻一辆吉普车的爆发力追剿长须猪和敉平大蜥蜴藏身处，长角挥洒，蹄脚回旋，切割踩烂敌人，漫不经心，颇有王者风范，半年多后它被冠上"总督"绰号，绰号从何而来不知，其中掺揉着达雅克人的幽默达观和华裔垦荒人的无所畏惧，仿佛昭告天下它统治这块野地媲美英国总督统治这块殖民地。曾祖初抵野地时它已成长到少年阶段，皮襖深埋着垦荒人十多颗弹头和达雅克人数十支抹上剧毒的吹矢箭，普通猎枪和吹矢枪已无法对它构成任何威胁。曾祖在丝棉树上观察总督在野地悠游休憩，越看越心有戚戚焉，灵机乍现，回到树下对祖父说：

"阿汉，我们来俘虏它。"

祖父一时没有听懂。祖父十多天来勤练枪法，准备一枪贯穿总督脑袋。"我们活捉它，"曾祖说，"让它替我们看家。它抵得上五十只土狗。"

"它是只野兽，"祖父不以为然，"已经野惯了。"

"野一点更好，"曾祖说，"它现在只是只小毛头。　上没毛，不算男子汉。我有办法驯服它。"

父子在野地掘了一座装得下半栋浮脚楼的土坑，坑面铺上树枝芒草野果藤蔓。雨季初歇，树枝芒草藤蔓野果很快被四月太阳晒成蔫萎状。父子在丝棉树上轮流站岗，等待俘囚总督。入夜前一只只比总督稍小的长须猪和一只大蜥蜴先后落入陷阱，在土坑内展开一场大战，父子垂下一道木梯入坑捕杀不速之客和重新布置陷阱，诸如此事不断重演。一个月后，一只大番鹃开始衔草在坑面筑巢，它浪漫洪亮的叫声经过土坑共鸣响彻野地，但总督依旧杳无音讯。父子清晨巡视陷阱，发觉陷阱四周布满三蹄足印和木屑状粪块，芒草丛中一截鲨鳍似的长角将原本张力十足的莽丛切割得松松垮垮，总督已飘然远去。四十天后，一只迷途母牛在余家野地啃草，总督围绕着它不去。总督嗅着母牛臀部，用榴梿壳般扎人的大头磨蹭母牛肚子，舔舐母牛尿屎，有时静止不动，有时放蹄狂奔。牧童牵走母牛时，总督怅然若失，在矮木丛中跟踪母牛，依依不舍目送母牛情影消失野地中。曾祖向牧童高价买下那头母牛牵绑陷阱旁，回到丝棉树上观望。第二天总督在矮木丛中凝视母牛，左拐右弯，曲折迂回逛到母牛身边，重复各种挑逗动作，尝试骑上母牛背部。母牛一声狂叫，总督索然离去。月亮肌腠嫩滑，瘦如蹼，肥如趾，硬如茧，柔如脂，在总督弱视的独眼中天下无双，母性十足。哞叫透过土坑共鸣响彻野地，总督徘徊不去，大蜥蜴不敢接近土坑。第二天曾祖发现总督浑身烂泥像一只大蛤蟆在土坑内扑跳冲撞，大小蜥蜴在土坑旁舔舐母牛颅骨和脊椎骨。父子移走坑上的树枝芒草藤蔓野果，绕土坑竖栅栏，七天后，曾祖踩着木梯入坑，将一桶清水放在总督面前，三天后曾祖又施舍一桶水和一桶水果。总督在曾祖第一次入坑时已饥渴得四肢酥软，任由曾祖扬威耀武，扒开它的大嘴喂食。隔七到十天，曾祖或祖父就会入坑施舍水和水果，并且测试总督的敌意和斗志。七月旱季初临时总督已瘦了一圈，外观十足一头水牛。

"饿惨了，"八月时祖父说，"放它出来溜达溜达吧。"

"不，一放出来就完了，"曾祖说，"它还是一头不折不扣的野兽，我看它眼神就知道。"

"这小子什么时候才会屈服呢？"

"这种畜生我看多了，"大番鹊叫声依旧甜美，曾祖吹糊出一球像棉花糖又像龙须糖的烟球。

"看它眼神就知道。"

十一月雨季来临时，土坑漫成一座永久性水塘，总督浮游其中，一扫憔悴委靡，颇为自得。

十一月中旬后，雨势增强，曾祖用两部抽水马达日夜抽吸土坑里的积水。十一月底，抽水马达增加到四部，但是已赶不上雨水屯积的速度。野地此时已漫成半座水塘，从土坑抽出的积水淅淅沥沥回流土坑，总督载浮载沉，随时有被溺死的可能。十二月曾祖终于和十多位邻居合力将总督救出土坑，这时土坑已漫成一座大水塘，鱼虾弥漫，水藻簇拥，鱼狗水鸟逡巡不去。总督环顾一遍矮木丛，突然追剿芒草丛中一只大蜥蜴。半小时后总督漫步回到水塘边，大口啜食祖父手中一串红毛丹，围绕曾祖与祖父身边不去。雨季来临前，曾祖用了四十多条比浮脚楼盐木浮脚更粗壮的盐木在丝棉树下完成一座兽栏。兽栏以丝棉树为中心，仿佛是一座护卫丝棉树的小城寨。总督在兽栏中用尖角锐蹄咆哮冲撞发出惊天动地的雷鼓声时，雉总是听到一种忽远忽近有时柔和有时刺耳的金属爆裂声，不止一次以为总督四肢被套上铐镣独角绕上钢丝牵绑丝棉树下。

总督成长到壮年后，兽栏也不断扩充巩固，最后总共耗费一百二十根盐木才圈住这只暴躁凶残、野性焕发的庞大草食性哺乳动物。二哺娘抱怨曾祖与祖父宠坏总督，这只从未被余家驯服的野生动物没有驮运过一根木柴，只会吃喝拉撒，破坏家园，调戏母猪，奸淫邻居母牛，不如屠杀了事，高价贩卖角和皮——它的角据说可以制成春药，华商视为稀世珍品——，弥补它多年对余家造成的损失，以后也就不必再担心它的角和皮被盗走。一个达雅克少年埋伏丝棉树上趁祖父中午离开丝棉树而总督未醒前朝总督射出三支吹矢箭。少年遭四犬围攻，肚子被扒开一个大洞，野地里的尖桩锐枝使他的逃亡牵肠挂肚，死在沼泽区时双手还捧着盛下自己肠子的背篓。一群马来人在野地狩猎总督，祖父在丝棉树上放冷枪射伤其中一人，这人中弹倒地后被总督捶成肉酱。丽妹回家两年后，总督已逐渐回复到当初的野蛮状态，兽栏从此再也没有打开过。

丽妹念初中的一个旱季晚上，祖父母在丝棉树下吵了一架。祖父打赤膊挥动凉扇吹糊出狗尾巴草般肃杀和鱼骨般扎人的愤怒烟球，突然用坚硬巨大像青椰子的拳头擂向祖母胸前。祖母颠簸着一只健康的右脚和半瘸的左脚，几乎像祖父吹糊出腾空而去的烟球扑向兽栏，坐倒地上。总督绕丝棉树咆哮兜圈子，吼声如战鼓频催，在树下扬起金戈铁马的肃杀愤怒风沙，祖母被淹没在这片风沙中。祖父继续吹糊烟球，慢条斯理穿上汗衫打赤脚靠近兽栏时，总督已不再咆哮，风沙逐渐消失，祖父看见总督关刀型头颅正夹在兽栏隙缝中，那只华商朝思暮想的长角已插入祖母肛门，角尖破胸而出，当总督后退时，祖父可以听见祖母被挤入隙缝时骨骼的碎裂声。

从医院回家后第二天早上，雉在果园一片猴声中见到鸰。鸰正在猴笼里捕捉猪尾猴。雉说：鸰，你见过丽妹的孩子了吗？

鸰专心捕猴，说：见过了。

雉正想开口，鸰说：哥，你做主。

丝棉树外表已不像热带树种，而像一座长满附生和蕨类植物的小山崖，六根枝干仿佛暴露山壁中的庞大兽类化石。其中一根枝干附着一个大蜂巢，金黄色蜂群穿梭巢内巢外。雨水已很难渗透树下。蕨类和蕈类植物覆盖着兽栏。小木屋点着一盏煤油灯，祖父穿背心短裤躺在床上准备入睡。

雉走到小木屋门口：阿公。

祖父乜了雉一眼，继续看着天花板。煤油灯挂在小窗下，屋内半明半黑，祖父的脸恰好笼罩在黑暗中。

雉说：丽妹的孩子，你看过了吗？

祖父慢慢合上眼睛，从鼻子里哼了一声。

雉看见墙上的猎枪和番刀在煤油灯照耀下像刚出炉没舔过血尝过树汁的崭新拗手武器：是个畸形儿和白痴，可能养不活，医生想把他……

祖父慢慢睁开眼睛：阿雉，你不听话，回来干嘛？

我在那儿住不习惯。你和爸妈年纪也大了……

祖父慢慢熄灭煤油灯：阿雉，你不听话。

母亲又唠唠叨叨抱怨祖父的疏懒和冷漠。雉看得出来母亲对祖父怀着极深的厌恶和惧怕，但母亲努力不表现出来。母亲满腹心事，胸怀忧虑，很想重新饲养这个家，但她对这个家的哺育能力已像她胸前枯干松垂的老乳。母亲轻声细语，略带惭愧，说起三个月前一个达雅克少女潜入余家玉米园，摘下几十粒未成熟玉米笋，听见身后传来窸窸窣窣的脚步声。少女弯腰遁逃，看见一粒粒饱满的玉米笋从眼前掠过，忍不住边走边拔，手上腋下塞满玉米笋，嘴里还衔着一粒。少女听见身后有人呼唤，回头看见祖父头戴布帽，口吐一颗又一颗结实如牛睾丸的烟球，正用猎枪瞄准自己的恐怖模样，一时忘了逃跑。子弹直接命中少女心脏。少女死时口里仍含着玉米笋。"她只不过想吃玉米，让她偷吧……"母亲说。祖父不以为然，始终坚定认为她是达雅克人派来打听总督行踪的探子。

●

……病房中六块深褐色黑条纹窗帘用细索系在窗栏两旁，除了被细索系住部位，其余膨胀成瓮瓶状，仿佛六条吃撑的蟒蛇盘踞窗栏上。窗外无风，阳光猛烈，嗳嗳着鸟虫声。几只乌鸦栖息在旅人蕉上啜食叶鞘上残存的露水。一只乌鸦在印度橡胶树树颠逐虫。戴头巾的女园丁推着一辆割草机进入草地，开动引擎，轰轰隆隆，割草机像一头鲨鱼绞吃野草，昆虫和草屑从鲨鱼嘴里跃出，鸦群抢吃虫儿。在野草葳蕤处，鲨鱼引擎数度故障，女园丁蹲下身子检查。新鲜草汁的味道涌入病房。

丽妹穿着医院制服趴在床上，凝视着窗外的绿肥红瘦。她刚吃过医院准备的早餐，嘴角残留着蛋黄渣。雉和母亲进入病房后丽妹就没有说过一句话，但雉感觉到丽妹脑壳储存着上千亿个字卵，随时会从喉咙里像蛆孵化，其中有许多因为储存太久早已腐烂发臭——永远说不出来了。这些无法吐出的字胚多年来累积成腐殖土培养出她的灵性和举止，使她眉宇和举手投足间颇有兽的穴居性和闪躲性。雉觉得自己和丽妹之间，清楚而精确的言语表达反而形成障碍，也许自己也应该像丽妹背对或侧对对方，像野猪在泥垢里打滚，习性味道相同后，彼此就可以从对方身上嗅出亲密，互相接受彼此的尿骚味了。雉接受母亲警告，和丽妹四目交接后就只有问候而没有提出任何问题，但丽妹还是穴遁如兔，也许她察觉到雉身上猎人的铅味吧。母亲整理着床边的储物柜，清理床下的垃圾桶，将切好的柳丁和苹果放在储物柜上，更换洗脸巾，从头到尾不说一字。雉发觉母亲右膝盖的风湿显然已相当严重，以至于母亲在床边走动时像秃鹰陆游。母亲忙碌完后坐在墙角一张铁椅上像秃鹰伸长脖子注视丽妹。雉认真思考如何不透过语言告诉丽妹"甥儿"的情况……

"……医生怎么说？……"

丽妹终于开口了。雉清楚看见丽妹蠕动像菁葵果的干唇，露出数颗不再洁白而像麻雀蛋的牙齿。雉还看见丽妹淡淡微笑着。有一秒钟，雉几乎以为丽妹是在和自己说话了，但马上发觉丽妹根本没在注视自己，而是看着病房中央病床上一对达雅克姐妹。

妹妹消瘦，约七八岁，躺在床上让姐姐喂食。姐姐健壮丰腴，仿佛二十多岁。雉第二天才知道她年方十五。割草机直驱窗边铲除野草，病房内一片轰隆隆，姐姐和丽妹的对话也被铲除得支离破碎，雉只看见丽妹和达雅克姐姐的嘴唇翕动。在野草绵密处，割草机抬起前轮，露出旋转中的螺旋刀，继续像一颗鲨鱼头吞吃海浪般的野草。女园丁握着把手来回推动割草机，像在海上御艇滑浪。一只绿色大蚱蜢飞越鲨鱼头钻入一排木槿，两只大乌鸦尾随消失木槿中，再出现时二鸦各衔着大蚱蜢胸部和腹部。大蚱蜢伸出前肢后腿，奋力戳杀二鸦眼睛。二鸦不客气地撕断蚱蜢，用爪子耙吃蚱蜢。十数只乌鸦亦步亦趋追踪鲨鱼头，将园丁和鲨鱼头团团围住。园丁推着鲨鱼头左拐右弯，几乎将一只乌鸦卷到螺旋刀下。达雅克姐姐和丽妹继续微笑交谈，雉只听见从她们嘴里溅出字渣字屑字首字尾，大部分字眼缺手断腿后挣扎许久才在雉耳朵中彻底消失，但雉听辨不出任何完整意义。天花板吊着两盏状似螺旋刀的大型电风扇，配合窗外割草机的轰隆隆，仿佛也想把病房内的一切东西吸上去绞碎。割草机转战到病房后面引擎声减小后，二女吐出的字眼传到雉耳朵中时虽然仍有皮肉之伤，但已无损于雉的辨认。

"……是一种先天性传染病……已经不止一次住院了……"姐姐已喂完妹妹稀饭，伸出一只手抚着妹妹头发，"可怜的玛加……"

68

　　玛加忽然不停地咳嗽着。姐姐让玛加侧躺，用手拍她的背部。咳嗽声竟像割草机的引擎声掩盖了病房里的其他杂音。咳嗽停止后，玛加已累得合上眼睛，逐渐睡去。"……想送到新加坡检查和治疗，但哪有那么多钱……"姐姐小声说，"勇敢的……玛加……"

　　丽妹这时也停止说话。雉回来两天，只见丽妹说了一句"医生怎么说？"仿佛是在询问自己，而不是询问玛加姐姐。雉知道丽妹曾对玛加姐姐提起加护病房中的初生儿，在那阵草汁弥漫鸦声喧闹的轰隆声中，残缺不全的"婴孩"和"儿子"等字眼数次被提起，数次被卷入割草机的螺旋刀下。大概对这些字眼特别敏觉吧，虽然它们落入雉耳朵时早已骨碎肉散，但雉仍能辨认。

　　进来两位女护士和昨天与雉交谈过的二男一女医生。护士走到丽妹床边，沿着病床竖起一张绿屏风，医生和护士走入屏风内，将雉其他人隔离屏风外。两位男医生进入屏风前频频对雉点头，仿佛三人正合力追猎某种灵兽，一个动作太大的拉撒也会惊动或熏走猎物。雉侧向屏风竖起耳朵。屏风内偶尔传出细声低语，这一回雉又听见"婴孩""儿子"等字眼。雉正想进一步细听……

　　"你是她哥哥吧？"玛加姐姐突然说。

　　虽有点错愕地转头看着玛加姐姐，点点头。

　　"你妹妹说孩子生下三天了，还没有看过一眼……"

　　玛加姐姐浓眉上扬，嘴角含笑，一双梨状黑眼满含疑问。又一个戴宽边草帽的女园丁走到窗外，将手上的塑胶水管接在水龙头上向花丛洒水，蚱蜢螳螂昆虫四方飞窜，鸦群抢啄。雉一时不知如何回答。玛加姐姐又含笑说："听说婴儿还在加护病房……"

"是……"雉尽量压低声音，耳朵仍然偏向屏风，"因为是早产儿，需要观察几天……"

"婴儿还好吧？"

玛加姐姐用手往后拨了拨头发，露出两只耳朵。雉发觉玛加姐姐耳垂狭长丰满，约半个耳朵长度，其上还有一个纽扣洞大小的耳环洞。达雅克女孩从小戴大耳环，耳环重量随年龄增长而逐渐加重，耳垂也逐年被拉长，有的耳垂甚至长及肩膀。这丰满修长、柔软细嫩的肉瘤是达雅克女孩魅力和美艳象征，据说耳垂越长越能吸引达雅克男人。达雅克人生活逐渐现代化后，这习俗也逐渐式微，大部分年轻女孩将耳垂拉到相当长度后即停止，有的女孩甚至从来不拉耳垂。玛加姐姐大概属于前者吧。

"还好……"雉迟疑着，声音压低到只有玛加姐姐听见。雉不想让对方追问下去。

"你妹妹怎么了？"

"是肺部……"玛加姐姐摸着妹妹头发，"生下来就如此……"

屏风突然拉开，头上捧辞海的中国医生走过来对雉说："你妹妹身体很好，如果没有问题的话，今天傍晚帮她办出院，让她回家好好休养吧……"

丽妹仍趴在病床上，两眼遥望窗外。

"等一下请到我们办公室一趟……"留两撇小胡子的马来医生几乎将嘴唇凑到雉耳边。

……雉和母亲再一次坐在布满储物箱的办公室中，三位医生的穿着和姿势宛如昨日，不一样的是华人医生手里叼了根烟，马来医生制服上又多了一摊红色斑点，女医生的大眼睛始终凝视着雉。

"孩子今天的情况更糟了，"华人医生有点焦急地吸着烟，"耗费那么昂贵复杂的医疗器材去拯救一个即将消失的生命，简直是资源上的浪费……"

"只要拔掉氧气罩，或者任何一根管子……"马来医生又像鱼狗吞噬大鱼转动脖子，"今天清晨孩子曾经休克了半小时，以为没有希望了，没想到又奇迹似的苏醒过来……这孩子……"

"让孩子如此痛苦，实在也是一种罪恶……"

"丽妹有向你们提起孩子的情况吗？"雉打断华人医生。

"当然有，"华人医生拿起一包洋烟递给雉，雉做了个婉谢的手势。"一直没有据实告诉她……就看你了，余先生，考虑好了吗？孩子一天不死，费用就会一天天增加，拖上十几二十天，是一笔很恐怖的数目……"

雉发觉自己和医生、丽妹、丽妹孩子之间构成一道诡异的生物链。就像青草养壮羚羊，羚羊投身入狮子口，狮子屙下粪便，粪便滋润青草。丽妹是青草，丽妹孩子是羚羊，医生是狮子，而雉和母亲是那堆粪便。医生等人语带威胁，接近张牙舞爪地想夺取丽妹孩子。你看，你一定付不起日累月积的庞大医疗费用，不如将孩子捐给医院，一切费用免了。对医生来说，这是一种屙粪添肥的善举。

"余先生，面对现实，尽早决定……"华人医生看了女医生一眼。

"对了，余先生，在你离去之前，再告诉你一些产妇的情形，"女医生说，"也许余先生的确离开令妹很久了，所以很多事情一直被令妹隐瞒着。记得上次告诉你令妹肚皮上有一层厚茧吧？根据我们进一步检查，令妹的手肘、手掌、膝盖，乃至于手指、脚趾也长了一层厚厚的像茧的皮质……现在，我们终于明白孩子为什么会变成这个模样……当然，这也是一种推测……令妹近几年来，包括怀孕期间，始终没有像人一样使用两脚，而是腹肢着地，像蜥蜴……行走……"

●

鸹将竹竿伸入猴笼时，群猴清楚知道鸹的用意，因此群情激动，只有小猴不知闪避，晃着小老头似的猴脸讨食。鸹手中徐徐越过它们身边的长竹竿仿佛一头大蟒。竹竿尾端露出一个活绳套，蟒里蟒气接近一只猪尾猴。猴子的紧张和愤怒使它像一片膜摊在铁篱笆上。鸹早已熟悉它的花样，虚虚实实晃了几招，活套已勒住猴脖子。猴子搂着竹竿啃咬，姿势如啃甘蔗，仿佛和它有深仇大恨。这时候一只母猴突然走到猴王面前，对着猴王毒蛤蟆似的花脸翘着瓢虫似的花屁股。猴王大梦初醒，骑上母猴时的猛烈激情不输啃竹竿的猴子。鸹走出猴笼，向猪舍后的池塘走去。鸹杀猴的方式有两种：一种是用活套勒住猴子后直接勒死，一种是将勒住脖子的猴子沉湖。鸹快步走到猪舍后把半截竹竿沉到水底。鸹的两只手腕青筋暴突，清楚感觉到猴子的垂死挣扎。鸹煮开一锅水，将死猴放入滚水中烧煮五分钟，熄了柴火，泡了五六分钟，将死猴捞起用番刀刮净猴毛。鸹十八岁时在雨林结交达雅克猎友，学会用吹矢枪和陷阱打猎。鸹和达雅克猎友在果园烹猴时，杀猴声响彻余家，惊动一切畜生，仿佛它们也经历了剥皮开脑的痛苦过程。祖父发现果园猴声扰人，家园弥漫无所事事的达雅克人，十分悔恨当初没有当机立断枪毙那四只食蟹猴，让鸽有了饲养它们的机会。

那是许久以前的事了……。曾祖带着祖父垦荒，贪婪地以铁篱笆圈住这块野地。那时还是殖民时代，垦荒人只要有本事，能够占据和开垦多少土地，就占据和开垦多少土地。曾祖恣意扩充土地，凡有空地就围，许多未开发或半开发的荒地就这样归拢到余家土地权状上。曾祖最后围住的一块地，就是现在浮脚楼右侧占地仅次于玉米园的胡椒园，那时胡椒园大部分是菜园，住着姓黄的一家四口：一对中年夫妇和他们的母亲及十五岁女儿。男人白天到木材厂工作，三个女人在家忙农事。小女儿清秀艳美，长发披肩，不管是在农忙或闲暇时，身边总是逡巡着一只长尾巴的食蟹猴。猴子每天蹓到野地摘下一支猪笼草瓶子，据说少女天天喝这猪笼草瓶子里的清水，即使从早到晚顶着大太阳干活，皮肤竟晒不黑。两年后，日军占领锣市。那是一个酷热傍晚吧，太阳已半潜入海底，和其他壮年男子被日军押去造桥的黄家男人刚返回家里，十几个日军尾随而至。少女和猴子正在屋后摘红毛丹，感受到一股和摄氏四十几度一样窒息的肃杀气氛迅速弥漫黄家，少女于是搂着猴子躲到一小片甘蔗林中。日军在黄家一阵翻搜，竟找出一支猎枪和数颗子弹，一家三口被拉到屋后击毙。大概是听到枪声或惨叫声吧，甘蔗林里的猴子"吱"的一声，挣脱少女怀抱，飞跃上红毛丹树。日军吓一大跳，发觉是一只猴子后，都对着红毛丹树大笑。一个当地翻译官讨好地说：把这猴子打下来加菜吧，听说猴脑很补……。日军朝树上扫射，猴子狼狈闪躲，少女忍不住冲到红毛丹树下说：不，不要开枪……。

猴子继续在树上吼叫，两度冲到树下抓伤两名日军。日军偶尔朝树上懒洋洋放一两枪。根据那位翻译官日后传述，其中两名年轻日军始终背对红毛丹树，任同僚推挤劝说不肯走到树下。一位刚从树下走出来的日军勒紧裤带，摘了一粒红毛丹啃吃，接近两位年轻日军时说：这年轻的南国姑娘的屄果然不一样，就像这南国水果，又嫩又多汁……。两位年轻日军最后终于走入红毛丹树下。日军啃着红毛丹，配合两位年轻日军的抽搐和射精，开枪将黄家储存日常用水的十多个水缸击破。日军临走前用武士刀削下十多串红毛丹带回营中和同僚分享。日军走后，猴子徘徊树下不去，尝试将主人头颅接回脖子上。

第二天曾祖、祖父在野地埋葬了黄家四口，围起铁篱笆将黄家土地纳入本家种植胡椒。猴子栖身余家果林，每天依旧从野地带回猪笼草瓶子，拎着瓶子在新垦殖的胡椒园中徘徊，直到太阳西下，瓶水干涸，瓶子蔫萎。数月后猴子不知去向，翌年水果成熟季节，猴子重新出现果林中，并且带来一群猴子，饱食一顿后离去。此事经年重复，猴群也逐年增加，余家不胜其扰，祖父在果园大量装设陷阱，捕获的猴子不管死活全部扑杀，猴子终于慢慢减少，最后一年，也是鸰六岁那年，只捕获四只食蟹猴，从此野猴终于绝迹余家果林了。祖父将这四只食蟹猴送给鸰当玩伴时，完全没有想到它们从此引发鸰的饲养兴致。

吃中餐时母亲对鸰说：阿鸰，你把丽妹的事告诉阿雉吧。

"哥，这不是鸡肉鸭肉，是猴肉，特别杀了给你加菜的……"鸰捧着一碗热饭，从桌上一锅酸菜汤夹起一块肉放到嘴里，"那是你第二次返家不久以后的事，丽妹和朋友到泰国玩，回国时被海关人员从假发里搜到了鸦片……"

母亲用一把勺子盛了一碗猴肉酸菜汤放到雉面前。

"幸好那鸦片分量很少，再多一点点，就要判绞刑了……丽妹屁股被鞭笞了三下……据说第一鞭时，丽妹就昏死过去……丽妹回家休养时，在床上趴了三个多月，不曾翻过一下身子，也不曾说过半个字……伤口长肉结疤后……那三道鞭痕整齐排列在丽妹屁股上，像经过丈量呢，真是神奇的鞭法……不知道为什么，丽妹依旧趴在床上，不肯翻身……将她翻转身子，丽妹就全身发抖，发出令人心肺俱裂的惨叫……后来终于下床了，但是是用四肢爬下来的，就像大蜥蜴吧，四肢着地，"鸽的姿势像猴子爬树，"丽妹起初只在浮脚楼里爬行，日子久了，爬行的速度非常惊人……如果硬将她翻身或坐直，就会发出野兽般的叫声，甚至咬人……当然，说她从来没有直立行走，大概也不可能吧，不过那是极稀罕的动作……我自己就从来没看过……"

雉凝视滚烫的猴肉酸菜汤。"……孩子的父亲是谁？"

"哦，丽妹怀孕时，我们竟也没有发觉，或许是我们的疏忽吧……她回家后，朋友偶尔也会来看她，加上她自己时常爬出屋外，在玉米园、胡椒园甚至野地里爬窜，谁知道会发生什么事……也不能一天到晚守着她……孩子的父亲……我们也毫无头绪……"鸽也替自己添了一碗猴肉酸菜汤，"哥，是丽妹要我们瞒着你……你去年返家参加婆婆葬礼时，丽妹就住在家里，但是一直躲着你……"

"显然丽妹也不知道自己怀了孩子，要不然……"母亲难得加入对话，"看得出来丽妹是爱孩子的……"

云卷如蟹腹，天青如蟹壳。鸰脑海里浮起一幅景象，鲜活滑嫩，像刚冒尖的蕈菇的丽妹头皮，无所不在，挥之不去。夏日午后的玉米园，炸蜢不停飞扑到鸰脸上，鸰承受着雨点般不痛不痒的撞击，有时候"呸"一声，吹走停在唇上的小炸蜢。鸰看见一只绿色大炸蜢穿过一株玉米，停在一个浑圆丰腴的女子屁股上，屁股上烙着三道整齐排列像经过丈量的长疤。大炸蜢飞走时，鸰看见一双男人的腿，胯下的家伙仿佛也是一只衰败的玉米：枯干的玉笋须，皲裂的穗苞和松垂的玉米……透过金黄色的玉笋须和茏葱的玉米叶秆，鸰看见一支琥珀色猎枪枪柄和一双蝎子般发亮的长筒靴。

"阿雉，这是阿鸰特别蒸给你的，"母亲将一个冒着热气的蒸笼摆在桌上，打开蒸笼盖子，"很补的，趁热吃。"

热气逐渐消退后，一个合目咧嘴比拳头略大的猴头仿佛从水底逐渐升至水面，五官浮肿模糊。猴子天灵盖已被削去，天灵盖上出脓似的溢出色如皮蛋状如鸡丸的猴脑。

"筷子夹不住的，"母亲说，"用汤匙吧。"

●

玛加姐妹二十多位亲友弥漫 B4 栋 11 号病房的寒暄让雉惊奇地发现达雅克语竟和外面的鸦声鸟鸣颇为情投意合，仿佛他们和本族人交谈时，也抽空和鸟群搭讪调情。

亚妮妮不时回头觑身后的雉。

"令妹今天……出院了吗?"

"说好今天出院的,"雉看一眼面墙熟睡的丽妹,"中午过后忽然发高烧,护士说明天再看吧。令妹还好吧?"

"好好坏坏。老样子……"

亚妮妮的亲友大都着衬衫牛仔裤,其中几位还背着竹篓和腰插小番刀,手臂、胸脯、脖子、脸膛文满刺青,刺青纹案或繁复绚烂,或简单朴拙,甚少重复,唯一相似的是众人手臂上都文着一株猪笼草。母亲用一条干毛巾擦拭丽妹额头和脖子,同时用手背探了探丽妹额头。丽妹依旧蜷缩被单中。

"令妹孩子……还好吧?"

病房忽然陷入一阵寂静,独行着雉的踌躇空洞的回答。

"嗯,还在加护病房……"

"我小妹告诉我,令妹一直想看看她孩子……"

"令妹怎么知道?"

"是今天中午令妹亲口告诉我小妹的。对吧?玛加。"

玛加点了点头。

"还说过一两天就可以抱着孩子出院……"

雉想起加护病房里的丽妹孩子。雉情愿回忆铁柜子泡在福马林里的怪婴,也不愿意勾起丽妹孩子任何一丝回忆,如果在野外看见这样一种东西,雉会毫不犹豫用任何可以抄到手的钝物将"它"击倒。孩子生活在一个不属于人类的空间,被塑胶管、针管、氧气罩、金属仪器、保丽龙似的包裹物和保育箱护卫着,仿佛一个即将遵照人类仪式举行太空葬礼的试验怪物。孩子无法哭闹,没有母亲的拥抱和奶水。孩子将会变成福马林里的活标本，任人观赏研究，一百年、两百年……不知多少年后，地球现存的生物早已烟消云散，总督这只濒临绝种的草食性动物肯定已经绝种，这孩子还维持着完整的丑陋模样。华人医生在办公室里见到雉母子后抱怨说：孩子的情况越来越不好了，赶快下决定吧。即使孩子活下来，养他不如养一只蜥蜴，一只猴子……

第二天傍晚雉虽然陪着母亲去医院，但没有进入病房，在走廊上来回逡巡，想着保育箱中被各种精致仪器戳成蜂窝的孩子和穿着简陋病服的丽妹。雉在走廊上遇见亚妮妮时，突然想起手里正持着准备送给玛加的红毛猩猩玩偶。玩偶手掌贴着粘沾毡，是雉在一部抓娃娃机中逮获的战利品。雉正抓着玩偶的一只手掌，玩偶的另一只手掌粘在雉左腿上，两腿几乎触地。

"怎么不进去？"亚妮妮先开口。

"妹妹心情不好，先避她一两天再说吧，"雉撕开左腿上的猿手，将玩偶递给亚妮妮。"这是送给玛加的玩具。祝她早日康复。"

"噢！谢谢！你应该亲自送给她啊，"亚妮妮接过玩偶，"是一只 orang utan[1]！真可爱。"

"它手掌上贴了粘沾毡，很黏人的。"

亚妮妮将玩偶贴在胸前，放开玩偶。玩偶莽撞地垂挂在亚妮妮胸前，两腿来回在空中踢跶，状颇兴奋。"啊，真好玩。"

"喜欢 orang utan 吧？我弟弟养了一只。"

"真的？我在长屋附近常常看见它们。"

1　即红毛猩猩，马来语。

"你长屋在什么地方？"

"巴南河畔。离这里很远很远，划船大约一天，走路两天……"

"你这几天住哪里？"

"朋友家里。"

三十几岁的华人医生和一位护士经过雉身边时，热心地请雉吸烟，用一种读秒数的紧张语气估计孩子残存的生命力，随后拍了拍雉肩膀。余先生，看在中国人分上，让我说一句良心话：养这样一个东西，不如养一只蟑螂……医生从口袋里亮出手掌，捏着拇食二指伸到雉眼前，仿佛手里捏着这么一只害虫。雉不明白医生为何如此夸张。第二天清晨四点多，丽妹离开病床，潜入加护病房，打开保育箱，抽离孩子身上所有仪器，用一块床单裹着孩子，抱着孩子冲出加护病房和医院，穿过五点树、炮弹树、印度玫瑰、旅人蕉、热带柳，消失在医院后方广阔阴森的热带雨林中。一位被丽妹用剪刀刺伤左臂的值班护士告诉雉，丽妹逃走时两脚直立如正常人，但穿径攀栏、越石渡水如四肢着地的野兽，尤其快接近雨林时，她在芒草、蔓芒其和矮木丛中穿梭自如，来去无踪，仿佛对这场逃亡已规划演练多时。两位在医院草坪上练习垒球的男职员拎着球棒和手套追踪到雨林边缘时，丽妹正在雾霭中渡过一条小河。二人渡河上岸时，她已消失雨林中。

"也许我当时不应该拿着球棒的吧，"男职员说，"她看到我手里的武器，会做何感想呢？"

"我那只垒球手套看起来比拳击手套还恐怖呢。"另一位男职员说。

第三章

雉注视达雅克人巴都从背篓拿出一根钓丝和钓钩，用番刀削了一根树枝作钓竿，采了数十颗无花果作钓饵。巴都将十数颗无花果撒向巴南河，河水爆开十数朵小水花，无花果已不见踪影。巴都用钓钩咬住无花果，甩竿，钓丝和无花果沉入水中只有半秒，拉上一尾像胖子手腕的鲇鱼。巴都用番刀砍断鲇鱼背上和鳃边三根毒刺，将鲇鱼丢在数块波罗蜜叶上。再以无花果作饵，甩竿，如此六回，钓上六尾鲇鱼。鲇鱼失去毒刺后温吞懒散。巴都从背篓拿出铁锅，用河水洗净，将矮木丛两支王公猪笼草瓶子里的清水倒入铁锅，拾掇一批枯枝，在河边生火煮食鲇鱼。两尾鲇鱼开膛剖肚入锅后已占去三分之二空间，巴都分三批才将六尾鲇鱼煮熟。二人边煮边吃。鲇鱼无鳞少刺，滑嫩多油脂，入口即化，连婴儿也可以啜食。巴都吃鲇鱼别具一格，从鱼尾一路啃食上去，最后剩下一颗鱼头。鱼头滑灿兼粗粝，鱼嘴偾张，胡须悠长如蔓。巴都咬烂鱼嘴，边食边吐出鱼骨和胡须，将一颗鱼头啃得尸骨不存。雉如法炮制，吃得满嘴酸痛，不小心吞下的胡须一度鲠在喉咙中呛红了整张脸。

"你休息一下，我在上游准备了一艘舢板，约半小时脚程。我去把舢板划下来。"巴都背起竹篓消失在一片矮木丛中。

正是中午时候。雉半躺在无花果树下，望着对岸莽丛。雉捡起几颗无花果掷入水中，爆开数朵水花，不久又爆开数朵更大的水花。浮光掠影中，雉断定食果者仍然是鲇鱼。一只水獭从对岸河滩潜入水中，不久浮出水面，吐几口气后又潜入水中，如此三四回，最后出水时衔了一尾鲇鱼回到岸上。水獭忽隐忽现，体肥毛丰，在水中曲回如鳗，衔着一尾鲜血淋漓的鲇鱼，冲向温暖深邃、生气蓬勃的幽密巢穴，仿佛四周凄然鸣叫、嗅寻着或进入雌兽阴穴的雄兽。水声潺潺，水光潋滟，鱼鹰、鱼狗、婆罗门鸢、射水鱼捕食猎物，人胆猪心状石块铺满河床，一群人正慢慢走过布满鸟粪蛙卵的树桥，一艘舢板从上游徐徐航来，停摆在河岸上。

"余先生，船来了……"

雉被巴都摇醒。巴都胸膛黝黑，全身纹案纠缠，手臂上的猪笼草刺青尤其醒目。他穿着一件太小的白衬衫，太大的栗色短裤仿佛裙子。雉猜想那衬衫可能是巴都家中女眷之物，短裤则是英国人穿过的二手货。英国佬常以随身物和达雅克族以物易物，包括假牙义手，雉相信如果可以，达雅克族更喜欢植着金发的头皮和碧眼。巴都一百六十几公分的身高在达雅克族中不算矮了，但白种人的尺码使巴都顿形失色，仿佛马来熊碰到了北美棕熊。巴都以一条老藤将短裤系在腰上，藤上挂着番刀和刀鞘，一个兽皮制成的箭筒和一个不知装了何物的皮囊。雉和巴都第一次见面时，就发觉箭筒是一只削去脑袋的飞鼠，而皮囊可能是猪尾猴肚囊吧。箭筒毛发参差，肢尾偾张，颜色接近山竹皮，仿佛祭坛上的死兽。皮囊则像一条小癞皮狗。巴都还背着几截仿佛钓竿的细竹，胸前挂着一双七八成新的球鞋。不知是舍不得穿或穿不习惯，巴都在靠近医院的巴南河畔接迎雉时，胸前即垂挂着这双球鞋。雉始终没有看见巴都穿上它。巴都的大脚丫因此成了雉第一个研究的对象。

雉和巴都将行李抬到舢板中央，巴都蹲在船尾操船桨，雉坐船头，二人面对面，上溯巴南河。河水湍急浆绿，两岸的绿青纤维撩深了视觉和蠕动了味觉，雉也操起一桨，二桨在船外一路啃咬，缓慢前进，仿佛蚱蜢嚼叶。巴都脚底厚茧遍布，脚趾奋拉像十朵蘑菇菌。雉从来没有看过如此简洁饱满的脚趾头。雉的脚趾长期包扎皮鞋中，五趾一束，脚板苍白如苞。雉不由自主沿着巴都精瘦的小腿往上打量。

巴都突然停桨，褪下衬衫掷在脚下，重新划桨时，动作像凿石劈树，舢板被笞痛了似的，在溯洄中一拐一拐，埋头加速前进像一头受惊的驴。雉数次入水捣桨，一股凶猛力道将船桨吐出，最后竟觉得河面满布利牙。巴都摇摇头，挥挥手。雉只得停桨。舢板从蚱蜢嚼叶变成牛啃草，两岸大致相同的风景一再反刍，吃进去的，屙出来的，乃至呕出来的也大致不分，唯一不同的是胃壁肛道加速蠕动。巴都的快捣深划使舢板乖戾莽撞，让雉想起小时候骑着总督漫游，总督即兴多歧的路线难以预知。总督闲闲地啃瓜果，吃草叶，拉屎放尿，寻找入侵者，深不可测的活动路线其实和它的肠胃构造一样规律不变，不同的是，小时候的雉随时可以从总督背上弹开，而坐在那艘被动物化的舢板上的雉，看着埋头挥桨不理睬自己的巴都，仿佛两只公麋鹿搏斗时被犄角死死抵住了喉咙要害。

野兔快跑，臭鼬翻筋斗，耳廓狐耳聪目明，在一排耍猴道具的桌椅上。浅蓝牛仔裤，白球鞋，及肩黑发，大眼睛。四十多个嫩面孔，四十多种服饰，雉仍然一眼看见那件白衬衫。衬衫主人拥有耳廓狐的听力，野兔的敏捷，臭鼬的遁功，任他徒劳追猎，却常常自动上门，像此刻九月开学第一天第二节课。九月阳光像海葵触手拨弄地球这只缤纷小丑鱼，教室外的阳光像巴南河上水光，教室内的盆栽和人造花红肥绿瘦，墙上的霉块仿佛根 球茎，舵轮造型时钟，船骸状的扭曲黑板，拭得比他们门牙还要透亮的玻璃窗户，永远黑乎乎的彩色电视机藏宝箱似的浮在天花板一角，六盏日光灯照射着四十多张观赏鱼类无食欲的脸孔，凑巧的是，教室后方布置栏上竟装饰着海底奇观，粽子状河豚，菠萝面包似的蟹，乳腺似珊瑚，一群小美人鱼，黑白黄红，世界大同。雉仿佛纵入了水族箱。巡堂员戴着潜水镜似的眼镜，青蛙一般扑向玻璃窗户，巡堂姿态如此曼妙，让人不得不以为遭遇了浮力和溯洄双重阻力。雉模仿已走远的女巡堂员摆臀甩胸，走到黑板旁伸出右手。"开电风扇，"不等答案，按下四个钮。"可以吧?"天花板上电风扇开始运转像空气帮浦。咕噜咕噜。笑声像蘸了盐，洒了防腐剂，一点也没有十三四岁小朋友的腥味。这老师不难相处……骆驼的笑靥，马的酒窝。注意左起第二排第三个座位，白衬衫主人的蒲团、蹲坑。也跟着大伙笑。有声海豚，高频率音波，反射，雉的距离形状。笑靥如腺，有氧。没酒窝，双颊却是痒痒的。头发不再小学时代，藏耳遮眉钻陋规，有经验的发匠。那双唇，四声了六年。那双眼，嫣，妍，掩，焰，从阴平到去声。那双眉，有时睡醒不分，有时跳脱如山猫颊须。那双耳啊，不示人……这狡兔一头窜进了雉任教的一年十六班英文课，凑巧之窟，绵密之夜行兽嗅腺，女子性器宫之猪笼草，猴饮，蜥舐，犀戳。整洁评分员经过水族箱外，挖寻玻璃上的污点和窗槽上的尘垢之细心犹如岸上猴群相互抓蚤。每抓一虱，就用红笔记录在评分表上。

"像到动物园踏青呢……"雉说，"制服呢?……"

"注册时缴了钱了，"男喉女舌，性别部位之强调，"……还没发下来……"

白衬衫主人牙齿微露，一手掩嘴，抓住了一个准备出腔的小呵欠。

"老师大概失踪儿童照片看多了，觉得各位有点眼熟……所以上课第一天，先做点身世调查，"雉说，"学过二十六个英文字母……"

四十多个男掌女肘。白衬衫主人也举手了，耳廓狐左耳因此竖得更高。

"——还记不住的，举手。"

没手。

"能够准确念出四十一个子音母音的，"雉说，"举手。"

童诗、三字经、五言绝句似的肢体语言。没手。

"喜欢""讨厌""想"。雉在黑板上很稚气调皮地写下五个字。"欢"尾拖得很长，"想"左上方弯弯地又出一撇，那由右至左直竖的五字竟像一头白森森的牦牛。"叫到名字的，请用这三个动词造三个句子，主词是你自己。大声说出英文名字，如果没有，我帮你取一个。"

肢体眼神很班比维尼。那双黑眼珠直直戳过来，黠而怜，小红帽和卖火柴的小女孩。雉被童话毒素麻痹了半个身子，脖子僵硬，只敢仔鱼啄苔一小口一小口觑白衬衫，抵在舢板窄小的舰首，哗啦轰隆，水花像骨刺，再不变换姿势，左脚怕要抽筋。水族箱很热络，雉喜欢这气氛。大致上，四十多尾饲鱼仍然保持野生种的体形特质：攀鲈科的强韧生命力，鲫的朴拙，锦鲤的友爱。经过两三年的人工饲养和配种后，斑斓花俏，娇嫩懒散，变种为水族箱的纯粹观赏品：攀鲈成为好斗嗜血大鳍阔尾的斗鱼，鲫是狮头黑纱尾顶天眼的金鱼，鲤则成为人工池里俯看的名贵畜奴。水质混浊时，鲈科也会逃出学校、家庭，用鳃褶向空中索氧，但最终仍缩回水族箱，乖乖接受进一步的变种。雏自己呢，可能是水陆两栖怪物，蜥蜴蝾螈之类，丑陋猥葸，水陆交媾，挖穴产卵，水族箱里蔚为一大奇观。

"王小麒……"

白衬衫终于举手了。稀有品种的鱼类学名。

"有英文名吗？"

……摇了摇头。

王——小——麒——。慈鲷科，热带鱼之最，原产南美，杂食，口孵卵或沉性卵，性喜隐蔽，活跃中下层水域，名媛淑女之名：天使，画眉，七彩凤凰，柳絮，琴尾，神仙。画一基线，写在黑板上：Persephone——佩——西——芬——妮。十个字母，四个音节，重音节在第二音节，第一音节卷舌，不要念成 telephone 的 phone。佩——四——分——妮。佩西——芬妮。佩西芬妮。哗哗啦啦。轰隆轰隆。太长了？名字之贵，累赘雕凿，阿拉伯王子的全名，马来土侯的头衔，黛安娜王妃的婚纱，天堂岛的尾羽，绵延曲回一块黑板铺不完。佩——西——芬——妮。希腊神话热爱生命自然的女神。佩西芬妮。

"……好……"热带鱼之后，余氏七彩红鳍小麒鲷，原产台湾，混养，易惊（？），群居性。

"你记得吧?"

"老师取的必然是好的……"温驯。

"好,跟着我念……"视觉潮湿,喉头滑润。咕噜。哗哗。"佩——西——芬——妮——"

"佩西……芬妮……"

"很好,音发得很准,"双手划游,左脚不听使唤。泼刺哗啦。"佩西芬妮——"

"佩西芬妮。"红鳍,因为头上的红发夹。

"好极了。好流利。再说最后一遍。"

"佩西芬妮。"伸手掩口,抓不住一个巨蛙般漫游出腔的大呵欠。

"佩西——"

舢板像一头惊驴将他掷入巴南河时,雉正仰视河岸上一个大蜂巢,完全没有防范,或许是巴都暴烈的捣桨,或许是激流、暗桩、漂浮木,只感觉那只扁扁的水兽像中了箭,削了肢,落入了陷阱。它彻底翻了个身,龙骨朝天,贴着一根显然从伐木厂流失的浮木漂向下游。雉才刚调整完姿势,观巢揉脚,落水后左腿突然失去知觉,一头栽入下游中下层水域。巴南河水质黯浊,即使顶着太阳,能见度几乎是零。之前雉完全信赖巴都的操桨技术,事出突然,还未反应过来,左肩已传来刺痛,伴随一股腥味。雉感觉左肩正在撕裂、剥离,或许是锐石、尖桩,或许是什么大鱼狠狠叨了一口……雉不敢相信闻到了、甚至可能吃下了自己的血。

"这是巴都,我的好友……勇士……我们长屋里的。"东北季候风夹着一股怪味吹进 B4 栋走廊上，随着风力强弱，可以清楚从气味中区分来自院外曝晒住家阳台上的虾膏鱼干，焚耕雨林的烟霾，被提炼成黑色血液灌输到国家的衰弱经济体质的蛮地下的原油，病房里搅和了辣椒大蒜香茅咖喱的辣味，燕窝汤里的燕子口水，像蛇丸一样腥臊的药锭，哺乳科的阳气和两栖类的腺骚。亚妮妮，这个说番语和英语风韵截然不同的达雅克女孩，这时候却是谈笑自若，人兽一体，不算流利但显然经过刻意淬炼的英语，其中结合了蜿蜒的蟒语，肢体化的猴语，甲骨风的鸟语，潺湿的胎语，缓缓介绍着身边魁梧得短小的汉子。也是正午了，季候风源热得像一胎羊水。"做过很多次导游了，带着那些白人，走遍第四省巴南河畔，每一间长屋都很熟的。"

　　雉感受到巴都的傲慢。他背着手，横着蟹胸，竖着树脖子上的椰壳型头颅，试将小角度的仰视变成飘渺的鸟瞰。眉粗牙大，鲁道夫人之颧，繁致的咀嚼肌，妖娆的纹斑少说占了全身五分之四。他纹得如此密致，是想遮掩那蔓延全身的胎记，以致到了后来，连他自己也分不出来哪一些是纹斑，哪一些是胎记，最后竟没有人记得这人全身原来是疙疙瘩瘩爬满胎记的。文身在达雅克族自有表征忌讳，巴都的随性和违悖常理，招致族人物议和不谅解，十五岁执行完成年礼随族人第一次狩猎时，巴都就把一位族亲误认成猎物用吹矢枪射伤，长屋放养的家禽也常被巴都追猎，有一回巴都甚至烤食了一只达雅克族视为圣禽的大犀鸟。森林巫师花了一星期走遍狩猎地，拜访无数山鬼树妖，求了一道野猪脾骨削成的符牌挂在巴都身上。十六岁那年，在一次大规模野猪群围猎中，巴都又误杀了一个肯雅青年，几乎酿成二族一场血战。族亲翻越马印国境，从加里曼丹请来一位婆罗洲岛硕果仅存的马来乡村巫师，据说巫师抵达长屋那一晚，家畜无语，飞禽绕树无数匝，凄然鸣叫不肯入巢。巫师带着巴都夜宿雨林，放了五只家鬼和山灵斗法，三日后，巴都一人出林，足有六十日不发一字，一日傍晚忽然大叫：好肥的羌鹿！口衔吹矢枪射死一只身怀六甲的家犬。山灵放盅，大显魑魅，两只家鬼被断筋剥皮，头部以下腌泡石瓮中，至今狩猎人还可以听到他们响遍山林的讨饶求救；一只被收伏了去，另两只支离破碎魂魄散漫，让羞于出林见人的乡村巫师狼狈牵回加里曼丹。巴都被族人剥夺了狩猎权，不屑农耕，以林为家，屈就白种人和黄种人狩猎和旅游向导，过着一种半放逐生活。

脸颊，脖子，也爬满纹斑……或胎记，而且对称完美，很难想象其中会有胎疤。这汉子给人正在出壳、蜕皮，或躲在战盾、纹瓮后的感觉。"我最羡慕你们了。以林为家，以兽为友，自由自在，坦坦荡荡，没有得失牵挂，真是人类最高境界的生存形式了。"

巴都的笑容依旧像山崖上一道不易发现的细缝，不过总算滴着让人亲炙的野泉，垂下友谊的莽草，即使和人握手。他的手掌，即使盛蛋，也会被地心引力戳破的吧。他的嘴唇嚅了嚅，抹去了刀削出来的冷笑，在雉抽回手掌后。雉突然感受到了巴都的紧张。

"巴都一向不多话……和我在一起……也一样，"亚妮妮睨了朋友一眼。巴都和亚妮妮对视。有一种胎语进行着。"等你们熟了……就好了……他很爱唱歌的……歌唱得尤其好听啊……"

"噢——"雉发出一声长叹。

"他一天唱歌……比说话还多呢……"

"爱唱歌的，"雉点着头，"一定很爱交朋友……"

"……他不许你带脚夫……行李少带……可以吧?"亚妮妮向后拨了拨长发，露出被铜环拉长的耳垂，"吃喝不必担心……巴都也擅长猎野味……"

"好，"雉说，"走水道或陆道呢?"

"水道为主……陆道为辅……这样子较便捷，巴都会做主的……先划桨，等到了内陆巴都会帮你租一艘有马达的舢板……"这许多话，掺着猴肢的毛氄氄，鸟爪的爬虫类移译，蟒的多余尾助词，羊水和口水的泛滥。"酬劳是……一天十五元马币……巴都一向这个价钱……"

"好。"雉说，"后天出发可以吧?"

"随时都可以……"

"好，后天早上八点，就从丽妹消失的地点出发……"

亚妮妮看了看巴都。巴都点点头。

"兽，"整个过程，巴都只说了一句话，"不是我的朋友。"

乡村巫师头扎黑巾一身玄衣，口嚼槟榔栳叶，用烟草、树皮、干果皮烧烤一瓮清水和一钵黑炭，咒语凄厉像妇人临产，点燃蜡烛，将烛泪滴在清水和红炭上，浑身颤栗，或坐或站，手舞如鳗足蹈如章，正和山灵讨价还价。巫师以蟒牙划破小指，染红一瓮清水，放出豢养多年驱邪降魔无数的蟋蟀鬼。蟋蟀鬼头如蟋蟀身如人，专治树妖草怪，胃松肠弛，吃得下一座长屋十年粮秣，东跳西蹿咬痛几只藤精后，开膛剖肚在一只夜　距爪下。巫师划破无名指，放出蝠首人身凌空步行的吸血鬼，正要扑吃夜鸮，让一只硕大如浮脚楼的黑熊叼走。巫师又划破中指。泥鬼口吐瘴气，将森林犁成一片浮浮沉沉的沼泽，但转眼又让一棵龙脑香用根茎掳囚。至此巫师已气血衰弱，哆嗦不止，不得不划破食指拇指，放出巨鬼和吃尸鬼护驾遁逃，临走时对巴都说：你先祖做孽深了，我不能救你……巴都盘腿坐在月色下，看见一只山猫屹立秃干上，听见各种窸窸窣窣非人非兽耳语，学术狡诈，创作喜悦，浑身纹斑胎记如蜈蚣蟾蜍扑窜，数不清的锤针砸向自己，新纹细如尿道紧如肛道，新胎记腥如脐带，如撒尿如屙屎，如射精淋向自己，苦乐参半，文得他像一头中了矢箭的云豹，像一只开屏孔雀，像一座着火宫廷，像雷电交加即将大雨滂沱的午后亚热带天空。巴都握着番刀站起来，在深夜雨林中穿梭自如，仿佛走向长屋，仿佛离开长屋。他祖父阿班班十五岁那年为了参透婆罗洲土著装饰艺术的奥妙精髓也常深夜独游雨林，呼妖扰灵，逐兽追月；白昼登树攀崖，观察花草树木，虫鱼鸟兽，趾蹄爪牙；漫游半个婆罗洲岛，拜师学艺，掠食各族雕刻文身之幽幻斑斓。阿班班二十八岁博闻强记，脑中纹路潜伏着数千种婆罗洲原始民族传统装饰图案，适用于文身、武器、建材、首饰和各种器用上，巴南河上游一带的长屋或浮脚楼，处处可见到阿班班从记忆中誊录或设计的纹样，数量之多，连拥有者自己也不记得是否出自阿班班，但阿班班记得一清二楚。阿班班最令人称道之处，在于他对同一种器血所设计的图案从来未曾重复，因此他虽然绘制过上千支刀柄图案，放眼望去，仿佛上千名将并列各拥版图杀阵。阿班班熟记各族装饰图案后并不满足，无时无刻不在扇风撩火保持创作高温，他那双达雅克族眉毛虽然缺乏表情，但深陷眼窝中的眼眸常常突然落下一滴泪像火山爆发时惊跳出土的瞎眼鼹鼠。在长屋一角或雨林打坐时也常常嘎嘎自语，滑稽怪诞，惹人窃笑，仿佛一只戏水红面番鸭不自量力地窥视不属于小池塘里的豚语鲸梦。那时候部落战争频仍，出阵和祭典仪式兴隆，祭师戴上阿班班设计的面具后即不由自主起舞念咒，战士视死如归如有神助，因为战船、木桨、战盾、刀柄、刀身、枪簇上有阿班班设计的图案。阿班班说，参悟各式灵兽，最有效的方法就是亲炙原身，或摸头抚乳，或剥皮卸骨，贿赂攻击，无所不用其极，因此他献身山灵，膜拜日月；描绘植物文时，光看表面不够，必须验脉刨根，检视发芽源头——种子。先人留传下来的植物纹只述其表象，而我阿班班另辟路径，观其胚胎形迹，直取精髓。描绘动物纹时，先人只强调恶形恶状，或尖爪利牙，或骨骸脾脏，而我阿班班另创玄幽，描其脑髓褶纹，堪称精华中之精华，斑斓中之斑斓。

阿班班最感兴趣的装饰图案，当属文身了。阿班班以为人体俊美，最适合雕琢夸耀，如同湖滨点缀浮萍芦苇，枝桠歇秃鹰，晴空飘云。阿班班又以为，人生短暂如一个浪头的起落，人体的腐朽脆弱，最适合创作者反吊且缓如逆走的树懒爬行，最适合他的艺术浪花飞扑殉葬。阿班班一度绘制了数百块文身印板，只等人来求取，他就请人雕凿出，涂上墨汁揉印在文身者适当部位。阿班班帮人设计图案都有公定酬劳，只有文身图案免费提供。他常说，印板上的纹样是猛兽对他彻底的撕裂啖解，不成人形，只有当它们被刺绣在另一人肉体上，被雕琢在棺木上，被浮雕在吹矢枪上，被肉雕在刀背腕环上，被彩绘在符箓木偶上，被编织在摇篮上，他才感觉身体某一部位幽幽复活，睾丸里的顽虫滋滋蠕动。阿班班黄昏在河边裸身沐浴，向族人展示他爬满纹案的健美身材。胸腹万兽奔走如山林，四肢花叶鸟虫如树丫，背部日月风火雷电如晴空，脚掌手掌两栖爬虫类，臀部两座骷髅冢，满脸精灵，连男器也爬满纹斑，皮皮的像一只褶颈蜥。阿班班二十岁娶亲，将许多保留多年的文身印板应用在妻子身上，这使他妻子在不流行大量文身的达雅克妇女中感到尴尬害臊，一度威胁要全身抹上蜂蜜躺在雨林中让虫蚁螫烂她的皮肤。阿班班夫妇育有一子四女，子女身上都有五六块胎记，族人以为这是阿班班夫妇过度文身的结果。阿班班的儿子阿都拉十岁继承父亲衣钵，尝试成为和父亲一样显赫的纹案设计师，但阿都拉慵懒愚笨，不但记不住数千种传统纹案，也不勤奋拓展自己的风格，声名远不及其他年轻设计师。请托阿都拉绘制纹案的本族、外族或白种人，完全是看在阿班班的大师名分上。阿都拉执行完十五岁成年礼那年，阿班班已很少出手，镇日漫游雨林不见踪影。阿都拉十八岁成家后开始成为一个专业图案绘制师，但很快发觉收入不足以养家，不得不放下身段像其他青年狩猎农耕，逐渐疏远父亲传授的手艺，三十岁生下巴都时，阿都拉已将父亲强迫自己记忆的数千种图案遗忘得一干二净。阿都拉夫妇共生下一子三女，三女胎记稀落并不明显，儿子巴都落地即爬满叶状或虫形胎记，达全身三分之一。阿班班这时已在雨林失踪两年多，终其一生，巴都从来没有见过这位对婆罗洲土著装饰艺术造成重大影响的祖父。

"这里……"雉渡过小河，穿上运动鞋，指着一片莽丛，"就是我妹妹消失的地方……"

　　巴都脖子上挂新球鞋，四面八方观望。很难从巴都深陷眼窝和胎记纹斑的眼神猜测他的心思，椰壳形的圆脸蛋也只让人感觉到明显的七个窍穴但感官糊涂。他的头颅封闭得如此密实，竟不放松一点皮肉。譬如此刻，与其说观望，不如说嗅、听、经验反刍，来疏通他和这片野地的血脉。雏才系好鞋带，巴都已掏出番刀走入莽丛，从出发至今只有一句更正和一句嘲讽。雏赶紧背上行李。绿竹，蕨类植物，藤蔓，野香蕉，野芋，野兰，白管茅，密实扶疏蔫萎肥沃，撩得雏挤眼拧鼻，却几乎沾不上巴都。巴都虽然提了番刀，但走了十多分钟，雏还没看他削过一枝一叶，甚至不发一声，只偶尔在腐植土上摩擦出职业向导稳重规律的脚步声。"他像游牧民族拔寨，只差没有携家带眷……"巴都直视雏，凑近亚妮妮用达雅克语说。巴都的达雅克语说得颅骨撼动，胎记纹斑打成一片，恰似一道粗雷，细雨不降。不必亚妮妮移译，雏也大致听懂。他的达雅克语还可以凑合着用，就像巴都的英语还可以凑合着用。那时亚妮妮正在医院给二人送行，并且准备给妹妹办出院手续，胸前搂一只雏送给妹妹的玩具黑熊，像牧羊人搂一只羔羊。估计巴都和雏溯游而上抵达她居住的长屋时，她早已和妹妹回到家里，用巴都祖父阿班班设计的猴纹或龙纹织妥一个背篓和一个缀珠提包。

　　"放心，泰，"亚妮妮两手玩弄黑熊，仿佛用熊的肢体弥补英语的不足。熊的多毛和肥胖掩没了她的手掌。"巴都很行的……长屋的猪逃到雨林去了，只要不被野兽吃掉，巴都都找得回来……何况令妹还抱着婴儿……"

黑熊扮演各种角色做了生动的诠释。很行的巴都。逃亡的猪。吃猪的兽。被丽妹抱着的婴儿。

"希望到你家做客时，"雉说，"玛加已经好了……"

破晓有一阵子了，玛加仍然抱着红毛猩猩熟睡。走廊外五点树和炮弹树后的天空像一片烤得焦黑的土司，抹着草莓酱之类。

"即使被野兽吃了，巴都也知道是什么野兽……"亚妮妮和黑熊对着二人出发时的背影做了最后的叮咛，"巴都甚至可以猎获那只野兽……"

巴都一双大脚丫子踩着白腹秧鸡的欺敌步伐，消失在一大丛猩红花影后。正在怒放的千日红和美人蕉，或已糜烂的大红花和鸡冠红，簌簌晃动，鸟虫在杀气绚烂中惊跳。雉来不及欣赏亚妮妮如何表演黑熊被追猎屠杀，驮着那一袋被嘲笑装得下一家子游牧民族家当的行李，沐着腥风血雨似的穿过那片花丛，渡过一条小河，进入一片密林，来到一片空旷地。晴空也很空旷，数朵白云形势混乱，如崩塌的蚁丘；数只闲鹰没什么得失心地划着阴阳交互的太极狩猎图。荒地不见半棵绿色植物，颇似熏烤过的猪皮或鸭皮，飘浮着生蚝似的冷烟，莽丛了无生气像蜕化后的蝉壳或蛇皮。形状完整的鸟巢和蚁窝灰烬，鞭炮般开膛剖肚的爬虫类尸体，睾丸皮囊似的猪笼草瓶子残骸，偶尔竖着巫偶似的隐萼椰子和蚂蚁窝，是一片石南树丛和矮木丛蔓延的野地，显然数天前遭遇过一场野火。巴都只扫了一眼就直直穿过野地，番刀入鞘了。

雉以为巴都会像普南青年追踪猎物，东嗅嗅，西舔舔，寻找脚印或弃物，甚至和雉商量丽妹的个性习性，不想巴都从丽妹失踪处走到这儿，精确地像蚁窝里的蚂蚁爬行，似乎早就预定要走这片荒地，要穿过那片野茔，要经过眼前这条布满人胆猪心状石块的小河。野茔也遭遇了一场火势，石南树丛和蔓芒萁砸成灰渣，一只黑乎乎的瘦鸟站在一块黑乎乎的石碑上。数百块石碑经过火舌梳耙后像一口坏牙暴露野地上，透露着一种惨笑或喜泣的小丑神情，"李□"，"王辉灿"，"余阿皇"，见得到或见不到的汉字。猪笼草瓶子的巨大残骸像破损的竹篓挂在石碑上……

人胆猪心状石块依旧布满河床上，岸边的树根仿佛从死动物身上流出的肠子。藤蔓挂满苔藻，蕨类植物在黑暗中闪烁。一尾水蜥蜴缓慢地消失树根中。弹涂鱼的脚印像屁眼。小螃蟹的窦穴像肚脐眼。一百年前被英国人匆忙放倒的树身横搁两岸，远看像一艘搁浅的古战船或护壕上攻城失败的破城桩。树桥上撒了鸟屎，长了青苔，树桥下依旧挂着水藻和蛙卵。那棵百年老榴梿树依旧叶密如册。

巴都连抬头多看几眼的兴致也没有，像一头每年循固定路线摘食熟果的猩猩，即使走过那条笔直漫长的树桥也十足固执而狐疑，仿佛还有其他树桥供他选择似的。雉驮着行李走在阔大得足以容纳四人轿子的树桥上，差点滑了一跤。一只鱼狗缓慢地滑行过树桥下，侧着头，巨鲸似的瞪着上面的人。不知为何，鱼狗来回滑行五次，终于停在河面像一群交媾的鲨的岩石上。每次鱼狗从树桥下滑行过——有一次甚至发出皮影戏似的奸人笑声——树桥就增了些高度，加了些窄度，行李就多了些重量，步行就多了些险度。雉清楚看见桥上除了鸟屎苔藓，还有一群像河岸上肚脐眼和屁眼的小窦穴。那显然不是小动物的窦穴，或许就是传说中的弹孔刀砍吧。树桥和总督皮襄一样嵌着数百颗子弹。雉忽然觉得两脚脆弱得像瓜棚上的两根横架，行李像逐渐肥大的南瓜将他压垮。那树桥摇晃得像一根骨折的狗腿，呜呜咽咽地悬在空中。催促雉往前推进的不是巴都快速的步伐，而是一种结群迁徙滚石般的力量和气氛，这种力量和气氛一再出现，似乎在巴都身上凝结成更庞大的力量和更怪异的气氛，以较缓和的速度一再弹撞雉，仿佛那最初的力道是一道秒针，而巴都是分针，雉就是那被双重力道轮流弹撞的时针了。某种景象——荒地、野茔、横着树桥的小河——像整点报时一再出现，锁紧雉对时间和记忆的发条。已经走过了树桥吗？或者已经走过很多次，或者第一次走过……雉努力地跳着、踹着，树桥却像跑步机转轧着相同跑道。有时候感觉已经完全脱离树桥，但雉那黏稠的步伐才刚跨过桥头……

已经来过这座长屋了吧……巴都终于停下脚步，站在巴南河畔这趟旅行第一座造访的长屋前。

早晨的阳光像燃烧弹落下。这是一座现代化的样品长屋，专职伺候显要人物和观光客，上等建材，水电齐全，楼下饲几种样品家畜，走廊挂满样品传统器具。游客一到，电视音响像罪犯藏躲，牛仔裤洋装换成丁字裤沙龙，大小住户车屁股没傍过似的迎客，得了脑疝似的装得愣头愣脑。付点钱，还可以合照，听赏成年礼、丰年祭、祭人头舞。在国家大力饲养观光事业的巨鲎下，这批达雅克人成了囚栏里只会缩头刨乳的小崽猪。勉强挤出达雅克精神芽肉的，大概只有身上的纹皮和器物上的雕饰了，好像那些瓮瓶、篮篓、刀矢也被饲得脑满肠肥……偶尔一两位老人家,像果树上无花开出的老枝,高傲而虚幻地竖立着,嚼着槟榔和蒌叶,吸着烟草,怀念自己失去的处女蒂和猿猴摘走的瓠核,显然为这种生活形态感到忧虑和不屑,但又挣不脱那家族树的牵绕,几乎蜕变成一种和母树无关的攀爬植物了。老人家枝丫状的肉身捆扎在墨绿色的蜘蛛纹网中。

巴都一连造访了三座这样的长屋,越深入内陆长屋设备越寒伧,但是也越能够暴露出达雅克精神的生殖芽肉和排泄老枝。居民的达雅克语也逐渐展露原住民的王者尊严,不再搅和华语和英语,不再因为讨好观光客而接受英语的妾吻和华语的谗臣诬陷。但毕竟是观光据点,一群观光客在第三座长屋前围看斗鸡表演,美钞下注。雄禽不谙套招,削断的鸡冠,戳烂的眼珠子,跛腿裂爪,张着残破的喙,发出悟道成佛的胜利怆鸣。

"看见一个二十出头的中国女子,抱着出生不久的婴儿……"巴都的询问多变而含糊,似乎不愿意将太多资料告诉对方,甚至故意让对方摸索猜测。每一句话,总要等尾音降下,雉才知道是一句直述句、否定句或疑问句。"……吗?"

也许是配合长屋缓慢的生活节奏,在等待问题像雾霭漫向一百多户人家时,巴都和几个熟悉朋友像被问题熏得焦虑不安的蚊子,嗡嗡释出一串快速含糊的达雅克语。雉,和巴都等人不同种类的蜥蜴,半华半英的母语之舌抓不住半只飞腾的蚊语。那道地和腔调迥异的正统达雅克语,只有内陆深山的女膣和男海绵体才能伸缩自如地吞吐。直到"抱着婴儿、二十出头的中国女子"被百多户人家证实不存在后,巴都等人才停止争论。

"陌生人……最近看到吧……"抵达第二座长屋时，巴都没有直接描述丽妹，甜蜜幸福地谈起巴南河鱼汛，两岸猎物和野果，野猪群数量，一年一度的蝙蝠大迁徙。一只马来麝猫在一棵龙脑香产下一窝小崽猫，全身黑斑纹十分罕见，剥了卖给华商吧。普南人在这一带架设陷阱捕捉黄喉貂。瑞士籍摄影家正在附近拍摄红叶猴和银叶猴。一个在三公里外巴南河畔开五金店的华商向我族购买山产时磅秤动了手脚，常把我族猎获的长须猪秤成猪尾猴。一群日本人涌入长屋寻找和祭拜二次大战被盟军驱逐入林而遭我族斩首的大和战魂，观光长屋那儿有髑髅供他们凭吊。普南、肯雅、加拉必和我族正组织抗议团体，阻止日本人伐林，可是日本人拥有政府批准的垦伐执照，敢向政府抗议就是颠覆分子，坐牢一辈子。西马中央政府正在这里造大水坝发电，生态大浩劫。进入第三座长屋时，巴都绝口不提丽妹，只和屋长闲话家常，一个个询问朋友近况和长屋的稼穑猎获。屋长似乎要介绍几个未婚年轻女子给巴都，被巴都礼貌性地婉拒。

雉的达雅克语虽然混沌黑暗，但学习和适应力极强，一路听闻力逐渐天地洞开，跃出无数昆虫走兽奇花异草，踏入一个彩绘灵动的达雅克原始世界，巴都和族人的达雅克语颇有创世意味。

随后就在巴南河畔钓鲇鱼。

雉又像一头鲇鱼挣扎在那个熟悉的梦境中了，那个梦境有时候会变成一道鱼钩，让他浑浑噩噩吞下，刺穿鳃鳔肚壑，企图将他拉上觉醒的丛岸，甚至像一头水獭撕裂着他，将他的记忆吞吃排泄。雉分不清楚河床上哪一些是人胆猪心状石块，哪一些是额头、胸膛、手脚，岸边哪一些是树根，哪一些是族亲的肠子。藤蔓被血渲染得像一块胎盘。一只女腿正被树根下一只大蜥蜴吞吃。弹涂鱼从一块肩胛骨跳到一片滑嫩肚皮上。小螃蟹绞烂了屁眼和肚脐眼，用螯将人肉卸成小方块，急急忙忙运回土窦。两只食猴鹰的尖喙像缝纫机切割树桥上的尸体。几只大猴在老榴梿树上翘着红屁股，垂下大花脸啃吃男童，其他猴崽一旁观望，发出七情六欲的吼叫。最早将男童肚子刨空的猴王坐在树梢上。

"醒来了……"

雉头枕着树根撑开眼睛，雨点和阳光从树蓬迷彩地落在他身上，巨大的红翼蜻蜓四处飞舞。逆光中，蜻蜓宛如食蟹猴的粉红脸皮。似猴非猴的蜻蜓在他胸前、膝盖和空中交媾，身体像飞行阳具。雨点干燥如粉末，阳光丰沛潮湿，雉两眼裹着雾气，像视觉不良的总督模糊看见巴都分解动物。那褐黑色动物趴在地上，屁股似乎面对雉，当巴都用不明利器熟练迅速地撕裂它的身体时，它似乎还猛烈挣扎了一会。一摊又一摊黏湿的东西，显然是内脏吧，被巴都不费劲卸下，摊在阳光下。肠子显得纤细而僵硬，似乎已在外头暴露了一段长时间，也许巴都猎杀它时，第一击就开膛剖肚。一个多毛湿滑的小胚胎，左后肢被巴都二指捏着，从一堆秽物中崩出，被巴都高高举到眼前。巴都左右摇了摇即将自然出膛的胎儿，将胎儿扔到树外。巴都从母兽身上又挖出一只胎儿时，那胎儿突然凄苦地叫了一声。巴都用力挤压它的肚子。胎儿连续发出极响的哀叫后，终于沉默。巴都把谋杀后的胎儿扔到树外，随后将已掏空的母兽皮囊也拖到树外阳光下。母兽像被拆掉支架的帐篷完全变形，也许是一种软骨动物。小胚胎却清楚显示是一种长着四肢和浑身兽毛的哺乳科动物。

雨点消失。雨后的阳光已和雨点搅拌成橙黄色果冻，像牛乳从树蓬滴下。数不清的红蜻蜓从河畔飞到树下，又从树下飞到河畔，一再来来去去，仿佛被囚禁着寻找逃生口。飞行中红蜻蜓仍然利索而优雅地交媾，利索而优雅地感觉不到痛苦或快乐。雉坐起身子，揉掉睫毛上的雨水，才惊觉红蜻蜓巨大得像初生男娃的阳具，两眼像半透明的睾丸。它们在树下和河畔来回追逐，交换伴侣，求偶，强暴。

那只水上骑兽——舡板——被巴都用绳索捆在河边，顺着水流转悠，仿佛放马吃草。

"还好吧……"巴都检视雉的左后肩，"可能撞上了暗礁或拦到了藤蔓，不知道怎么回事，船翻了……我也吓一大跳……费了好大劲，才把船、行李和你拖回岸上。行李可能掉了不少，能找到的我都找回来了。你不是会游泳吗？"

"我……沉船前……左脚抽筋……"雉感到左后肩传来一阵刺痛和嗅到了草叶的腥膻。

"水流很急……还好我及时拖住了你……"巴都手掌上捧一块绿叶，将上面捣碎的草渣敷在雉肩上，"你左肩受了点伤……不过伤口不大……敷点药就好了……痛吧？"

"还好……"

"你行李都泡湿了……我把里面的东西拿了出来，曝晒在阳光下……东西真不少……"

越来越强烈的阳光像火矢攻击树的城堡。蜻蜓集团爆发宫廷式的淫乱。那只被巴都凌迟掏空的母兽，化成雉的行李袋，疲乏潮湿地摊在草地上。行李袋里的急救药品，雨衣，帐篷，蚊帐，塑胶袋，烹具，手电筒，洋烟，酒，饼干，速食面，小番刀……和一大捆绳索，像内脏敞露行李袋四周。一只熊玩偶和一只会发声的红毛猩猩玩偶，几乎彼此相拥躺在草地上。雉希望它们被送到亚妮妮另外两位妹妹手上时，绒毛没有脱落，机器还会娇嫩地鸣叫。

雉站在两排像矮墙的板根中间，脱下衬衫、长裤、鞋袜，仅着内裤走到树外，将衣物和自己曝晒日头下。红蜻蜓常在水上静止不动，凝视自己爆裂的倒影。连续点水时，像和倒影做剑客式的刺击。岩石上的蜻蜓群忽降忽升，红尾巴翘得像天牛角。蜻蜓多得出乎雉意料，连倒影也出现一阵一阵晕红。

"太阳很大，东西很快可以晒干……"巴都解开绳索，登上舢板，"我到上游租一艘有马达的长舟和雇一个脚夫，一个小时后回来……"

一只鱼狗冲入蜻蜓群，停在一根树桩上嚼蜻蜓，不到三秒像飞去米分棒再度冲入蜻蜓群，停在树桩上嚼第二只蜻蜓。蜻蜓扑楞得像锉断的蜥蜴尾巴。鱼儿跃出水面，试图捕捉蜻蜓。雉将帐篷、蚊帐、衣物仔细摊开，检查手电筒、药品、洋烟、酒、速食面。一批累赘琐碎的东西已不知去向，包括相机、望远镜、液晶体收音机、电池、瑞士多功能刀和一把大番刀。雉觉得自己像和一个强大敌手照面，消耗了许多致命武器。雉将泡软的饼干扔入水中，鱼族纷纷露脸抢食。曾祖和祖父第三天来到布满人胆猪心状石块的小河时，族亲的尸体已被啃得差不多了。一批吃红了眼的怪鱼，拉扯着一个大人泡在河里的腿骨，努力将大人上半身拖入河里。一头不怎么大的蟒蛇吞下超过肚量的族亲，慢条斯理地爬行着，被曾祖不费劲地剁烂蛇头。巨大的红色蚂蚁忙碌碌切割一具女体。应该是一百多位族亲吧，二人忙了半天，只拼凑出约七八十人，在野茔掘了七八十座坟，含糊葬了。日军尾随几位探测消息的族亲，从医院，荒地，野茔，一路跟踪到小河边，将河边憩息的一百多位乡亲一网打尽。据说为了扑杀可能的漏网之鱼，日军将惨绝人寰的刑拷动用在几位尚存一息的族亲身上。

曾祖祖父另外掘了一个大坟，将婴尸连同猪笼草瓶子一起埋葬。日军攻下小镇时，仍然有几位充满爱心和责任感的年轻护士留守医院照顾重患和初生婴儿。日军涌入医院时，用武士刀刺杀病患，因为在婴儿室中遭受护士的激烈抵抗，日军逞完兽欲后，首先用刺刀削掉男婴小阳具，戳烂女婴阴部，再将那批哭号不停的娃儿抛到半空用武士刀劈杀。不知为何婴尸后来竟出现在猪笼草瓶子中……

雉凝视潮湿的行李，摸了摸左肩后的伤口，涌起一个模糊的怪念头。

登上长舟后，雉才发觉脚夫是多余的。脚夫矮壮，手脚一般粗长，走时沉默不语，坐时像一只鼓噪的蛙。十多年脚夫生涯将他本来挺拔的肉体操练得十分矮壮，力气很容易被小觑。巴都说他曾经赤手空拳替一个白种人驮运一架一百五十CC的山叶机车，一口气翻山越岭四十多公里。背着雉被洗劫过的行李，脚夫显得踌躇不前，仿佛少了什么压舱物。巴都在他耳边嘟哝了几句，二人笑了。雉的达雅克语已度过创世纪，进入绚烂的伊甸园，虽然少了蛇的开悟和苹果的咀嚼而依旧稚涩，但巴都那句浅白的话却让他清楚看到了自己的羞耻器。……这中国人体力差劲，又受了点小伤，我担心他撑不下去，到时候就要麻烦你了……

　　比起舢板的蚱蜢嚼叶或牛啃草，漆成黄绿色的长舟在螺旋桨推动下咀嚼风景的快速和喧闹简直像一架电动割草机。吞下去之前，长舟已把风景搅成了不需咀嚼的果菜汁。舟前三分之一完全翘离水面，舟屁股掀起一股尾舷浪，引擎声如狗打群战，互咬厚皮，一成不变地咆哮，像船首的脚夫、船中的雉和船尾操舵的巴都一成不变地凝望前方。原始林，次生林，耕地，废田茅屋，树薯，玉米，香蕉，面包树，木瓜，胡椒，蔗林，野生的，栽种的，两岸风景乱得散瞳。野火焚林，猴群在树上战斗，两个达雅克人一前一后扛着一只被戳破喉头的长须猪，迎面而来的舢板载满渔获。换一艘温吞吞且安静的舢板，风景会较甜和素吧。尤其是那个脚夫，岸上行走时一声不吭，一坐下来就觋般呢喃，也不知道咕哝些什么，让两岸风景更增添了腥膻。雉完全听不明白。也不知道是因为听不明白而浑身不舒畅，还是因为浑身不舒畅而听不明白。

　　停舟时，狗群一哄而散，引擎像吞过热粪的马桶蹲在舟尾，散发着油屎臭。巴都朝岸上的长屋走去，让雉和脚夫留在舟上。长屋让数百根腿粗二人高的弯曲树干撑在空中，屋顶上披着茅草、椰叶和树皮，屋子用竹竿和树枝像背篓或鱼罟织成，随性得像麻雀筑巢。大概年代久了，屋子歪歪曲曲得像一头舞龙。类似竹筏的阳台上曝晒着衣服、鱼干、兽皮，瓜果类的攀爬稼穑几乎从阳台蔓延到屋内。巨树干凿成的刻梯搁在长屋门口。长屋四周稀落或茂密栽种各式稼穑果树，东一丛西一簇，菜畦瓜棚豆架和围篱等星布，莽丛野草参差，颇有五行味道。有时候从其中露出一个忙碌的闲人，玩具兵似的游移，突然不知去向，稼穑果树围篱莽丛也似乎移了位。这不是观光长屋，迎接巴都的生物很人性，几只狗的窃吠，几只鸡的盘查，几只猪的不理睬，和几只野鸟的义务报哨。这长屋和其他长屋一样养着一只黑白相间的大犀鸟，一看到巴都就诗兴大发，用粗犷、颓废、诗意的达雅克存在风格的口述文类，记录和修饰今日的长屋志。

脚夫终于沉默了。

"你……叫什么名字？"相对于脚夫刚才的喋喋不休和大犀鸟的严肃简洁，雉的达雅克语像小学生作文被老师删掉的一堆赘字。脚夫似乎没有听到，或者听不明白。巴都消失长屋中，几个小孩头颅从长屋破壁中伸出。犀鸟叫声变得迟疑晦涩，似乎回头修饰刚才一气呕出的句子。长舟速食下，天边原本脆燥的白云这时竟湿软得像稠粥，在初旅的蚱蜢嚼叶阶段，它干硬得像一朵朵爆米花，一块块爆米香。雉又问了一次，用迥异的语法、语调，像桌球选手连续失分后立即改变战术。三两朵像紫菜的灰云，十几只芝麻状的食猴鹰，一块荷包蛋似的死太阳，将云粥搅和得像羊或狗的呕吐物。脚夫含糊应了几个字，为自己刚才一长串口信署名，蜡封，戳印。雉忽然有一个奇怪的预感：在剩下的旅途中，自己将再也听不到脚夫说话。

　　马达再度发出狗打声时，巴都也陷入开天辟地前的沉寂了，但雉清楚感觉到三人内心有一种地壳运动、海啸、火山咆哮的冲挤暴乱。雉急于改善彼此的互动和关系，但二人却似乎故意翻山倒海，始终不愿意调整出一个安定蓬勃的食物链。雉觉得自己像一只被放生在北极的大蜥蜴，不晓得自己应该吃谁和被谁吃。覆舟后，雉就觉得自己是巴都捕获的水兽。

　　沿途巴都又探访了三座长屋。每一座长屋都仿佛是前一座长屋的复制，只是复制得越来越粗糙，到最后一座时，雉仿佛在河岸上看到了一个特大号的瓜棚豆架，野鸟在茅草屋顶上捡现成材料筑巢，瓜果肆意地攀门附窗，乱檐断梁，破墙危梯。莽丛扑噬到长屋外围时，采取了非常细腻谨慎的战术，细枝小蔓地支解长屋。以为是一座废墟了，当犬斗惊动四野，数百个人头和兽身从长屋中冒出，让人一时分不出是畜舍或民宅。大人小孩表情也颇相似，都是长久埋伏一击中的的单眸掐视。猪做出初长成的女儿娇样。鸭一脸闺怨。鸡像僧侣孵禅。狗肺怒张。巴都上岸，入屋出屋，回到舟上，竟泼妇似的，说，这一整座长屋的住户前几天抗议日本人伐林，毁了几个营地，政府正在盘查。啐。巴都吐出主人招待的蒌草。

　　毁了几个营地……雉怕错失话题，不假思索地接口。……毁得……好……

　　啐。每一棵树，都有一个树神。巴都发动马达。没有人会随便伐树造屋……

　　又是彻底的沉默了。河边戏水的小孩，洗菜的少女，捶衣的妇人，叉鱼的青年，撒网的老人，看见巴都和脚夫后发出招呼问候，小孩甚至兴奋得手舞足蹈，在斗犬嘶吼下演出一幕幕哑剧。顽童垂着割了包皮的小阳具和西瓜皮般的青嫩屁股，在岸上翻滚得像俎上活鱼。女孩裸身洗发，彼此追逐，乳房笑逐颜开。青年汉子的刺青仿佛暗夜飞蝠，手上的鱼叉柄雕凿斑驳。老人撒网前的专注像弱视雄狮在斑马群中挑肥拣瘦。巴都也会熄了马达，一再演练同一句对白。

"看见一个二十岁出头的中国女人，抱着一个婴儿……右臂文蝎，左臂文猪笼草瓶子……从医院里逃走……这个中国男人的……妹妹……"

老人狮瞳惺忪，捞上几只虾蟹。青年汉子鱼叉柄中垂死之鱼吐出怪声。男孩入水，女孩潜水。

"据说……这女孩……喜欢像大蜥蜴……在地上爬……"

舢板、竹筏、长舟航向下游时，巴都也不忘记提问，用一种削尖的语调，甚至流露出急切和危机，引起一位老妇忧虑。

"这女孩……会伤人吗？……"

通过第三座长屋后，长舟全速前进。舟身极不稳定，舮首升起又落下，沿河又有浮木、岩石、树桩，但巴都对这条河熟悉得像蜘蛛自己织成的网络，许多虫豸会落难的急流或蜂蝶看不见的暗礁都被巴都幽径奇花般游玩。巴都甚至抬头摘下一粒青果，放到嘴里刨嚼。速度加快了，空间快速转换，时间却被拉长了，雉清楚感觉到秒针从这个刻度移到下一个刻度，和空间的快速转变形成强烈对比。在长臂猿的急速空间移动和以懒猴为单位的马表计时下，长舟足足航行了五个多小时才减缓速度。云粥已搁得烂臭了，加上夕阳的熏染，晚霞好似绚丽的馊水，被暗夜之猪凶猛地吞食着。

　　河床突然变浅，河水深不及膝，大小卵石清晰可见。两岸耸着十多棵参天巨树，细如牛腹，粗如火山口，全都斜斜倾向河面。两岸树蓬在空中交叉重叠，猴鸟徜徉，附生植物落叶生根的新大陆，洞窟般的阴寒从树蓬直透河床。孩童一次又一次上树，拉住一根粗藤悬荡数回入水。一伙鹅，一家子鸭，两只狗，三只黑猪，也在戏水。右岸泊了十数艘舢板和数艘长舟，岸上几个妇人洗菜刷瓜。巴都驾舟从孩童、鸭群和猪狗中穿过，熄了马达，泊在一排舢板旁。湿狗叫声很拗，是一对胆量中等，仗主子气势的畜生。鹅群羽毛蓬松，脏而干，像一本本厚重和翻晒中的泛黄古籍。猪朝岸上直奔，发出和它们长相一样幽默、举止一样风趣的笑声。孩童围着长舟打转像蜂理巢。舢板停泊处有两道板块和粗枝铺成的木梯，一道有扶手，一道没有扶手，忽有忽无地从河岸爬上一百多公尺斜坡，尽头是一座枝竹参差、树皮老藤飞舞的长屋。木梯两旁是稼穑果树兼莽丛，香蕉木薯玉米凤梨木瓜红毛丹菜畦和白管茅蔓芒萁矮木丛。屋主勤奋时，瓜果压倒莽丛；屋主不勤奋时，莽丛招鸟诱蛇成为一块小型狩猎地。雉发觉一畦辣椒已过分烂熟，乏人采收；一簇矮木丛已将一座棚架剥离地面抬尸示众，无人整缮。几十株香蕉则栽种得像编一出舞剧，高矮疏密都有对比，刚开出的果籽也细心地护上麻袋。一畦苦瓜和一畦长豆也管制得不见半根杂草，瓜仔也挽上护套，舒卷有致宛如爬理过的云鬓发辫。清楚显示每一畦田每一棵果树都属于不同人家，兴盛衰亡也显示不同的管理风格。尽管如此，稼穑仍插着数十根木桩，木桩和木桩之间系上细绳，绳上吊着竹响板、铜管和装着熊爪或野猪獠牙的铁罐。用力拉细绳，就会四面八方发出野兽攫食声，据说常把一些尚未敛爪的害鸟吓得坠落田埂上发抖，即使再泼辣的猴群也会一哄而散。

暗夜之猪已吞尽白日，苍穹极黑而肥，大地多肉，猛禽补钙。木梯尽头像蟒涌出一群人。亚妮妮，像吐信走在最前头，跳跃、招手。

●

雉握着长矛，注视栅栏中一头雄壮的黑猪。黑猪悠游在大约三艘舢板宽长的栅栏中，浸淫在亚妮妮家人迎宾的喧闹和喜气中，羞涩莽撞，贤淑凶悍，种种不平衡情绪扭曲着不平衡发展的油脂泛滥的五官，从轻巧转悠的尾巴和步伐悠闲中可以发觉，它没有感受到任何可能立即发生的危险。猪越忠诚配合众人，雉的长矛越刺不下去。达雅克人这一套欢迎客人的仪式，雉早有所闻。客人如果年高德劭或手无缚鸡之力，达雅克人只会以小猪待客，甚至事先将小猪捆翻，方便客人戮杀。客人如果心怀仁慈，主人也不勉强，请勇士替代客人下手，总之，非要祭上一条猪命，这见血的红地毯式欢迎才算大功告成。亚妮妮族人以勇士级的成猪迎雉，雉可不能漏气。

雉举起长矛对准猪脖子，姿势的慎重有如斗牛士瞄准牛心。如果雉果断刺出去，即使没有造成致命一击，也会造成重大伤害吧，不知为何，雉这时突然想起巴南河上的船难、遗失的一批武器和不实用器具，对这仪式产生一种怪念头，长矛竟迟迟刺不下去。雄终于刺下去时，猪却发出一声尖叫，冲向靠近雄的栅栏角落。雄的第一击彻底落空。

……

仪式变得冗长而惨不忍睹。雄在猪身上划了十多个伤口，长矛、栅栏、地上乃至整个猪身涂抹着猪血，猪血甚至飞洒到围观的亚妮妮族人身上，但猪依旧勇猛。自从雄的第一击落空后，猪的羞涩贤淑完全消失，其莽撞凶悍几乎捣毁只比猪高出半个身子的栅栏。亚妮妮族人乐不可支，配合雄的每一击发出一声鼓噪和欢笑，雄和猪的狼狈替他们带来意想不到的娱乐效果。大约是第二十击或第三十击吧，一只手突然抓住雄手臂，帮雄将长矛准确贯穿猪脖子。

是亚妮妮的手……

雄将熊和红毛猩猩玩偶当着亚妮妮面前送给她两位双胞胎妹妹时，意外地笨拙和沉默。雄怪罪自己还未啃嚼到达雅克语的智识之果，或许亚妮妮就是那条使他开窍的蛇吧。他注视亚妮妮的笑脸。亚妮妮的英语大部分以无限柔软和无限包容的手语完成。恍惚间，雄第一次发觉原来他大部分时候也是用手语和亚妮妮沟通的。双胞胎姐妹长相一模一样，彼此依赖像连体婴，手臂上也都文着猪笼草，像亚妮妮和这长屋其他达雅克人一样。雄相信她们家人有一套辨识姐妹的捷径，但在他夜行幼兽肉食性盲啜中始终是相同味道的一个乳头。只有在往后她们搂着熊或红毛猩猩——搂熊的是姐姐，搂猩猩的是妹妹，雄才知道哪一位是姐姐，哪一位是妹妹。抱着黑熊坐在角落米瓮旁的玛加气色改善许多，据说出院后甚少开口，只在没有第三者时和黑熊对话。有点脏兮兮且聆听主人太多心事的黑熊，脸上浮现厌恶和冷漠。以后雉猸居长屋的日子里，玛加总是利用护体灶、仓、柜、笼、瓮、箱、洞、棺——出现众人面前，像她现在赖在米瓮旁好像那是她的壳。她的病情没有好转，甚至有加剧的趋势，众人礼遇她像一位尊贵的小公主。晚餐时雉品尝着亚妮妮家人递上来的蒌草、槟榔、水烟、米酒，鼻舌都是草叶米果香，脑袋也捆粽子般透着素香，那素香愈来愈紧凑，终于紧箍咒似的使他变成半只醉猴。亚妮妮家人接受了雉的五包洋烟和两瓶洋酒，直接对雉肠胃回敬同种土产，在雉吃下焙蝙蝠、腌猪肉和烤象脚之前。雉看亚妮妮家人啃蝙蝠头，一时忘了丝棉树下群蝠像蜂理巢霸占祖父小木屋那晚，祖父朝小木屋扔了几支火把，也全熟或半熟烘烤出无数蝙蝠肉。蝠群负伤或全身而退后，雉和祖父看见小木屋中被剥皮耙肉的达雅克男孩尸体。祖孙将尸体抬上手推车，由祖父推车，雉拿采矿灯和铲子走在前头，走出丝棉树，走向那片长满矮木丛的野地。手推车刚推出余家土地，蝠群又像蜂理巢围上来。它们浑身血迹，胃满膀胱肿，飞行非常吃重，雉用罐子随手一挥，蝙蝠就像气球肚破肠流。祖父两臂青筋暴突，策马似的吆喝雉驱蝠。雉事实上已挥得手软，索性把采矿灯挂在手推车手把上，挥铲如刈草。他起初用铲背捣扁手推车上的蝠群，最后干脆一铲一铲铲走。蝠群厚实如一座土坟，他根本不担心铲到达雅克男孩。他记得在小木屋里和祖父抬走达雅克男孩时，看到男孩依旧完整但血迹斑斑的睾丸囊和割了包皮的龟头。男孩午后潜入丝棉树下妄想屠兽盗角。祖父站在胡椒园中脚底感受到大地栗动，苍穹结实如矿脉密布发出雷电霹雳的开采声，那是总督冲撞栅栏丝棉树捶地咆哮，祖父甚至看到两百多公尺外丝棉树蓬一纸风筝残骸飘落树下。祖父冲出胡椒园，经过凤梨园、香蕉园，从丝棉树接近木薯园被伪装成莽丛的入口登上栅栏，番刀未出鞘已入鞘。男孩踩到兽栏上捕兽陷阱，一头栽入兽栏隙缝，小萝卜头早被总督长角戳了个稀巴烂。当时月松软，这时小而紧。祖父突然说：阿雉，别打了，让它们啃个够吧。雉垂下双手，打开手电筒，照着黑夜的窟窟窿窿。祖孙抬头观望，蝠群在他们头上竖起一棵百年丝棉树或一道深不可测的石窟，月亮那个小处女肌理密致而有弹性，不知道被掳到那里去。祖父放下手推车指着一片后来鸹葬猴的平坦野地说：挖吧。挖好了，它们就啃完了。雉埋首刨土时祖父坐在一根枯木上用一根枯枝随手一甩，打下一只大蝙蝠，戳破翅膀，压在一块石头下。有时候祖父随手一掏，就抓下一只大蝙蝠。蝠群肠胃不胜负荷，仿佛一群学飞猪仔。雉挖完土坑后，看见达雅克男孩骨骸森严，蝠群逐渐散去，祖父呆望夜空，莽丛萎靡，树木错愕，乱云中的污月露出一脸被迷奸后的喧嚣痴狂。雉爬出坑底，说：阿公，挖好了……。月光轻弹，祖父两眼濡湿，华发忆往，弛张的凶颚驴马牛羊。三十多只被祖父敲昏的大蝙蝠在笼子里挨了一星期饿后依旧脑满肠肥，祖父焙烤而食，大部分制成腌肉。雉觉得烤肉有活活的阳气，腌肉有腐腐的阴气，都让人想起达雅克男孩生前死后。雉坚持不食，直到祖父有一天以蜥蜴肉之名哄骗，雉才食了几块，从此梦见达雅克男孩拍着蝙蝠翅膀游移窗外或天花板下，击畜补血，舔雉耳垂。

　　雉吃了两口焙蝙蝠，又吃了两口腌猪肉。腌猪肉味如焙蝙蝠，焙蝙蝠味如烤象脚。

"象肉……不容易吃到……"

亚妮妮家人飞舞番刀将一只象脚整齐切割成数十坨，坨坨如砖，放一坨在雉面前。亚妮妮和两位妹妹分吃一坨。雉看见亚妮妮指甲牙齿掠耙象趾，仿佛两种不同科别的兽类争食。这象数天前被亚妮妮家人掷出数十竹镖，射出数十竹箭，像一只大刺猬步行数千公尺不死，最后十数人抬一根削尖的树桩像破城桩捅入象屁股，象肝胆俱裂四肢瘫痪。众人将它大卸八块时，那只集搏杀攫食调戏爱抚千万技能风情于一身的鼻子忽软忽硬，有时鲤戏水有时狗溺水，比身上任何部位经历一场更冗长犀利的死亡过程。这场屠杀从亚妮妮家人口中接力演出，亚妮妮也久久闲闲插入一句，仿佛当日牛背鹭在插满箭矢的象腹上啄虱，或一只大番鹊在大象倒地的芒草丛上衔草飞过，有时和屠象有关，有时无关。雉现学了一批实用动词和器物名称，但达雅克语仍是乱箭齐飞，没有一箭中的，芒草丛中负伤逃窜的大象和呐喊追逐的猎人那种雄伟豪华场面常中断在词汇贫乏中，即使现在有血有肉啃着象脚，只是秃鹰啄着一些剩余的惨烈而已，唯一写实的只有亚妮妮不经意粉饰的花言鸟语。亚妮妮并且和他竞喝米酒，两颊如经掌掴，耳垂如经扭拧，红而不灼，言语越过宏门巨柱尽是边边际际的小涡漩镂空雕饰，恰是解酒热茶温暖雉的肺腑。尽管家人大口快牙，她却小肠小胃对雉劝肉劝菜，用指甲剔齿缝里的肉丝，用手背擦嘴，打滥嗝放旱屁，欲呕欲拉，明喻暗比要雉仿效以示尽兴。雉挤不出应酬屁，嗝却打得吞雷吐电响遍整座长屋，仿佛众人口述猎象史诗后一串迂腐不通的注脚。口中的象肉残存着狩猎地的泥泞和箭矢上的蜘蛛毒汁，外加一种腌渍后的腐臭，将他的胃骷髅涂满撑饱。他无水可解，像猴舔猪笼草瓶子水舔竹筒里的米酒。上了一次洗手间，只记得撒了十多泡浓尿，也不记得拉了屎没有，回来时小妮子一头红发，蕈菇般沾在那里。那一头红发远看像丹顶金鱼头上草莓状肉瘤，在那些装饰灯模拟陵寝的昏暗照射下，倒也适合雉夜行习性。经过一座装饰着绞杀榕无花果大王花蟒蛇模型和真水池活鲤鱼的热带景观台，穿过两根雕饰着恶灵面具的图腾柱，绕过几棵假树，拨开一串塑胶枝叶花果和贝壳垂帘，雉行动得非常快速，像一种嚼食蕈菇的草食动物沾在小妮子身边。雉不记得自己说过什么，对方做了什么回应，只记得曾经告诉对方自己和数百万人共同拥有的姓氏，而对方也透露显然和身份证不符合的名字。或者那就叫花名吧。她说得韧强，仿佛那是某种顽疾，和妇人的乳、巢、膣有关的，但雉随后发现她嚼着口香糖，难怪那名字如痣如疣，忽隐忽显，着颊沾胯的。可见得她有多年轻了。雉估计她的年龄。雉不谙妆，但一眼看出那些胭脂口红眼影耳饰以至红发，掩饰多于装饰，前者显母性，后者扬风尘。雉打赌即使她戴白发和　千多度老花眼也能够一眼透视她眼眸里幼燕回旋晴空的青春，甬说举手投足间的乳鹿玩性。除此，显然是一种身份的扭曲。雉想起报上登载年轻女人如何隐瞒亲友在这行业的生死簿上用花名预录自己的幽魂，许多他在教学时惯套的风趣幽默一时说不出口。雉仍不失老师风范为对方着想：她想听我说什么呢？一时之间，仿佛雉要努力讨好她，而不是她去敷衍消费着雉。

　　"诗经三百，乐而不淫，哀而不伤，小余，你不乐不淫，既哀且伤，孔子虽然迂腐，呱呱坠地也带来好屌一条。眼前窈窕淑女，溯洄从之吧！……"教国文的老萧挽着一个丰腴女子，两个一高一胖的美国人也各挽着一个年轻女子，两批人马一左一右朝雏和小妮子挤去。"凤雏，小余第一次来，逗逗他。这个人平常很客气，但嘴巴坏起来，很会拐女人的。小余，人家凤雏也是生手，嫩豆腐一块，文火慢炖……"

九二八教师节，雏想起来了。凤雏拿起美国人放在桌上的登喜路和都彭打火机，敬雏一根烟，自己也衔一根。当。一支钢笔嘴似的火苗，像一尾红剑鱼，在她手里啄食。火苗扫过雏和她嘴里的烟头。椰影蕉风，音乐飘过罂粟花、烟草叶和咖啡树，水声充满口腔回响和深喉咙回音，总觉得有人刷牙漱口。雏想起曾祖的咖啡园和烟草园。电影院的香烟广告中一个白人牛仔骑白马巡视烟草园，一株叶腋上竖着一包印着洋字裹着玻璃纸的洋烟，琼浆玉液的中外神仙粮食。雏嘴舌干旱，遍体霾害，从祖父口述想象曾祖带着巡逻队员追杀焚烧烟草园和罂粟园的达雅克人，枪枪击向要害。凤雏吸烟时疾时徐，体态投入，魂魄浅尝。常常猛吸一口，久久不吐，那股劲味直抵趾静脉。有时轻呿，深不及喉即已出口，只在图利嗅觉视觉。雏学得她装腔作势，和涂满蔻丹的指甲、跷着大腿的坐势一样，在她自绘的戏春图上抹上太多小猫小狗。年轻女人不知道留白的可贵，年华逝去的女人却知道留白的可怕。就像老萧现在搂着的丰腴女人，至少四十几了吧，她如果不在她的老庄园密布假山假石如何招蜂引蝶？大概只有老羊来啃草了。老萧就是这种老羊。他一进酒廊就对雏说笋吃多了，就像强迫学生补习揠苗助长，准备剖青竹蒸熟他那条糯米。他在讲坛上风趣残忍像山产店老板推销现杀现煮的蛇胆汤，下了讲台谈起男女之事也充满食欲，常令雉吃一惊。这女人已不再青嫩，但他不以为意，直说这种老芋叶最适合裹糯米。他要雉对两个美国人逐字翻译：新楼房水电俱全，电梯升降快速，钢筋水泥冰冷，价格高不可攀；旧楼房风味独具，租金低廉，辘轳柴灶，烛火星光，一切自然漫长，且久无人光顾，荒得新，容易流连忘返。雉照译不误，美国人大笑，说：中国古代建筑独树一格，一定要好好寻幽探秘。雉吸过祖父种植的烟草，瞒着祖父偷吃过几口鸦片，吸过土人千百种口味的水烟，登喜路这种洋烟只能算棒棒糖。雉只吮不吸，甚至只叼不吮，暗使内劲吸纳凤雏的二手烟。那些烟雾像母蚊挥之不去，像皮痒的山猫磨蹭自己，又猴又螨，雉只要自然呼吸，就可以不动声色满腔烟渣。凤雏烧完一根烟，又燃第二根烟，让雉不得不怀疑第一根烟是她和雉一起吸完的，尤其第二根烟。烟雾浮游而出，像浪拍岸没有止境，凤雏像母海龟上岸产卵扒向他，又扒回海里，雉感觉到岛的荒芜和臀的丰腴。在岛的荒芜感中，初长成的猪笼草瓶子掀开瓶盖，对舔水落足的小蜥蜴展开处女猎杀。雉凝视坡墩垫卜苦梨状雨蛙岛时，老萧从参考书考卷泛滥像旧书摊的办公室走来，拍了拍雉贯注的肩，说：小余，帮我一个忙。雉抬头时，七窍吸满沼气，世界第三大岛的河系，无所不在的光和热，一年一百二十英寸降雨量，科学怪人似的调制出他长鼻猴的脸。老萧坐在雉身边一张藤椅上，在禁烟的办公室中向雉敬烟，雉摇摇手，老萧收回了烟，姿势像窃扒：看你一脸汗……野蛮……冷气机坏了，电风扇也没有……老萧在对面一位未婚四十岁女老师对电器用品的凄怆向往中细声说：九月二十八号有两个美国客户要到公司看产品下订单，秘书小姐请丧假去了，我的英文虽然勉强凑合，但细节部分，还是要偏劳专家，你那天下午没事吧……。刚在下榻的酒店游泳池畔边读《幕府将军》边做日光浴的美国人，手臂胸膛覆毛，脸红如蟳，一个发鬖如枣，一个发长及肩，前者拥有八分之一黑人血统，额头触到门楣；后者拥有四分之一印第安人血统，丑陋矮胖。两人身高不成比例，一前一后踏入老萧的外贸公司时，像一个保镖在遛一头豪门恶犬。老萧陪他们参观陈列架上的陶制和瓷制样品时，雉忠实地翻译主顾间的交涉，细琐如陶制白头翁尾羽的色泽，关键如互探底价前的大沉默，历经一下午探索，生意终于成交。在两位狡黠吝啬的客户面前，老萧像一个将国宝盗卖出国的宫廷谗臣，诚如他瞒着教育局开了这家小贸易公司，上课授货，下课兜货，三十六年的初中教师资历使他囤积了丰富人脉，连校长也礼让他三分。雉从现场的拍立得合照中发现，比起两位沐浴过《幕府将军》的红太阳的美国客户，他和老萧简直像两个太监，尤其雉的眼睑欲张未张，老萧两眼斜视客户，一副蝠相。老萧心情愉快，对雉细声说从来没有一笔生意完成得这么利索，拉着三人洗三温暖，吃大餐，上酒家。

凤雏敬烟后幽静得像午间的胡椒园，挂在唇角间的一窝浅笑宛如野生涩杨桃。红发无端让雉想起贴在学校走廊间优良学生选拔海报上用蜡笔水彩油画，勾勒出的漫画造型女生。魔女宅急便，温馨接送情。请惠赐一票。小天使装扮成小女巫，小萝卜头冒充小亲善大使。十三四岁抹成二十三四岁。急着长大，来不及长大，堕胎月，搔括器滋滋响，秽河暴涨，熊攫玉米。雄估计凤雏的年龄。眼眸跌宕，像广东话的八声不易抓稳，雄的客家母语完全结舌。眉毛消失在红发下。也许十八九，也许二十一二，总之不超过二十五。

"小余，敬凤雏一杯……"老萧说，"把她当成以身相许的小宝贝，说一两句蚀骨的情话……"

雄正僵得无趣，拿起桌上未曾沾唇的洋酒。"随意……"

凤雏也拿起酒杯，笑得很黏，附生植物类的，啜了一小口。虽然装得老练，雄觉得她像在喝冰可乐。放下酒杯后，她又点了第三支烟，不知为何，雄发觉她点烟的动作越来越不顺畅，打火机试了几次才点着。也许不想让人家知道在嚼口香糖吧，她嚼得机灵而不淋漓，有时候简直像吹泡泡糖，让雄想起小猎豹第一次咬断羚羊脖子，仿佛那只依旧鲜活的猎物会随时赏她一蹄子。八分之一黑人血统的美国人搂着一位也是二十岁不到的女子，炮弹笑声轰响整个酒廊，显然没有挑逗过东方女人的滑嫩可口；他的生意伙伴，四分之一印第安人血统的矮个，不擅应对异性，鲜少说话地凝视另一个年轻女人，有时像狙击手想来一次远距离伏击，有时像弹尽援绝的猛卒。唯 拥有人将气概的只有老萧，他不但触玩怀中女子，并且意淫另外三位，羽扇纶巾，谈笑间，降奴风骚毕露。果树款摆，秋千静止，金发女子叼烟嚼果，左臂上的猪笼草瓶子像女性生殖器，瓶盖像阴蒂，瓶口上的环状腺体像阴唇，齿毛像阴毛，内壁像阴道，卷须像输卵管。金发丽妹和红发凤雏像两种不同种类的猪笼草附生在雄的家族泌尿系统上，那里水蜥蜴徘徊树桥，猴群饥渴，长须猪的鼻头勃起，鬃毛偾张。番刀剖开了十几颗野生榴 ，肾脏型果囊结满古铜色卵状果肉，如奶油，如花生酱，如蟒蛇肚子里的死鸡仔。这是最后也是最佳的饭后甜点了，雉决定捧场到底，拿起一壳，埋头吃下四粒果肉。亚妮妮和双胞胎姐妹也各吃下二粒。榴梿香弥漫屋内屋外，煤油灯和月色对照，充满馋相和禅意。

雉完全忘了当天晚上自己如何在长屋客房中迷糊睡着，只记得模糊看见曝晒阳台上的行李袋在飞翔，猫头鹰在棕榈园捕食，填充鼠和塑胶蛇在秒河里浮沉。在两头狼犬引导下，曾祖拿着手电筒和猎枪穿梭棕榈园，两个拿番刀的年轻工头跟随着祖父。那天晚上月色一定非常灿烂吧，曾祖清楚看到远方工寮生锈的锌铁皮屋顶像生锈的刮胡刀。那天晚上一定也非常酷热了，曾祖清楚看到番刀刀尖滴着两位年轻工头的汗水。两头大狼犬五官呆滞，四肢细腻，起初即兴走动像猎杀前的热身游戏，不消一会就锁定一个方向。它们替祖父立下不少丰功伟业，对祖父和种植园的重要毋庸置疑，这一点恐怕连它们也感觉得到。两头狼犬突然扑向矮木丛咬住一个中年汉子的手和腿，将他从矮木丛里拖到曾祖脚下。曾祖用手电筒打量那个中年男人，抬起长筒靴朝他胯下踢过去。中年男子哼了一声，他哼不是因为曾祖踢痛了他，而是狗牙刮痛了他的骨头。

曾祖又是一脚踢向他的脊椎骨。拿出来吧……

男人顺从地看着两只狼犬。他身子单薄，很让两位年轻工头担心狼犬如果紧一紧下颚，摆一摆脖子，就会把他的手臂啮断。工头伸手安抚两只狼犬。狼犬放了男人，甩着鼻子在男人身边绕圈子，密不透风地嗅着他，像达雅克人用黏土密不透风地封棺。曾祖对着他的屁股又是一脚。屌，拿出来……

男人鄙夷地看着曾祖。拿什么啊，头家……

曾祖咆哮了。据说曾祖召集种植园八百多名苦力咆哮训话时，不透过扩音器也可以清楚让每个苦力听见他初期肺癌的呼吸和胃痛的吞吐。鸦片膏……比你还重的那一大片鸦片膏……屌你妈……

男人突然变得冷静，鄙夷地睨视狼犬和曾祖。没有……我没有拿什么鸦片膏……头家……我没有……

即使拿你当榴梿一片片剖开我也要找回来……曾祖向两位年轻工头使了个眼色。工头将番刀插到地上，从腰上抽出一根缠着钢丝的藤条，喝开狼犬。男人双手抱头，第一鞭还未落下已发出求饶声。曾祖放下猎枪，一屁股坐在枪把上，从口袋抽出一包洋烟和火柴。狼犬靠近曾祖，一蹲一趴，望着黑乎乎的棕榈园和仿佛犀鸟头冠的老月。曾祖抽吸的洋烟其实就是他烟草园里的成果，他把烟草卖给殖民政府，殖民政府运回祖国，祖国用最先进的技术和高效率包装成精致可口的滤嘴烟，倾销全世界和殖民地。

夜空像雉记忆中的总督皮裘，嵌在其中的无数弹头闪烁如星星，箭矢像流星消失在一块块厚裘中。祖父那天晚上睡在其中一间最高级的工头宿舍中，和其他八百多个似睡未睡的工头和苦力听见了男人惨叫。祖父翻身坐起，看见纱窗外笼罩薄云中的灰暗的月，很像草丛上游走的犀牛角。那年祖父十六岁，发育速度像吸了血的水蛭。他推开纱窗，将半个身子伸出窗外。十二座双层木板工人宿舍分布在黑暗中，如果不是挂在屋檐下的六十烛光电灯泡将它们像腌肉西瓜般切开，雉会以为是十二艘艨艟或海盗船被一阵暴风吹刮搁浅沙滩上。两人一组的夜巡队背挂猎枪或番刀，在连接宿舍的木制联络走廊上来回走动，有时候伸手向走廊上装满清水的大型铁桶舀一把水洗脸消暑。大型铁桶零星布满十二座宿舍走廊，是消防用水，常在小火灾还没失控前派上用场，其中包括达雅克人难以数计的蓄意纵火。宿舍内一片漆黑，苦力早已强制就寝，但祖父能警觉到大部分苦力仍在辗转反侧，思潮起伏，四肢虽然不动，心神早已弃船像千疮百孔的搁浅艨艟。祖父坐在窗栏上，望着宿舍外那一大片黑幽幽的棕榈园、玉米园、凤梨园、胡椒园、甘蔗园。渺小的白光，忽有忽无，在种植园里转悠。那是四人一组的夜巡队，背着猎枪、番刀和铁棍，晃着手电筒在种植园里巡逻。明月照亮了种植园、艨艟似的宿舍和介于种植园、宿舍之间的三栋水泥楼房。水泥楼房灰瓦白墙，沿河首尾相连，黑暗中像巨大的驳船或渡轮。水流声断断续续，有时聒噪，有时安静，仿佛对岸有人一整夜不停放倒一棵又一棵百年大树。接近苦力宿舍的两栋水泥楼房漆黑朦胧，唯有最远那一栋双层水泥楼房二楼窗户灯光迷离。祖父全神凝视。任凭祖父眼力再好，也只能看见一片混沌。三栋水泥楼房离祖父居住的工头宿舍太远了。那是曾祖严禁祖父接近的地方。

雉在一片畜声和兽肉纠缠下醒来。猪羊鸡鸭在一楼畜栏雉屁股下啼嚎，象脚蝙蝠肉猪蹄膀在雉肛门内蠢蠢欲出。醒来之前，雉在梦中庞然笨拙，破屋毁树，一群小人对他放箭掷镖，亚妮妮化成一只牛背鹭啄他襞皱上的烂疮。雉身中百多支毒箭倒下，小人呼啸持番刀剥他的皮。醒来之后，他看见背袋垂挂阳台栏杆上像梦中被剥下的兽皮。黯绿色的晨光透过树林笼罩长屋，雉打赤膊穿着一条短裤躺在绿意犹存的新编竹席上，浑身湿软如一筒糯米。昨晚一席吃喝，仿佛久远，仿佛活跃眼前，如嫩枝，如老丫，但确实和其他莽林矮丛生长在脑干上。雉挺着一头不停被伐倒和灌溉的葳蕤或枯干的记忆，艰难而受尽煎熬似的坐在竹席上。

畜粪酸臭，但畜声圣洁。透过地板隙缝雉看见两只黑猪刨土。那烂泥经过它们日夜翻刨，不知道还贮藏着什么美食。二猪翻刨得起劲而满足，红鼻子和半个猪头埋入烂泥巴中，仿佛小伙子刨了无反应的老妓。雉看一眼手表，七点三十分了。雉立即穿上衬衫，像挣脱兽口的羊，走出狭小的客房来到走廊上。走廊弯弯曲曲，无止无尽，左不见头，右不见尾，栋梁林立毫无章法，腌肉干果小瓮大篓，人和家畜穿梭。雉看不到熟人，一时找不到出口，只看到一个似曾相识的女孩，抱着一只毛发偾张的红毛猩猩玩偶，蹲在一个巨大的树身镂空的木臼旁，像偷吃了鱼的小猫盯着雉。那显然是玛加了。雉向她挥挥手，用达雅克语道早安。木臼稳重，母性焕发，护卫着玛加。玛加慢慢消失木臼后。

亚妮妮从门口走进来，大声叫唤雉的英文名。雉透过门口看见巴都已坐在江畔长舟上，胸前挂着球鞋。

●

亚妮妮在医院里透露：确实有亲人看见一个中国女人抱着一个不知是死是活的婴儿出现巴南河畔。根据亲人描述，她几乎百分百确定那个女人就是丽妹。获悉雉打算入林寻找丽妹时，她推荐了巴都做向导。巴都的经验判断，一个没有能力在雨林里生存的年轻女人，还奶着早产儿，任她再大本事，也只能沿着巴南河畔人类活跃处偷吃打野食，即使浪迹一星期，最远也只能抵达亚妮妮家园周围。巴都说时椰壳型头颅晃了晃，僵硬地觑着亚妮妮，仿佛征询亚妮妮意见。巴都建议雉从丽妹失踪的地方出发，乘船溯洄巴南河，以亚妮妮家园为轴心搜寻个三五日。如果雉愿意，他愿意陪雉搜寻个十日二十日。以巴都的经验和能力，除非那个女人已遭遇不测，一个月后肯定有结果。说完在雉和亚妮妮身上来回觑着。这样好了，亚妮妮马上说，我亲戚都好客，长屋客房多，到时候泰迪你就住到我长屋来慢慢找好了，更何况你妹妹也是我朋友呀。

第四章

以后雉才知道亚妮妮每天天没亮就起床干活了。长屋走廊看似密不通风，其实出口遍布，仿佛蜂巢。亚妮妮现身走廊上时汗流浃背，两手抱着一大把长豆黄瓜胡茄，脚丫子沾着污泥，发上牵着几株绿草，一只小黄蜂缠着她转悠。她已饲过百多只鸡鸭，捡了两畚箕畜粪到菜园里施肥，拔了两畦野草，摘了满怀豆瓜。雉和巴都准备向上游出发时，她又扛了一桶衣服走到河边，笑容畅快饱满，像野马的飞蹄，家猫的肉垫。频频的道别声响彻江畔，猴吼、畜叫和鸟鸣哺食她声音里的乳味。

巴都身上零件一样不缺，还多了一个手臂粗长的竹筒，封着筒盖，用麻绳系在后腰上。雉实在不明白，难道巴都每次导游，都是这种狩猎甚至出草¹装扮？雉遵照亚妮妮安排，只带小番刀、水壶和西药。伤口已没有大碍，只有使力时雉才会感觉到背后来历不明的疼痛。亚妮妮族人认为这种伤最好摊开在阳光空气中自然愈合，但睡前亚妮妮还是亲自替雉敷上一层厚厚的药草渣。药草的形状、颜色、味道和热度都像鸭屎，像大蛤蟆盘踞雉的梦穴。这个热乎乎的药渣整晚干扰雉的睡眠，让雉做了一连串枯燥而怪异的梦。

长舟慢了很多，斗犬声也温和很多，雉有足够时间冲泡两岸风景。一路品茗下去，风景变化不大，茶叶仍然是那几片，于是越喝越淡，最后竟像是舔水了。见山只是山，联想不到雄伟。见水只是水，分享不到灵动。莽丛再绚烂，却像蝴蝶来自同一批蛹。鸟兽的冶艳，叫声的阳刚或阴柔，视觉和听觉早已饱胀，肠子堵塞，屁眼

---

1 旧日台湾原住民埋伏于草丛中，捕杀入侵者或猎取他族的人头，再将人头去皮肉，置于髑髅架上，称为"出草"。

紧闭。步伐放慢，态度松散，也许反而导致这种结果。巴都看到可疑的或可能的荒路废径就停舟上岸溜达，见了熟或不熟人也熄了马达聊天，碰到上游的舟筏就设法拦下盘问，连见到江边喝水的野猪或跃出江面的大鱼也弯弓持箭跃跃欲试。他的行动不但变得温吞，性情也趋向阴柔，竟随手拔下江边一朵大白花凑近鼻前嗅着，依依不舍地眺望远方一座被雾岚切断的死火山。传说那座死火山一百多年前爆发过，达雅克人呼为"响大炮"。最后他的温柔面彻底泛滥，斜望岸上放嗓高歌。出乎雉意料之外地，他的声音也是阴柔纤细，仿佛他日后吹叶笛诱吼鹿，旋律歌词日后也重复过无数次，在雉的刨食和亚妮妮的翻啄下，雉牢牢而烂熟地记住了它。巴都不停地哼唱，直到长舟通过一间伐木厂。

我乃垂头之香草，卿见我而俯嗅；

我乃针叶之巨树，我指尖而美丽；

我乃江滨之乔木，千猿因我而倾跌；

我乃秀丽之篁竹，露珠由我而下坠；

我乃茂密之佳水，赭红如火焰；

我乃金线织成之足钏，环饰佳人美足；

我乃柠檬树之木剑，砍断囚禁处女之笼；

我乃青年之雉鸡，呼朋同啄稻米；

我乃江中黑鹂，追求美丽之雌鸟；

我乃江中肥鱼，啄食苹果和鲜花；

我乃江中鳄鱼，口张如箕尾摆如虎；

　　我乃山巅蟒，喉中流血不止；
　　我乃山中虎，我颈鲜血环染；
　　我乃江头蛇鸡，头上斑点如铝弹；
　　我乃捕鱼之雄狐，终日遨游江口；
　　……

　　电锯咬住被伐倒的巨树，断成数截，树围小如猪笼，大如呼拉圈，像抹了奶油、花生酱、巧克力的特大号棒棒糖。陆地上的棒棒糖堆成三角丘，远看像度假小木屋。水上的棒棒糖集中江河左边，准备随水流漂向下游海口。长舟虽然沿着右岸航行，但仍有一两截失控棒棒糖突然脱离航线，犹疑地或果断地亲近长舟，紧傍着不放，费了巴都和雉许多功夫。长舟仿佛被江面粘住了。斗犬声软弱，完全被电锯声掩盖，最后两句歌词也彻底被粉碎，只有旋律仍然像电锯铰链、马达螺旋桨轰轰咻咻空洞地转悠。巴都哼唱的歌谣虽然歌词变化多端，但每一句旋律大致相同，只有其中一两个音符拔高或压低，拉长或缩短，转强或转弱。巴都熄了马达让长舟傍着岸边一根浮木停下。恰是十点休憩时刻，工头像吟诵回教祷告文吆喝，一百多个工人先后走入岸边一座小木屋，出来时手里多了一杯热咖啡和一盘糕点，或坐或站在岸边。秀气地喝咖啡，啃糕点像蒸气火车头添木炭，华语、马来语、达雅克语、英语、印度语清楚显示族类，肤色大部分类似加了奶精或没有加奶精的黑咖啡。空投精子的十七八岁，追卵的二三十岁夸父，买膣寻欢的四五十岁，不晓得多久没看过雉这种斯文人了。补充完热量后，半数以上脱下衬衫短裤投入河里，有的很即兴，有的像完成仪式。雉带着落难的华语和英语子嗣，巴都牵着达雅克语皇族，寻找谈话对象。

"母猪、母熊、母猴、母鹿不算……半年没看过女人了……"

"二十多岁的女人……奶着孩子……很像被遗弃的痴情种……我们是常撒野种的……"

"不关我事……我从来没操过中国女人……"

"中国女人连碰都不让我碰……"

巴都伸出食指，数着一截伐木年轮。

"别数了……两百二十七年……我数过了……"一个泡在河里的华工说，"……放倒这种大树有一种说不出口的快感……过瘾……像操一个处女……"

巴都看着远方像度假小木屋的棒棒糖和雨林："伐到摩丹娜山了吗？……"

"摩丹娜山？……"岸上一个马来伐工说，"伐到山脚下了……日本人要把整座摩丹娜山伐光，那里随便一棵树都有百年以上……有得忙呢……"

巴都视线眺高，似乎眺到那看不见的摩丹娜山顶："……每一棵树……都有一棵树神……"

"是啊……"一个达雅克伐工说，"我们每放倒一棵树，都要祭拜一番，请树神栖身别处去……中国人总是笑我们……"

大伙盯着江上，拍掌吹口哨鼓噪，对岸莽丛飞出一只夜鹭和一只鱼狗，前者飞向上游，后者飞向下游，喙张爪开，像脱榫的飞斧，随后又飞出数只野鸟，从左岸扑向右岸，从右岸扑向左岸。江中戏水的工人围成一个圈子，和岸上工人一起拍掌吹口哨鼓噪。巴都挨着一根又一根伐木数年轮，仿佛工匠趴在石壁上描受难圣者的体毛。雉看见一个达雅克工人钓上一头菜刀般的怪鱼，那怪鱼上岸后四处伤人，划破两个工人的脸和手。

"这家伙……一提起女人就受不了了……"

"整条巴南河快被他掀翻了……还不出来呢……"

"是啊……你看他鼓动的波浪，可以击沉一艘油轮了……"

"阿良……温柔一点……人家女人可不是木头……"

一个年轻华工左手抱着一根伐木在江面载沉载浮，五官扭曲，发出野猪刨泥的鼻腔呻吟，仿佛和一只江鳄搏斗，数十年树龄的巨木在他搂抱下有随时被折断的可能，可以明显看出来他的右手正在水底下激烈而有节奏地摇摆。这家伙突然全身颤栗，张口啃浮木，撕下几片木屑，神情如午夜梦回，趴在浮木上不动了。

下游的围观者一阵惊动。

"快走……他的精虫游过来了……"

工头像朗诵《可兰经》在岸边走了一遭："开工了，开工了……"

伐木工上岸提了一台电锯切割被放倒的处女巨木，抖得像发条兔鼓手。二十多个兔鼓手敲击出介于摇滚乐和进行曲之间充满颓废迷信的末世音乐。巴都从岸边摘了一粒青涩的波斯枣放到嘴里，发动狗打声吞吃末世音乐，长舟慢慢荡离伐木厂。长舟像睡醒一觉的兔选手，沮丧地追赶溯流而上的激情精子龟。

　　我乃江口鳄，目睹鲜果而来；

我乃水面蛟龙，为汝所迷而不去；

我乃狭长之宝剑，双锋横扫棕榈叶；

我乃长头之铁斧，砍断无数千年巨树；

我乃高山之藤神，因潜江水而潮湿；

我乃辐射之蜜蜂树，千枝向外扩张；

我乃江岸之龟脚，因泅游而润柔；

我乃驮汝旅行之熊黑，采尽树梢之鲜果。

　　长屋像彩面山魈贴着窗棂出现在巴都书生夜半歌吟中，差不多是久久一次。起初雉仔细打量长屋，逐渐视若无睹，当巴都下舟和长屋居民晤谈，并且一次又一次无结果后。愈溯流上游，丽妹就愈飘渺了，长屋像倩女幽灵更久一次出现在鬼声啾啾的狗打声中，当巴都已停止歌咏后。一座长屋的寻访，从当初百科杂烩逐渐简化成绘画注音大字本，现在更是陷入耳目皆废的点字疙瘩抚摸了。雉必须卑微地化身其中，才能嗅出这一座长屋和那一座长屋的不同架构。巴都早已把自己庞大的网巢编织在整条巴南河畔，丽妹这只小豸的落网只是一次轻微的栗动而已。然而几乎在他踏入一座长屋之前，似乎早已知道结果了。他是不是将网巢织得更阔更韧更密，或是瞒着雉让猎物就地入茧？雉终于忍不住随他登上长屋，可是如此也没太多用处，巴都和当地居民的熟稔，一个眼神，一个手势，就能牵动一条网丝辐射出音讯。幽径的巡检，莽林的漫步，也从当初吸吮抚摸的重重激情热身，变成现在只求发泄了事的匆匆重点式抽检，变成一种嫖了。某些时候，巴都甚至成了催促雉尽快了事的鸹。第三日后，莽丛已变得既枯索又灿肥，既污秽又纯净，别说巴都，连雉登陆的欲望也完全萎缩。他们甚至就在舷外小便。再也找不到没有寻访过的长屋。只有碰上有人伐林或焚林，或土著浩浩荡荡的狩猎队伍时，巴都才会熄舟上岸，打听被砍伐或焚烧的林地范围，检视年轮或耕种的农作物，探寻野猪吼鹿鱼汛，除此，没有其他因素吸引他们登陆了，除了拉大便打野食。当初那种兴之所至的登陆，现在已干硬地便秘在肚子里。野火烧毁亚妮妮家人栽种的半座玉米园，第三天晚餐时亚妮妮啃着一截被野火烤焦的玉米，两眼热燥，十指如喙，先前她还吃了半壳榴梿。"行了，暂时别往上游去了。明天歇一天，我带你到附近探探。后天再和巴都往下游巡一次。"

说是探探，亚妮妮操桨时也优雅如天鹅，浅拨像十指撩弦，深划时腕臂绷张，腰力下盘都在暗助。水流平静，她说笑自如；通过一滩急流时，她下巴腋下紧贴船舷，桨柄几乎沉入水中，桨舌刮得河水阴唇怒张，宛如伸手入牛膣助产。偌大一条巴南河，水路有时开朗，有时逼仄，舢板被操纵成了风浪板。亚妮妮穿一件蜡染衬衫，发毛牛仔短裤，左臂套着野猪牙臂环，长发劈水，不消一小时已湿了大半身子。雉背着亚妮妮坐在舢板中央，也操一把又黑又沉的大桨。他虽然划得吃力，却对船速没有太大帮助。那把大黑桨吃过大风大浪，桨柄泞滑，桨舌有点曲，非高手不能驾驭，雉每次入水，桨舌就像拐杖卡在沟盖隙缝中。舢板愈是偏离航道，亚妮妮的玩性愈重。三偏两偏，偏入一条枝叶茏葱雾霭弥漫的小支流，这时舢板反而像脱离了乱流的飞行器平稳流畅。小支流水流缓慢，几乎处于半停滞状态。游鱼大声喋喋，鸟虫响彻云霄，藤蔓扶疏，两岸渐行渐窄，直窄到一艘舢板长度，已不见天日。亚妮妮停桨让舢板滑行了一段，滑到一艘较小的舢板前。

"带你去找一个华人，"亚妮妮从江中抽出更沉更曲的大黑桨，放在舢板上。桨身鳍鳞斑驳，雕琢成一尾精瘦的大黑鱼。鱼肚填满花草昆虫和小鱼，其中竟有一株猪笼草。亚妮妮站在舢板上，伸手搭上一根树枝。"看有没有你妹妹的消息……"

雉也抽出大黑桨。也是一尾大黑鱼，相貌凶丑，骨骸淋漓，窾内蟹虾狰狞，很像被锺馗唻出原形的小鬼。"这里有华人……"

"是啊，咦，也许你还认识他呢，"亚妮妮踏上无人小舢板，一个纵跃上了岸，"这人从前是锣市华语老师，退休后隐居到这儿已有五六年了。刚开始那两年他还在这里小学教过华语呢……"

"你怎么认识他？"雉也学亚妮妮跃上岸。

"和我们偶有来往的……隔四五天，就到我们长屋来买农作物、猎物……有一次，还买了一只狗和小猴子……"

巨树五六人围，烧垦出来的小径，突然掉下的野果，不知何故从千崖万丈坠卜股翻滚的小爬虫兽，阴冷的怪鸟。亚妮妮半跑半跃，雉还没有看清楚形势，视觉突然开朗，一座小山丘，一片矮木丛，几棵小树，苦瓜状枯云，慈眉红脸老日，衔枝筑囍扶卵的忙鸟，有闲才轻弹的蚱蜢。一座深湖，一间木屋，一排矮篱，一个老人攫斧劈柴，劈得遍地一片荒。颇有车炮毁，士象殁，只剩一衰马数残兵护帅的气象。雉和亚妮妮像两个小卒慢慢接近老人。一只狗，一个小马步跨过来护主。

"罗伯伯……"亚妮妮跃过矮篱扑向那只狗。狗伸出舌头舔亚妮妮耳垂。雉站在矮篱外看狗，只看了两眼，视线就逗留在继续劈柴的老人身上。老人只着背心短裤，高大，背鼓如牛，胸曲如根荄，肩阔臀方，颇似一块棺盖。上肢如鸭翅膀，下肢如斗鸡腿。头发黑中掺白如鼶狗皮毛。苦瓜状皱纹，慈眉红脸，牙舌微露，颇似润指拈册的老僧侣。斧头轻轻弹起，闲闲落下，如隐士挥毫作文，干柴分段落句，燃之铿锵。雉观察老人劈柴，蓦然想起亚妮妮亲人用番刀剖榴梿开椰子的轻松犀利。他自己尝试剖过一粒榴梿，只觉得在剁一块蛮石。有半分钟时间，亚妮妮戏狗，老人劈柴，雉静观，隔着一道铁篱笆。铁篱笆攀瓜豆，有时稀疏，有时茂密，柱与柱之间只容二牛，翻丘分莽，忽方忽圆，圈住湖潭和木屋。高度清楚显示，志在防兽。木屋容量约一座篮球场，建材细琐，仿佛小人筑成。盐木片砌成的屋顶，腿粗的去皮树干围成的墙壁，竹窗户，石门槛，屋檐下垂着竹篓畚箕熏肉鱼干，墙角站着耙锄铲桶，躺着柴薪，贮着两缸清水。屋外有菜畦和瓜棚豆架，一座栽满野兰的小花园，一座井，一座鸡舍。雄鸡羽秽色杂，懒懒骑在一根木桩上，颇似画家手上年代久远的调色盘。一只母鸡蹲在地上，小鸡也乖巧地围靠着它，颇似大果四周结满小果的鸡雏凤梨。老人停斧，亚妮妮离开狗。狗遛到篱笆前看雉。

"是你啊，"老人操着下盘不稳但架势十足的达雅克语，一字一句都像他劈断的干柴，有时薄，有时厚，但长短重量统一。"今天下午正想到你们长屋买点米……有没有野猪肉？……还有蛋。我那几只鸡不会下蛋，只会孵蛋，久久下一粒，抢着孵……"

"你好像有一个星期没来我们长屋了，懒啊……"亚妮妮回头看雉，"泰，过来吧。"

亚妮妮示意雉学自己跳跃篱笆，但雉已找到篱笆门，绕了十几步推开门，走到老人身边："罗老师，你怎么会在这里……"

"鹏雉，是你啊……"几乎在同时老人也开了口。

老人笑得羞涩。一手叉腰，一斧拄地，仍有帅的王相。听完访客，从柴薪上捡起一块兽皮似的褐色毛巾拭汗，走到井边抽一桶水，沾湿毛巾，又拭一遍，将毛巾摊在井栏上。从井里捞起一个盛满山竹、红毛丹、杨桃、芒果、番茄和黄瓜的竹篮，从柴薪堆翻扒出两张小板凳请客人坐下，自己坐在柴薪上，说：昨晚做了一个梦，梦见亚妮妮你在篱笆外追一只野猪，野猪撞毁我的篱笆，踏坏我的菜田……冰了一篮子吃不完的水果，你真的来了。又说：水果都是野生的，很涩，我担心猴子果蝠，提前摘了。三人啃掉半篮子水果。斧头笔直耸在地上，狗趴在亚妮妮脚前，湖面溅起一个小浪花。老人赶到湖边，伸手拉一条细线，这是他唯一不慢条斯理的动作。一条像狗腿的白鱼被老人拉上岸后，老人又一副清闲状。雉和亚妮妮走到湖边。老人将白鱼放入一个锡桶，重新装饵，说这湖里的鱼愈来愈精了，常常两三天才钓上一尾，今天托你们的福。

老人依旧请二人坐在柴薪旁，三人互问近况。天逐渐暗沉，老日干瘪，远方运来一批黯绿色的云尸，有铺天罩地埋葬的气势，仅存的数朵白云迅速染上僵气。永远有几只鹰，硬硬地架在那儿，筑成一小方天国，像白日星座。也永远有几只不见面目的鸟，以树做高度，以胆做速度，边边际际地，从这里飞向那里，从幽冥飞回幽冥，好似老鼠在猫窝旁扒了一爪。也永远有一批来历不明的声音，人的，兽的，五行的，在三人汇集华语、英语、达雅克语的河域中像大鱼逆流，像水藻生长。一群黑白相间的大小蜻蜓在湖上竞飞，湖滨沉住牛脾气，偶尔甩尾吐出一尾鱼吃草秆上歇羽的蜻蜓。兰花拟态成蝶的窈窕和蜂的风骚，请君采蜜。公鸡动了，扒啄鸡舍四周扒啄无数次的松软沙地，一只母鸡翘臀求君恩宠，公鸡不理，凝视榛莽山河和残破宫廷，叹啼一声，雨已悄悄落下。雨很稀薄，老人没有请访客入屋的意思，打量昔日得意门生，重新燎炽得意门生课堂上锐气的朗读，嘴角出现一阵温暖，山羊眼充满神采。鹏雉，老人说，声音有时候干，有时候稠，多纤维，少钙，充分的胡萝卜素，缺维生素D，腹泻，失眠，夜里多尿。你高一时坐在角落第一个位子上，常用眼角偷看右后方一位女生，你暗恋她……雉惊讶老师的记忆，在一阵错愕中，雉听见老师描述这位女生和其他女生种种。二人华语说得珠圆玉润，听在亚妮妮耳里像颗颗羊屎，起身呼狗参观菜园。老人是雉中学时期曾经受教的最杰出华语老师，北婆罗洲文坛耆宿，擅写小品，出版过两本杂文，年轻时流氓唐山两广，大学毕业后移民南洋，成为北婆罗洲炙手可热的华语教师。老人教学勤奋视学生如己出，终身未娶，嗜读中国古籍，深厚的国学根基和唐山背景使他在杏坛和艺文界呼风唤雨，不知何故五十多岁即退休，卖了房产，领了退休金，运了数十箱古书隐居莽林，除了附近几所长屋住户，少有人知道他的行踪。雉本想忙完丽妹后拜会老师，没想到不期而遇。可是，老人说，也有不少女生暗恋你啊，真令人艳羡。白衬衫，浅蓝色裙子，白球鞋，总是营养不良，一和

异性说话就脸红，雉回忆已是中年哺娘儿女成群的同窗和那位自己
短暂暗恋过的女生，如果人生是一次完整的如厕，从脱裤放屁撒尿
拉屎擦屁股冲马桶洗手，那一次暗恋的短暂可说占不上任何一个细
微动作，但除了上述一定的程序，必然还有插曲脱节譬如阅读书报
接电话扑杀蚊虫，在雉恶臭的一生中，这一次的暗恋就是这些插曲
脱节中不经意留住的芬芳记忆，但是即使这么一朵和他的荒园毫无
瓜葛的小花，也必须透过他野撒的粪尿灌溉才见惨绿，像老人用矮
篱围住的湖泊草原灌木丛木屋鸡舍菜田花园以外一棵遥远的荫硕的
长青树。她一头乌发像黑天鹅，两颊清爽丰腴像鸭屁股，眼眸飞转
像大黑蜂，眉毛像蕉风椰影，一笑就是一群小酒窝扑向那片肥肥的
唇……好搂像小兔，扎人像花斑臭鼬，狡如聊狐，余氏七彩红鳍小
麒鲷，噗隆噗隆，咕噜咕噜，在透明精致混浊嘈杂的水族箱中，在
一群攀鲈科鲫科的变种乖巧娇嫩蛮横中，迅速发育中的鲷科少女缤
纷叛逆，水陆两栖怪拿着英语课本教鞭麦克风潜入水族箱后即被她
小慈鲷的金颊小唇吸引，即使导师一星期换一个蹲坑，即使开学一
个多月缺席了十多天，即使上课常迟到、打瞌睡、不写作业，即使
雉离卅水族箱还是可以像盲鱼泅游在她不见天日的窍穴中。人生如
如厕，小麒占住了其中一个最猥亵的大动作，包含了其中一大坨最
污臭的记忆，时间愈久，污臭就愈强烈，蛆壳也愈聚愈多，深埋在
雉的蜥蜴土穴中不停孵化。亚妮妮折了一支叶笛，吹奏出像哨
的声音，老人睨了她一眼，唇舌喊喊恰恰像鸭吮。校规的口腔病
变，课程的大肠息肉，教学的摄护腺肥大，成龙成凤的脑中风，体
罚的肺癌，联考的肝硬化……雄性暴烈的十大教育死因，像套着

大耳疣尾的兔护士周旋其间，她春泉般的子宫，莽乳肥膣，自成免疫系统。学校就像红毛猩猩临时搭建的夜巢，隔日即弃。小学念了七所。父母离异，各寻新欢，奇月朝阳，偶月伴阴，随父排卵，与母补髓，臀腿情长，臀胯臁满，常有乱潮，有时和其他观赏鱼类打成一片，有时独泅一角，学校合唱团团员，对着数学老师撕碎数学课本，下课找雄瞎掰，笑雄眼镜老气，鼻毛不修，头发乱得像秽河上的浮尸，长裤一星期不洗，走路有点驼，食指在肩胛骨点拨两下。"晴暖的窗口 / 清香悬挂枝条 / 蓝天辉染茵草 / 花儿映上光彩 / 四处洋溢生气 / 只因为老师 / 您 / 如春风轻拂大地 /My dear English teacher：这是我第一次买教师卡。选了很久，才选了这张。Happy Teacher's Day to you. 佩西芬妮　上"青黄色的卡片，很像割草机修理过的秋天草原，一排没有叶子像鱼骨的树，一栋木栏围绕有小烟囱像蒸气火车头的小木屋，一个长头发小女生、一只兔子和一只蝴蝶在树下奔跑。捆一条丝带，系一个有软木塞的小玻璃瓶，装满细碎的干燥花，很像雏形的尖牙猪笼草。翻开，细明体的陈腐诗句，用多种色笔涂抹的中英文。中文藤蔓攀腾，仿若盆栽，飞洒流利；英文断枝截丫，根芽深植，修修剪剪，还未长成。雄梦见自己行走青黄色的草原上，喷洒农药扑杀鱼骨树上的蛉和霉菌，垂下关刀型头颅啃青藤嫩枝，喝下一支又一支尖牙猪笼草瓶子里的清水。老人终于请雄和亚妮妮入屋，现煮咖啡，骄傲述说自己如何划着舢板一天来回八小时到下游华商杂货店购买咖啡粉。"罗伯伯，"亚妮妮跷着大腿坐在窗栏上，一只脚丫子也顺势搁在窗栏上，左手圈膝盖，肘窝收下巴，另一只脚悬空晃悠，和窗栏构成的三角形视野中，雄鸡继续凝视榛莽山河，狗像小学生的动物造型书包蹲在窗下。"下次记得找我们族人帮你去买。"老人呵呵笑了两声，洗了几根番薯，入锅，添水，生火。端出三只锡杯，过滤出三杯热腾腾的黑咖啡。木屋共有二门八窗，一厨一房一间大客厅兼大书房，书房中央摆了一张长书桌，搁了四张木椅，桌上堆着书籍纸张，一个大笔筒，四具大小不一的猴骷髅。书架上的书籍或竖或躺，有老有少，书背上的汉字或站或睡，楷衣隶袍，篆铠行鍪，矛盾林立，枕戈待旦，轮流站岗休憩守卫书城。书架搁着五六具从拳头到椰壳大小的猴骷髅和数十具木盾、木筒、木盘、木盒、木杯、木瓶。猴头相互凝视，背对或面对书籍，对称着书背上一营又一营疲惫或亢奋的汉字兵将。腾出的空墙上，张挂十多具也是雕镂精致的木鞘、木枪、木鱼叉、木桨和番刀，两帖趴成"木"字的无头猴皮，一幅水墨画，三张人脑解剖图。水墨画上一群毛毯似的小黑猴在黑悠悠的枝丫上晃荡。猴树很难区分，远看仿佛只是一棵树，近看又仿佛全是猴。

雉啜着咖啡在书架旁徘徊："老师还是很用功啊……在研究什么呢？"

老人略显腼腆："用什么功啊……穷极无聊……不过确实是在研究一些东西……"

"什么呢？"雉兴致勃勃环绕书桌，拿起一只猴头在手里摩挲，"工程很浩大啊……"

"是有一点心得……不过……我也没有把握……"老人提着一杯咖啡靠近书架。汉字挺腰垂手，抖擞立正，仿佛强悍忠贞地对老人敬礼。"鹏雉……你来了正好……你听听我的想法……"

138

　　雄鸡发出尖锐的啼叫，伴着母鸡的呼呛，小鸡的哭闹。"罗伯伯，"亚妮妮纵出窗户，"老鹰来抓你的鸡了。"老人放下咖啡杯走出木屋。人脑解剖图中英拉丁文夹杂，彩色，一张是纵切面，一张是冠切面，一张是外形解剖和功能区标示。雉凝视纵切面。大脑像一个女人怀着三月胚胎的骨盆切面图。额叶是婴头，顶叶是婴背，枕叶是四肢，松果体是尾芽，胼胝体是脐带，小脑是耻骨，脑下腺是子宫颈，脑导水管是尿道，下视丘是阴道，脑干是直肠，大脑穹窿是膀胱。子宫壁已剥除，羊膜破裂，羊水干涸。是一个皱纹密布发育迟缓的胎儿，神情痛苦而胆怯，就要枯烂死去。圆锥体的头颅和大刺刺的脑干仿佛蜥蜴胚胎。雉曾经在医院看过这样一张孕妇骨盆解剖图，这当然是他一厢情愿的联想。

　　冠切面让人无法和人脑产生联想。核桃状的小脑，菌状的内囊，蛇豆似的脑叶，仿佛木耳的视丘，山竹肉的延脑，似叶似花，似菜似根，像高丽菜大白菜剖切图，又像珊瑚水藻琥珀花岗石。这当然也是雉一厢情愿的联想。

　　外形解剖图让雉联想到猪肠子和堆积如山的死婴。雉不自觉凝视书架和墙上各式浅雕浮雕肉雕彩雕。亚妮妮和老人吆喝此起彼落，那鹰似乎坚不离去。老人冲入门内，带走门后的猎枪。

　　晚上回长屋用餐时见到了巴都父亲阿都拉。上游一座长屋屋长率领亲友到长屋做客，河上挤满舢板长舟，屋廊燃着近百盏煤油灯，菜肴丰盛，人畜沸腾，菜田上的竹响板、铜管和兽骨铁罐响了一宵，迷鸟半盲地冲入屋内，一只穿山甲也失去方向，在屋外被一群家犬围攻。阿都拉看在贵宾份上露了金面，酒肉之余，歌吟不断，仿佛迷鸟穿山甲被灯火热闹迷惑。此公五十出头，以达雅克人寿命为准则，是不折不扣的老头。侧看像已圆寂的高僧，五官像脱水的千年龟，身体和四肢的比例仿佛人面蜘蛛，手掌和脚丫子尤其大得惊人，后脑勺扎了一根大姑娘似的辫子。似乎巴都也继承了父亲的鸟性，性喜独栖高枝，歌唱多于说话，在最幽密处简单织巢。水果满屋廊，香气压倒畜骚粪臭。山竹西瓜的皮囊、榴梿椰子的壳斗、波罗蜜红毛丹的核籽，像被猛兽吃剩的牛囊羚角。刚剖开的木瓜腔窦像被撕裂的斑马腿，青蕉发出荧光像肋骨堆。一群人面狮身兽蹲趴长屋走廊上成一纵队享受豪宴前的开胃菜，笑声扑跃像一个大胃的饕餮怪，包括雉和亚妮妮。阿都拉三年前已疏远农猎，成为长屋年高德劭长老之一，闲来身轻肢痒，终日攀树远眺沉思，在一棵无花果树上筑了一座木屋栖身，除了觅食，甚少离开，连大小便也空投五十公尺落地，引来长须猪刨吮。他所居住的无花果树不知属于那一群猴那一只豹的领域，总之食蟹猴和猪尾猴家族常常游戏其中，长臂猿绕屋千匝，红毛猩猩有时候过门不入有时候好奇叩访逡巡门外不去仿佛弘扬福音的荷兰红发赤面传教士。晚上山猫在屋顶上捕杀松鼠，黑豹在枝桠上凝视木屋像野狼凝视印第安人帐篷。六个月后阿都拉弃屋下凡，回长屋寻了一把小钢刀，剖了一粒基辅凤梨，用凤梨汁磨拭钢刀，磨得刀身雕花毕露，拭得刀刃锋芒毕露。阿都拉用舌头舔干刀身上充满酸液酸酵素的果汁，像在舔一个女人的舌头。他的舌头不慎被小钢刀咬了一口，刀尖上滴下了一滴血。阿都拉寻了一块盐木，开始用小钢刀在上面切割，三天后雕琢出一个幽灵面具，牙齿如两尾相斗而亡的蛇脊椎，鼻如舰首，额

肥如蕈，下巴须扬如蟹脚，眼睛若张若合，大嘴像幽冥入口，吓得
鸡叫狗吠，小孩嚎哭，震惊整座长屋。阿都拉用基辅凤梨汁磨拭了
一把更大的钢刀，两支更小的钢刀，一支手斧和一把小凿刀，寻了
一块更大的盐木，八天后雕琢出一只携子突围的母兽。母兽獠牙扑
张像衔了满口断刀，若飞天若潜江，若攀崖若出洞，小兽趴在母兽
背上或腹下，有的天真可爱，有的疑惧暴戾，有的吸吮母兽着地的
十二只美乳。作品完成第二天就被下游长屋一门望户用一只成猪换
去，以保护神的尊贵地位装饰在一艘新战船船首。阿都拉又寻了一
枝二人高一人围盐木花二十天刨琢出一根立体墓柱，仿佛将雨林里
的藤蔓枝叶鸟兽全都压缩在一个圆柱体中，可以让千只蜂鸟，百只
松鼠，五十只食蟹猴和五个人类婴孩同时筑巢或戏耍，下游一座长
屋屋长想用两只成猪买去作为自己死后的墓园装饰，阿都拉说：三
只。数不清的实用或不实用器具在阿都拉指尖刀斧下三趴两弹像毛
发头皮屑鼻屎耳垢自然脱落，常有新意奇情；上千种压抑在阿都拉
脑纹中的传统装饰图案破壳裂额而出，像顽猴上闹天空下捅幽冥，
自塑一个花果缤纷世界。阿都拉每隔几个月就会尝试雕琢向不朽叩
关的作品，有别于平常的掸发抠屎，就像他每隔一周就会躲到雨林
痛快洒一次精。上游和下游数十座长屋的文身师傅、雕塑艺匠和图
案绘制师参观过阿都拉作品后不得不承认：阿班班的天才觉醒了，
发酵了，像死火山复活了，爆发了。那位曾经深刻影响和启发婆罗
洲土著装饰艺术的天才失踪雨林多年后，终于借子还魂，再一次对
土著装饰艺术展开革命性复兴了。

　　"今天有尊贵的客人光临，我们感到光荣高兴，"屋长站在屋廊

上演说，声如鸡啼，"……我们的长屋和我们的身体一样无所隐藏，所有最珍贵的东西都会一一摊开在贵客面前……包括这腌藏多月的大象鼻子……我们等待多时，终于等到享用它的时刻……"

　　雉已吃得唇舌酸肿，看着那慎重递过来的一块鼻肉有点为难。雉对亚妮妮说：分给你。亚妮妮说：这鼻肉我从小到大吃过十几次了……吃吧，不痛快吃下去是不礼貌的哟……雉童性大发：你陪我……我偷偷分一半给你……阿都拉嚼蒌叶，喝米酒，吸水烟，看见亚妮妮用小刀从客人盘子里切下一块鼻肉，用拇食二指拈着放到客人嘴里，哼着创作时常哼的自娱调子。宾客中的屋长刚交给他一件差事，请他为他们长屋重新雕塑一座犀鸟神像在明年的犀鸟祭典仪式开光供奉。犀鸟祭，从前叫人头祭，是达雅克人一年一度大典，以此慰藉和喂养祖宗历代斩获的头颅主人幽魂，以免他们给族人带来疾病和灾害，而犀鸟神像则是最后一道护体，啄瞎那不听使唤和不屑被喂养的恶灵之目。据说那犀鸟大神是否显灵护民，和那犀鸟神像的选材、装饰、造型、雕镂等等有极大关系，阿都拉因此感受到了压力。阿都拉的头脑在宴会中像蝙蝠出穴同时扑窜数千种犀鸟形象，每一只都大致相同和喧嚣扰人，同时五官羽爪又是如此模糊残破，他像食猴鹰出击，一次又一次穿入蝙蝠群攫取灵感，直到爪酸喙麻，两翅疲累，犀鸟的原始形象似乎还隐藏在那黑暗洞穴中，这是他三年前重新创作后少有的才思枯索。他看着少女亚妮妮和中年华人饱腻地嚼着象鼻肉，觉得是那象肉的柔软肥嫩搅糊了他的准确，他甚至觉得那象的笨和拙绊住了他的敏捷。他慢慢而不被发觉地离开宴会，走到屋廊外阳台上面对瘦月孤星。

整个宴会让雉留下深刻印象的就是那象鼻肉和雕刻师阿都拉了。荤素烟酒虽然已满满围住了他食欲的城堡，但仍不能攻破味蕾大门，直到象鼻肉入肚亚妮妮指尖入口才彻底撩起胃口，彻底感觉到饥饿和贪餮，他那摇摇欲坠的食欲城堡才彻底被猪蛇鸡鸭攻占。是亚妮妮引起了他的食欲。木象屠城，亚妮妮就是那海伦。海伦说：吃吧，不吃是不礼貌的。他于是吃下象鼻，磨锐味蕾，打开城门，野兽野果野菜水银泻地。阿都拉离去时，他还嚼着最后一块鼻肉，并且又切了一小块用食指和拇指夹给亚妮妮，亚妮妮就着他的食指和拇指吃了，他于是抚摸到了比象鼻肉更柔软肥嫩的亚妮妮唇舌，清楚看到阿都拉眼神里的疲态，这疲态他在阿都拉儿子巴都身上从来没有看过；也清楚看到阿都拉嘴角的冷傲，这冷傲他在巴都身上常常看到。阿都拉走到阳台那一刻已经想到将犀鸟尾羽雕塑成十二根勃起的阳具，以此呼应传说中喜悦女色的犀鸟大神和种族的生生不息，他年少时看过父亲阿班班在河里沐浴时的勃起男物，曾经惊叹包皮上刺青的优美婀娜。他打算在十二根阳具上凿镂出十二种媲美父亲男物的图案，这图案可能优美婀娜，可能狰狞蠢拙，务必使它面对女膣黑幽幽的敦煌学时雄辩滔滔不致语塞。屋廊响起惊怒的象噑和充满杀戮的猎手吆喝，达雅克人又在炫耀猎象了，做客的那一方不甘示弱，鼓掌跺脚，吼声如雷，模仿野猪群穿梭雨林，渡河，刨食熟果，乌云满天，午后雷阵雨，屋廊震动；弯弓搭箭，掷枪，甩番刀，杀声、欢呼声和猪嚎响彻长屋，屋外鸡鸭猪狗惊声呼应，其中仿佛有一二声猴吼。狩猎的暴风雨明朗响快，在一次敬酒动作中突然停息，客人脸膛乍红乍紫，恍惚缥缈。雨过天晴，屋檐下激情犹存地挂着一道腥臊的彩虹，彩虹下，屋长又在平静的草原上率领猎手追击那头象了，大象身中无数箭矢后突然转身冲向猎手，一个大胆达雅克青年骑上象头挥刀割下象鼻，那象大耳扑棱，摇头踢跶，戳入一片布满尖刺利桩的矮木丛，雏才知道屋长叙述的又是另一头象了。屋长声如鸡啼：白种人和中国人垦荒耕地，开辟了大得惊人的种植园；日本人伐林，百岁树神不再庇护我们，想要痛快淋漓猎杀大型动物已经愈来愈难得了。说完喝了一筒米酒，从墙上攥走一把番刀，吟唱类似巴都吟唱过的歌谣，手舞足蹈在原地兜转圈子，有时候像小玻璃瓶里缺氧的金鱼，有时候像吐气泡的雄斗鱼，雏一句也听不懂，无聊地环顾屋廊，发觉大部分人已吃饱喝醉，腆着大肚子躺在地上酣睡或呻吟，只有极少数人还在斗酒吃肉，亚妮妮和双胞胎姐妹也失去踪影，阿都拉在阳台上漫游。大型动物出现种植园甚至宿寮是日常上演的戏码之一，而且是巡逻队员和工人一大娱乐，那天晚上祖父遥望河边灰瓦白墙水泥楼房的迷离灯光和聆听黑暗中的男人惨叫后准备就寝时，联络走廊却响起夜巡员的吆喝、脚步声和一声揉和金木水火土的枪响，那是发自曾祖让每一组夜巡队员特别配戴的改制毛瑟枪，紧急事故时对空射击，听到这一声怪异枪响，所有熟睡中的吃喝中的拉撒中的操屄中的巡逻队员必须立即荷枪实弹朝枪响处集合。祖父掀开蚊帐再一次推开纱窗。月亮步步高升，披着几片云彩仿佛猴影幢幢。十二栋艨艟似的宿寮被六十烛光电灯泡、日光灯和四处游走的手电筒、煤气灯、采矿灯和火把切割得檐梁毕露门窗洞开，四通八达的联络走廊扎眼如昼，浑身刀枪棍棒的夜巡员东奔西跑，工人的脑袋挤满窗户，每个人都和祖父一样拉长耳朵聆听夜巡员的喊话。

"往龙屋去了，围起来，围起来，别让它跑了……"

"是那鬼东西了……又有一只长须猪被它咬断脖子……"

"这一次千万别让它跑了……"

"刚才是谁放的那一枪？我还以为是番鬼……"

"是啊……不过是一只禽兽，有必要放那一枪嘛……"

"头家吩咐过，要捉活的……"

"捉活的？妈的，难了……"

夜巡员和嘈杂声往龙屋移动，祖父居住的工头宿舍恢复宁静。龙屋是十二栋曾祖用十二生肖命名的宿寮之一，靠近巴南河畔灰瓦白墙水泥楼房，祖父站在窗栏上将半个身子伸出窗外可以看见百公尺外它那盐木竹片砌成的穿山甲皮囊似的屋脊，上面积满泥垢汗水空罐头，长满攀爬植物和野兰花，住着蝎子和老鼠。祖父没有听清楚夜巡员喊话，以为又是番鬼达雅克人，自从咖啡园一役后，偷袭、抢劫、制造小程度的破坏和动乱已是达雅克人惯用的伎俩。祖父两手抓着窗栏，肩膀抵着窗楣，头颅伸出窗户，仿佛背着窗架子，状如耶稣驮十字架，望着酱青像一坨便秘物的龙舍。曾祖带着殖民政府开发许可证和垦荒条约指挥工人开拓种植园区时，达雅克人穿丁字裤打赤膊，腰挂番刀弓箭，划着长舟，拜访下游冷气房里殖民政府官员。英国官员大都养着仁丹胡子，脸颊红嫩，眼球碧蓝像蕉叶上拟态的树蛙，皮肤吹弹欲破，说话时有如挤牛乳，喉核酥软仿佛煮熟的海龟蛋；虽说你们世代住在那里，但放着大好土地白白浪费……达雅克代表咀嚼商量许久小声说：我们也有耕种那土地，只是不全然依靠那耕种，久久翻种一次，中国人知道的……官员叼了一根雪茄：土地要做最有效益的利用，更何况土地多的是……达雅克代表磨蹭许久小声说：先生，那土地是那四野最肥最好的……官员点点头：那更要好好利用……达雅克代表争论许久小声说：中国人不但把猎物都赶走了，还滥杀动物……一年后，膨胀三倍的达雅克代表第三次登门投诉时，英国官员让他们在烈日下苦等八小时才命令一位低阶位官员接待。从种植园区第一次缴纳的税收和无数次自动送上门的暗盘让他们意识到种植园区对殖民地和祖国的重要和贡献，当他们听到达雅克人开始污染井水，偷窃农具，盗采果园，袭击工人，拦劫种植园区供给品，焚烧宿寮和园区时，曾经派遣几位荷枪实弹的马来警察和英国官兵到园区站岗督察，并且拜访长屋婉言劝导。马来警察干瘦，像雨林里的一箍老藤，常向曾祖讨槟榔洋烟；英国官兵戴墨镜穿长筒靴，肤色白净如制服，像海狮一样不耐热，整个下午几乎泡在河里。曾祖透过殖民政府购买枪火组织巡逻队，活逮和打伤数十个达雅克人送押殖民政府治罪，达雅克人吃了几个月牢饭后继续骚扰破坏种植园区和宿寮，曾祖率领巡逻队员卝枪打死两个达雅克人和放狼犬咬死一个老头后，园区和宿寮因此相安无事了两个月。两个月后，两个巡逻队员和一个苦力在睡梦中被割断脖子，他们被挖出脑髓和烟熏后的骷髅被悬挂在园区一棵雨树下示威，曾祖布下无数暗岗密桩才逮获凶手，公开枪毙后将尸体丢到沼泽地里喂蜥蜴。是一个盛夏晨早，干旱兴起雨林无数场大小野火，天未破晓，雨林布满烟霾雾霭，猴吼焦躁，鸟鸣悠闲，瞭望台上的巡逻员看见山丘上三百多个腰挂番刀手拿吹矢枪弓箭的达雅克勇士正朝种植园区和宿寮走来。曾祖召集全体巡逻队员和两百多个苦力，翻出所有猎枪番刀，双方人马在即将收成的咖啡园里完成一场轰动巴南河畔的惨烈战役。月亮升得更高了，只在屋檐下露出一角狗牙，大小蝙蝠在夜空中展翅如飞猫飞鼠，夜枭在十二栋宿寮屋脊上飞飞停停，祖父清楚看见一条小蛇从屋廊的蓄水缸探出头来。宿寮中有八个兽栏，囚养着苦力平日捕获的野兽，最近兽栏常遭破坏，长须猪、吼鹿、貂、獾、红毛猩猩和猴类不是被咬死就是突然失踪，从兽栏留下的爪印和尸体上的咬痕判断，凶手似乎是同一只兽，而夜巡员喊话显示，这兽正遭到全体夜巡员围捕。确定不是番鬼后，祖父松了一口气。龙屋起了一阵骚动，兽逃到马屋去了。联结走廊响起脚步声。祖父看到曾祖昂首阔步快速走向马屋，身后跟着两个夜巡员，夜巡员拖拉着一个男人，祖父一眼就认出那男人是周复。

第二天一早曾祖召集了八百多名苦力在宿寮和种植园之间一片空地上举行一场公审。周复打赤膊被反手捆绑在一根木桩上，短裤遭到严重狗咬，屁股萎靡，阳物睾丸囊暴露在晨风中，目中无人地瞪着八百多个苦力仿佛一个拖着洋鬼子的苦力三轮车车夫。周复在种植园工作五年多，有空就混到三栋灰瓦白墙水泥楼房，来回穿梭在赌馆、鸦片馆和娼馆，不断向曾祖借贷粮饷，最后竟将两个闺女卖身娼馆，用她们的青春和肉体偿还一辈子偿还不清的赌债和鸦片钱。周复看见伙伴大排长龙操自己的女儿时，赌瘾和鸦片瘾就会莫名其妙地发作。

"我哪里亏待过周复？他没钱赌了，我借赌资给他；他瘾来了，我赊钱给他；他想　女人，我预支工资给他。天底下有这么好的头家吗？大家看他皮包骨，锄头拿不稳，一天砍不到几根杂草，这种工人谁敢收？他在我这里这么多年，等于是我养他……"

曾祖声音洪亮沙哑，不疾不徐漫步苦力群中，像平日带领英国官员参观种植园区。祖父站在几个巡逻队员后方，正啃着昨天从城里运来的土司面包，对这场审判不太感兴趣，眼神锁住对面周复身后树下兽栏。祖父来园区一年多，已看过三四场这种审判，早已知道会有什么结果。他有点后悔自己昨晚太胆小，错过一场一辈子可能再也碰不上的好戏。据说昨天深夜那只困扰园区多日的野兽在十二栋宿寮游荡一阵后，最后躲在最遥远河畔上那栋灰瓦白墙水泥楼房阁楼中，将二楼睡梦中的达雅克马来印度中国娼妓们吓得花容失色，仅着内衣就冲到楼房外。夜巡员不但看惯也玩腻了她们的肉体，对这群冷得直打哆嗦的娘子军视若无睹，注意力集中在黑暗酷热的阁楼——也就是隔热层中。夜巡员在屋外吆喝，爬上屋顶敲打，没有人胆敢进入隔热层。曾祖出现时，劈头就臭骂了一顿夜巡员，说你们让姑娘们在寒风中穿这么少衣服，着了凉你们狗屁靠什么取暖？命令夜巡员到里取出姑娘们的衣服，打开鸦片馆请她们到里面休憩，又命令夜巡员煮几锅姜汤给她们祛寒，说姑娘们不要怕，等我们抓住了那只禽兽，剥了皮给这个月业绩最好的姑娘当凉被。曾祖对这只野兽甚感兴趣，赏赐一月粮饷，才有五个夜巡员带着猎枪番刀铁棒铁笼子手电筒进入隔热层。隔热层横梁竖栋，重重叠叠，区隔着数十个大小空间，仿佛迷宫，常有野鸟在里头筑巢下蛋，夜巡员刚摸进去，就霹雳啪啦飞出几只不知道什么鸟。等了半小时，没有动静。祖父又放了三个夜巡员进去。半小时后，夜巡员出来了，走在前面的三位手脚挂彩，后面四位用铁棒穿过铁笼子，将笼子扛在半空中，是一只怀着娃崽的母云豹。

"我哪一点对不住各位？各位都是签了长期契约的，等契约满了，有本事走尽管走，我从来没有强留过任何一个人。在本州，有哪一个头家像我这样，开馆给你们赌、吸，养女人给你们玩？不懂得感激也就算了，还妈的偷我的鸦片膏……"

树下兽舍饲着两只长须猪、一头蟒、两只野雉、吼鹿、一只山猫、食猴鹰、红毛猩猩和一群猪尾猴。母云豹因养在唯一的大铁笼里。铁笼横放着一截凿空的两人围树身和竖着一棵枯树。兽栏上的大树枝叶弥漫，树下一律阴晦混沌，很适合云豹这种偶尔在白天活动的树栖和夜行动物。它毛色金黄斑斓，浑身长满像龟壳纹路的大块黧绿花纹，愈接近鼻尖、趾尖和尾尖的花纹愈小。眼球乌溜溜，博大精深，像一切夜行兽。从鼻尖到臀部约一百七十公分，是婆罗洲最大型猫科类。它盘在五十公尺以上的树枝上熟睡时，白种猎人常误以为是森蚺或大蟒而轻易放过。母豹入树窟，上树枝，在铁栅内来回走动，舒松着一夜折腾后紧张充血的神经脉络。

"我问你最后一次啊，周复……"

曾祖走到周复身后，用手上缠了钢丝的藤条在周复右颊拍了拍。

"你有没有拿走那三块一共二十斤重的鸦片膏啊……"

周复脸上明显出现一层愠怒。

"有没有啊……"曾祖伸出鞋尖上钉了一层钢块的长筒靴朝周

复小腿踢去。钢块上头有许多凹凸不平的疙瘩，据说曾祖巡园朝偷懒的苦力屁股踢过去时，常常痛得他们不能坐躺，力道重时甚至皮开肉绽。

周复摇摇头。

"说话……"曾祖又是一脚。

"头家……我说过很多次了……没有……"

"没有？……昨晚我找你时，你干嘛逃？……"

"头家……你一口咬定是我……我只有逃……"

"屌你妈……你是不承认了……看不出来你瘦成这模样，钉钯比你重，抱着二十斤鸦片膏跑得比鬼快……"

猪尾猴骚动，引起长须猪和红毛猩猩咆哮。母云豹纵上最高的一棵枯枝，勾着圆滚滚的妇腰，獠牙暴露，尾巴僵得像一根拐杖。曾祖推测，不出两星期它就卸胎了，等豹仔奶大再削它的皮。

"好……"曾祖对苦力挥了挥鞭子，"你们都听到了，去上工吧……"

工头、巡逻队员和苦力往种植园区走去。曾祖和两个巡逻队员将周复带到巴南河畔，用绳索捆绑周复手腕，绳索另一端系在一枝垂向河面的树干上。周复被垂吊树干上，肩膀以下泡在巴南河里。傍晚时分，水蛭已爬满周复身上。母云豹对笼子里的死鱼生肉充满戒心，直到破晓不曾碰过，也或许是它前晚吃得太饱。它显然已找到最具安全感的地方那管最高的枯枝，大部分时候趴在上面，不仔细看以为就是枯枝一部分。第二天清早周复已被水蛭淹没，它们有的吸饱就走，有的赖着不走，因为吸多了周复的血，尝到潜伏其中的罂粟碱、吗啡、渴呆因、滴疤因、拉渴因，迷离恍惚欲仙欲死。曾祖中午走到河畔向周复喊话，周复眼皮翻了翻，嘴角弥漫一股比水蛭更粘糊糊的倔强。傍晚曾祖往铁笼子里丢下一只死鸡和一大块猪蹄膀。第三天水蛭依旧闻血而至，后来的家伙已没有太多血液可以吸食。周复从清晨开始呻吟，中午昏死前终于说出藏匿鸦片膏的地点。巡逻队员将周复拖上岸，用火反复熏烧水蛭，周复痛得醒过来，同时听到一个坏消息：他埋在树根下的二十斤鸦片膏已大部分遭虫蚁享用，只剩下三五两粉屑。曾祖大怒，绕着周复蹀了十几个圈子。

"你不是还有一个女儿吗？"

"头家……不行啊……她才十二岁……"

"十二岁……大姑娘了……你妈的知道那二十斤鸦片膏可以卖多少钱吗？我妈的可以用它换半打姑娘给你们屌……"

"头家……天阿公，大伯公，求求你……她妈妈已经快气疯了，她只有一个女儿可以依靠……头家，我免费替你做一辈子……"

"你做八百辈子也还不了……大家都看到了，先前的不说，你还欠我二十斤鸦片膏……"

"头家……你听清楚……她才十二岁……"

"先来打杂再说，这里很缺人力……十年契约，你不会嫌太长吧……"

曾祖担心母豹会把娃崽子饿坏，傍晚时放了一只长尾猴到铁笼子里。母豹照例埋头大睡，对猎物不屑一顾。夜半时分，母豹霍然起立，扑向猪尾猴。周复第二天清晨断气时，身上还趴着数十只水蛭，要他命的除了水蛭，还有一种两英寸不到的鲇鱼，它们寄生鱼鳃，活跃巴南河，从尿道、肛门、嘴巴、伤口潜入人体，英国官兵协守种植园区在河里泡澡时也曾经遭到这种鲇鱼袭击，必须动用外科手术才能铲除。周复的泌尿系统和内脏爬满这种杂食性小鲇鱼，在他死后因为缺氧缺水纷纷露脸。四天后，母豹在树窟里产下三只豹崽，周复十二岁小女儿小花印也抵达了种植园区。

●

雉又梦见自己在树桥上爬行。树桥下垂着一支粉红色猪笼草瓶子，瓶口四周的环状腺体像两片红唇，瓶盖像舌头，很像一个女子张口舔尝食物或因为嚼了不洁的食物而激烈呕吐。一个达雅克猎人站在岸上拉弓，对雉射出一箭。拉弓动作似乎持续很久，以致弓弦之间长着藤蔓和蜘蛛网。那箭射穿雉的腹部，将雉钉死在树桥上。达雅克人射出这一箭后转身离去，留下雉在树桥上挣扎。

雉在热汗淋漓中苏醒过来，肚子上搁着一个睡得烂死的达雅克人小腿。小腿刺满纹斑，脚丫子筋脉交错，脚趾甲布满裂痕。雉推开小腿。屋廊上叠股枕臂，横七竖八，鼾声如雷，躺卧着昨晚狂欢作乐的主人和客人。雉第一次发觉主人和大部分客人手臂上都有一支猪笼草刺青。雉竟也记不得自己何时睡去，一度以为现在仍是深夜，直到屋外传来小孩的嬉闹和公鸡的啼笑。雉坐在屋廊上，一时舍不得醒来，好像长脚的小蝌蚪上岸后不敢远去。达雅克人辗转反侧，翻来滚去，将屋廊地板耙成一片浮浮沉沉的泥沼。雉头重脚轻，想潜回梦的泥沼，看见连接阳台墙壁的隙缝中有一双眼睛正在凝视自己。琥珀色的眼球和黑色的眼珠子纯真如一切娃崽，眉毛浓得可以覆盖整个额头，眼神仿佛囚兽。雉第一个想到阿都拉，但又马上否定这个推测，高度上显示应该是个孩童或少年。是玛加，或双胞胎姐妹，或其他小孩吧。雉坐在屋廊上和眼睛对视。一个达雅克老头翻身坐起，像狗一样爬向阳台，在阳台上呕吐和撒尿。雉发觉自己不知何时已走到阳台上，眼睛也不知何时消失了。早晨的空气掺揉着酸臭。老头吐撒完后维持着四肢着地的姿势，随后慢慢侧躺下来，进入酣睡。那一摊呕吐物枝节散漫，仿佛就是老头溢出的梦境。溢出后反而有保鲜作用，不会被稀释成那一摊尿或屎。雉踏上阶梯走向河畔，站在几艘舢板和长舟前。刚才听见的小孩嬉闹原来来自上游三十公尺外一群裸游少女。雉本想躲在岸边一棵巨树身后，但他的出现引起二十几只鸭子注意。鸭子大嘴大蹼，用一种神经质的警觉性朝雉前进，仿佛一列尽忠职守的侍卫。少女于是发现了他。少女约七八位，朝雉挥手，甚至呼唤雉，其中包括亚妮妮。雉觉得仿佛裸体的是鸭子，而不是少女。

巴都依旧沉默，马达依旧发出狗打声，雉依旧蹲坐舟首，长舟更动物性航向下游，长屋更像幽灵出现两岸，巴都没有兴致歌唱。丽妹在哪里呢？……吃晚饭时，亚妮妮说：罗伯伯今天来过，说要出钱让玛加到新加坡去治疗。

雉感到错愕。那要花不少钱吧？罗老师出得起这个钱吗？……

亚妮妮扒吃一筒糯米饭，唇边沾了几颗白饭，甩油指驱蚊蚋，头发用兽骨束成两辫，脖子上戴着种子、贝壳、兽牙、鹿角、琉璃珠缀成的项链，手上戴着木腕环、藤臂钏，耳垂挂着五钱的黄铜耳环。客人未走，亚妮妮和其他少女爱装扮，长屋连续第二天大宴，据说大部分客人睡了一个白天后，傍晚醒来就地大吃大喝。是啊，我也这么担心……罗伯伯说没有问题……退休金，加上卖土地房子的钱……罗伯伯说，他没有子嗣，不想拿铜币陪葬……

　　都说好了吗？什么时候动身？雉想起老师像鸭翅膀的上肢，斗鸡腿的下肢，棺盖的身躯。

　　我们有一个亲戚在市立医院工作，早上已经找人托他办了……快了……玛加……玛加呢？……亚妮妮环顾四周，呼唤声引起双胞胎姐妹注意，一左一右跳到亚妮妮身后。她们穿着相同的服饰，扎相同的辫子，戴相同的耳环、项链、腕环和臂钏，嚼着红毛丹，没有搂熊或猩猩。雉莫名其妙想起她们妊娠中的模样，丽妹的孩子，罗老师家中的人脑解剖图，被长须猪、吼鹿、猴子滋养的猩红豹胎。雉花了很长一段时间观察哪一位是熊女，哪一位是猩猩女，直到姐妹离去仍然无法分辨。她们义务担任两只玩偶的母亲，喂它们吃食，陪它们嬉耍，哄它们入睡，模仿它们的举动和习性。但整个晚上二人并没有流露出这类母性，却忙碌游走在几个达雅克青年和亚妮妮之间。客人中有两个青年看上亚妮妮，透过双胞胎姐妹向亚妮妮传话，但不知为何，二人的传话竟有极大出入。阿都拉不再现身，巴都四处寻人比腕力，不久就卯上那几位青年。食物，水果，呕吐物从屋廊隙缝落下，长屋下圈养的家畜照例不安分，猪啃猪，鸡啄鸡，鸭咬鸭，狗咬狗。

　　罗伯伯今天跟我们买了些农作物……大家都忙，明天早上由我送过去……。亚妮妮边说边回头对比试腕力中的巴都等人加油。……你也随我去吧……罗伯伯说有事找你……你妹妹的事，巴都和我族人都会帮你打听的，放心……

一个坐在墙旮旯的中年达雅克人抽出腰上番刀，用刀背敲击屋廊，眼睑渐渐合拢。有人说他睡着了，正在追击一只吃了他家稼穑的恶灵，等他呕了，也正是恶灵吐出稼穑，他家农作物蓬勃丰收时候，这时候千万莫去招惹。

你背伤好了吗？巴都突然站在雉面前。

这是巴都第一次主动和雉说话。雉有点错愕。好了……我早忘了它了……

那好……巴都慢慢蹲下，趴在地上。比腕力吧。

你今晚赢了几个人？雉和巴都面对面趴下。

十八个。巴都说。

舢板中央驮着三个麻袋，盛着白米、玉米、木薯、番薯、花生、瓜豆水果，亚妮妮左脚脚丫子搁在麻袋上，脚趾像花生壳，小腿像番薯，膝盖像马铃薯。腘窝搁在舷上，右小腿泡在水里。依旧着短裤衬衫，慢悠悠地划着船桨，整个人几乎躺在船尾。雉有时面对有时背对亚妮妮蹲在船头，趴一趴，躺一躺，天翻过来，地覆过去。上岸时，亚妮妮说，你扛一袋，我扛一袋，剩下的一袋先放着。抖抖的蝌蚪云，残光拢集，日头清淡硬滑，即将受精的卵。木屋门窗洞开，没有砍柴人，狗在守城，在野者公鸡高栖木桩上似乎正在酝酿政变。不知为何，围篱、湖泊、木屋、鸡舍、柴薪之间的空间互动有点仄逼紧张。雉和亚妮妮把两袋农作物放在厨房里，亚妮妮开始东张西望，雉说我去扛另一袋，回来时亚妮妮也不知去向。公鸡虽然宫廷残破，但军容颇为强盛，势单力薄的狗不敢妄动。雉等了十多分钟，推开篱笆门，出去探探。兰花园里的蜂蝶，菜园里的鸟虫，突然跃入湖中的蛙，散兵游勇，据地为王，呈现无政府状态。蚱蜢螳螂四处掠杀，局势混乱。小蜥蜴在围篱内外穿梭，颇有落草为寇或归降明主的矛盾。狗睨视疆土，显然不把乌合之众看在眼里，除了那群早已登记为合法政党，并且公然拒绝缴蛋作税收的鸡徒子们。狗觉得主人应该定期戮杀一两只，以儆效尤，不必为了表现民主仁慈豢养一批唠叨吃客。它们擅长诬陷谄媚，拙于防御自卫，大蜥蜴和山猫针对它们兵临城下时只会扑楞叫嚣，丑态百出，它自己则常常挂彩后还遭主人斥责。雉突然感到狗的伟大和忠诚，他甚至感受到它对亚妮妮的亲切喜欢，对自己的礼貌尊重。

　　往何处去？莽林茂密，被虫兽割据得淅淅沥沥的疆土。小径颇多，不知如何曲折迂回。选一块地，林木较稀疏，颇有经年兵燹的味道，虫兽被贬谪的放逐地。闲逛过去，林木越来越矮，绿色暗晦下去，几只鹰在天上急旋，日头依旧光滑，鸭屎云，巫偶似的隐萼椰子和蚂蚁树，葛类植物、石南树丛和矮木丛，稀落的白管茅和蔓芒萁，不见一朵花或一粒青果，倒是在岩石枯木上、树丛杂草间偶尔冒出一两株猪笼草，捕虫瓶有大有小有多有少，有时像一串蕉，一双脚趾，有时孤伶伶像一个小水壶吊在那里。

　　雉站在垂吊矮木丛下一支花豹猪笼草捕虫瓶前。白人植物学家会以这种动物命名，显然是因为瓶壁和瓶盖上碎花般的深紫色斑纹，但底色和花豹相去甚远，是一种舌苔红，很像往羚羊肚子刨了一圈的小花豹。从绿色叶脉中肋向瓶子伸展长约一只手腕的卷须也呈舌苔红，款摆绿荫热风下，像长须猪从野地刨掘出来的大蚯蚓。环绕瓶嘴的壁唇则呈玫瑰红，像艳舞女郎大刺刺敞开的胸襟，露出长满蜜腺蜡质的内壁和清澈的消化液。瓶盖像切薄的一片小腓力牛排。色泽如此可口，无非是为了吸引猎物。稍远看去，像极一大颗烂熟果，飞鸟也会毫不犹疑落爪。

消化液中没有栖生或共生的孑孓、蝌蚪、蛹、蚋、水蜘蛛……瓶底下麇集一层虫尸，小脚、小头、鞘翅、触须、介壳，只有一只大黄蜂和蚱蜢仍保持完整。蚱蜢一只后腿集中心力不易发觉地蹬着，这动作像在米粒上毫雕，需要雄贴近瓶嘴才惊鸿一瞥，显然才刚刚溺死。

两只在矮木丛上游荡许久的铅黑色鼓蚁，不知是终于下定决心，还是突然悟道，慎重登上猪笼草一叶扁舟，准备航向终途瓶子里暗无天日的深潭，那里骨骸沉底，蜜腺缭绕，香气秘莳。两只鼓蚁登上叶子后颇为不安，叶前叶后彻底检验，频频回顾矮木丛，似乎乡亲家族携幼扶老泪眼送行。二蚁检验完后碰头商议，看看后路，遥望前程，用臀部敲击叶子，不知何故犹疑焦灼。体型较小的鼓蚁绕了一圈扁舟，停在从叶尖延伸出去的粉红色卷须前。体型较大的鼓蚁更快速敲击叶子。小蚁头也不回一口气沿卷须溜下去。大蚁停止敲击，愣了愣，感叹一回，也一口气追赶小蚁。

卷须几个弯折就遇到瓶底。二蚁起初并肩，稍后错开，步履凌乱急躁，即使停止也是大颚螯刺偾张，六只花蕊小足和笔蕊臀部轮流拳打卷须。大蚁常把小蚁拦下，二蚁四只触角织成密不透风的沟通网。总有一股力量牵引它们走到卷须末端，攀上丰腴如牛瘤胃的瓶子底部，爬过脆软如马喉勒的瓶囊，登上曼妙如海星腕的瓶口唇环，游走在黏滑如毛毛虫肛抱握器的瓶盖，落入像章鱼虹管透明清澈的瓶囊内部。密布瓶盖、唇环和内壁的蜜腺分泌着香气秘醇的蜜汁，引诱迷惑二蚁，并且在矮木丛上准备了无数扁舟，一条卷须拟态成宁静小河，航向那个深潭。

二蚁游走在瓶盖、唇环、瓶囊外壁，触角互探，四处嗅望，喜形于色。哦，原来是这蜜汁扰乱它们的行径，使它们脱队迷路。原来是这同翅目昆虫身上才能收集到的蜜露扇得它们心神不宁。它们撑开如蟹螯的大颚，用前足的肉趾清理感觉毛，细品蜜汁。勤奋奉献的本性使它们决定大肆采集。内壁靠近唇环的蜜汁丰盛稠密，娇艳欲滴，小蚁弯下上半身去舔采。

大蚁说：小心，这一潭水深不可测，别戳进去。

小蚁不知道内壁分泌一种专使猎物摔一跤的蜡质，大蚁刚叮咛完，小蚁已失足坠下。小蚁一入潭，水即淹过腹部，只剩头部、腰部和前四足仍在水面，这使小蚁仓皇惊愕。平常小蚁凭着身细体轻，可在水上如水黾滑行，不知这瓶囊里的水面张力已被稀释，即使牛毫也可沉底。小蚁凝聚一股强大爆发力，想把自己拔出水面，但它精神刚刚提振，那水已奶油树脂一样粘住它的腰部和中二足。小蚁大头扑楞，大颚触角三百六十度转悠，复眼闪烁着恐惧。

大蚁在小蚁失足时唬得差点也滑了一跤，频频用臀部敲打唇环传送紧急讯号，但山高水远，那高频率的栗动通过装满消化液的瓶底时已被彻底冲散，无法准确透过卷须和扁舟撼动矮木丛里忙碌工作的伙伴。大蚁扇大头如钟摆，摇屁股如摇铃，触角互搓，前足踢跶，说：不要急，把自己想象成一杆草一叶萍，不必出力，漂浮游荡即可保命。等你接近内壁时，沿着内壁爬上来，我拉你一把。

小蚁没有听进去，踢蹬水下四足和张扒水上二足，一厘一厘推进到内壁。小蚁打开大颚钳住内壁无数倒生刚毛中的一毛，吸一口气，六足并用一口气爬上内壁，但糊满内壁和刚毛上的蜡质使它无处着力，扑通一声又坠下。它大部分身体已沾上湿气，这一回连头带尾栽入水里。大蚁在唇环上像风车一样打转。

小蚁拨扇大颚、感觉毛、触角、螯刺和六足，形成一股失焦的乱流，冲撞、刺激、摩擦、切割水面，但水面韧如牛皮，小蚁冲不上去。小蚁打开大颚钳住一根水中刚毛，踩实其他刚毛，试着爬出水面。刚毛柔软无力，沾满蜡质，小蚁一用力就失去着力点。小蚁试了几次不成功后，焦虑地彼此摩擦大颚和六只肉趾，想刮净上面的蜡质，但它已疲累和失氧，身体逐渐沉下。小蚁每次卯足力气往上冲刺一步之前，身体已快速下沉两步。它的冲刺逐渐失去力道，最后不管它如何鼓动余力，身体仍徐徐下沉。小蚁沉到瓶底前，用一只后足的枯笔拖带，延长和撒完生命的最后旅程。它看见自己的到来惊动许多失踪伙伴的大头、大颚、节足，它们在瓶底漫游漂浮仿佛孑孓。

大蚁在小蚁下潜到一半时就失去它的踪影，因为害怕重蹈覆辙，不敢探身往下张望，只能在唇环上来回奔走，打转，敲击。它大声呼叫小蚁，张开大颚四处咬啮，在唇环、瓶盖和瓶囊留下许多小咬，直到感觉毛出血，螯针刺痛，两颚酸麻。

　　它哀伤失神地离开瓶囊，攀上卷须，登上扁舟，回到幽黑的矮木丛中。一路上它快步疾走，从不回头。

　　……

　　"你刚才在观察猪笼草吧，"罗老师将一杯热咖啡递给雉，啜一口手中的咖啡，从窗口眺望出去。窗外，亚妮妮正从井里打一桶水，罩头就往身体灌下去。"这是一种美妙的植物。最先从一片不毛之地嗅出生机的，就是它们，一茁壮，蜂蝶鸟虫就出现，其他植物也就一窝蜂着芽。就像是一片荒地的拓荒者吧。那土地越贫瘠顽劣，它越蓬勃。这肉食者有这本事。"

　　"您看见我了吗？"雉略感错愕。

　　"是啊，我背了一捆枯枝，又隔着一段距离，就不叫你了。"

　　"老师应该叫我的，我寻了您好一阵子。"

　　"哈哈，溜达溜达也不坏……"罗老师半个身子攀在窗栏上，"从前我碰到过一个传教士，心肠软得很，老是婆婆妈妈劝我别杀生，他那教堂附近也长了几株猪笼草，他老人家一看到虫兽掉入瓶囊就救走，害得那几株猪笼草营养不良，萎萎缩缩，瓶囊像发育不好的姑娘奶子，差点死去……"

　　九点多，云煤密布，季候风涌来，扇出一颗红炭日头。常常就是如此，以为就要下雨，却憋着不下，一声屁雷也不放，撩得人兽内外失调，痔痘齐发。一只雌胡蜂钳着一球泥巴翘着红黑黄三色冰淇淋美臀在屋檐下筑巢，它那细颈瓶状的巢室已经完成，却还不满足地补补贴贴，且不时把美臀插入穴口，这天气催动它产卵。雉突然发觉棚架和围篱上的瓜果，鸡舍旁的一棵木瓜树都到了瓜熟蒂落地步，等着主人搂接脐带的张力。母鱼胎动，蜻蜓形成杂交乱流，湖水泛滥，已不能承受云雨。亚妮妮徐徐而有节奏地往自己身上浇了二三十桶井水，真有一股产床上的犟劲。她甩头发时，水滴几乎扑向木屋。二三十桶水中，其中有两桶淋向黑狗。狗不甚领情，泥鳅一样趴在干柴上，让亚妮妮投鼠忌器。围篱上晾着罗老师捡拾枯枝时穿着的一件衬衫、短裤和内裤，比狗痛快地滴着水，仿佛以液体为单位测算主人刚才消耗的力气。罗老师羊脸清净，衣着干爽，显然已冲过澡。

"鹏雉，你不忙吧，"罗老师走到屋廊收走垂在屋檐下十几串榴梿壳和一大尾剖成一半的鱼干，"吃过中饭再走吧……"

咖啡比雉在台北喝过的浓缩咖啡稠苦，雉的舌尖像深入烂泥巴的小铲，闻到泥土、石头、铁器、钙和纤维的味道。雉舔了舔嘴唇，还有兽的体味。兽的体味和粪味更稠密，晚上达雅克人在长屋走廊上烧榴梿壳熏蚊蚋时。罗老师一个人吞吃这一大串榴梿？……鱼干散发咸味，或许已接近咸鱼干，罗老师嗅了嗅，流露出深藏不露的美食家品味。雉清了清嗓子，没有答话。那一声清嗓，道尽香醇，是一种咖啡语言，罗老师意会到了。

"亚妮妮……"罗老师拿着鱼干和榴梿壳走入厨房，用达雅克语朝屋外传递出雉的意思。语气延续某种情境，外加狩猎人的术语，伐木者的口音，雉竟没有听懂。

亚妮妮则先后用英语和达雅克语表达一遍："泰，我家里忙……下午再来接你……"

亚妮妮跃过围篱，消失在一片矮木丛后。

"真是野呀，"罗老师说，"脱个精光，纵入河里，洗去忧烦污秽，湿湿答答，不擦自干。他们番人都是这样，我们应该学学。"

●

曾祖在巴南河畔拥有两座相距五十英里的种植园区，以长舟和快艇联系。第一座园区是一个英国商人在一八六〇年草创，乃殖民政府模范种植园区，甚受总督和英王重视。园区开拓之初，饱受蟒兽肆虐和土族骚扰，殉职者众。一八八二年，园区已小有规模，蟒兽渐稀，达雅克族也不再馘首，但园主被倒吊巴南河畔一棵百年老树下，尸体涂满彩绘挂满兽牙兽骨，胸部被四根尖桩成"米"字贯穿。总督大怒，组织野战部队缉凶。据说园主之死是中国员工杰作，他们把屠杀装饰成某种神秘仪式，使英国政府和蛮族产生联想，但手法拙劣，一度被土族引为笑谈。园区英籍工头纷纷离去后，没有英国商人愿意继续经营，总督为此大伤脑筋。一个酷热无风的黄昏，一个盘着小辫子清朝打扮的园区中国工头走入总督府办公室，在总督同意下签下代理园主合同的职务。他清瘦黝黑，沉默干练，长着浩瀚和雉一样的儒生额，马唇牛牙和雉祖父一样，身高手长，总督府里没有洋人可以俯视他，可以垂手拍他的肩膀。他眉眼弥漫一股沼气榛莽，没有体味口臭，没有香港脚、汗斑、疥癣，没有肺病和缺乏罂粟碱的恍惚眼神，操十种语言：米酒、香料、辣椒腌制的马来语、印尼语、印度语、达雅克语；充满树皮、草苈和泥土腥味的华语、广东语、客家语、福建语；雪茄、酒精和铅味混合的英语和荷兰语。园主已死去一个多月，没有英国人愿意再被土族活祭；员工百分之八十是华人，总督一直希望找一个中国人做代理园主。

据说曾祖和总督签约前，顺手在总督办公室放下一张用猴皮包扎的疙瘩物，里面是大小十数坨西加里曼丹三发金矿区出产的金块。曾祖的苦力出身不可能拥有这批金块，它们的来历始终是余家家族史上一个值得探讨的古老的谜。较简单的说法是，那是曾祖从矿区偷窃到的赃物，据说曾祖被逐出矿区前，曾经被缠上钢丝的藤条鞭笞百多下，两手反捆浸泡河水中让水蛭吸了三天血。另一种说法是，曾祖串通工头和一群苦力挖掘金脉时偷鸡摸狗，最后窝里反，出卖难友独吞金块。最能表现曾祖智慧和余家作风的，就是曾祖煽动苦力造反，短暂占领了矿区三天，篡位虽然失败，却没有完全吐出他在矿区搜刮到的财富。不管上述何种说法正确，曾祖的确因为犯错或犯上而被动用酷刑，而且园区没有原谅曾祖，反捆河中实际是一种处死叛徒的手法。曾祖在河中假装哀嚎，暗地挣扎，三天后脱困逃逸，园区派遣十五人武装部队一直追缉到曾祖翻越沙捞越国境。

矿区经验让曾祖学习到更高明的篡位韬略，曾祖接下种植园区代理园主后，随即传出前任园主之死是曾祖的毒手。曾祖野心勃勃，接管园区后大肆招工征地，将当初只种植咖啡和烟草的中型垦地扩充到一个拥有茶园、胡椒园、胶园、罂粟园和伐木厂的大型种植园区。殖民政府虽然贩售鸦片，但禁止居民私下种植和买卖，因此曾祖最早将罂粟种植在林沼地上。林沼地散布巴南河畔，每年十一月至翌年二月雨季时被河水淹没，三月至十月暴露阳光下，此时它们历经洪水冲刷沉积，潮湿肥沃，最适合农耕。曾祖从三月初播种，九至十月收割，雨季时招待英国官员巡视园区。十年后，曾祖出入总督府无数次，上下打理，半公开种植鸦片，买下殖民政府委托他经营的咖啡园和烟草园，在园区内开设赌馆、鸦片馆和妓院，垦殖第二座种植园区于巴南河下游。曾祖花了十年时间，贿赂利诱，恫吓威胁，挑拨离间，联夷制夷，试图安抚、控制、消灭土族，但曾祖逐渐发觉园区和土族之间的关系，犹如蜜熊之于蜂巢，红毛猩猩之于野榴槤，蟒蛇之于食蟹猴，是一种弱肉强食适者生存的复杂进化课题和食物链之争，关键在于谁是掠食者和被掠食者。曾祖逃躲过十多次土族刺客的暗杀和围捕后，终于决定向殖民政府购买军火组织巡逻队，和土族及毒蛇猛兽展开一场超过一甲子的攻防战。祖父十九岁那一年第一次踏上曾祖用一场谋杀和几坨金块争取到的种植园区，见到美丽灿烂的罂粟园，他喜欢雨季时乘坐舢板在河水泛滥的林沼地上漫游，这时巴南河里的大鱼纷纷游入林沼地，啜食平常啜食不到噗咔噗咔掉入河里的野果。祖父有时候躺在舢板上任舢板漂流，有时候用一根钓竿垂钓。大鱼上钩后，祖父用小番刀剁碎鱼鳍，戳烂眼睛，咒骂几句后放生，欣赏它们在河里浮游挣扎。

　　"你为什么戳瞎鱼儿眼睛呢？"小花印蹲在巴南河畔看祖父杀生。她穿一双从家里带来的白布鞋，鞋底已快磨破，好似脚底下踩着两片枯叶。短裤染着油脂水气，铅灰色衬衫像晒干的蛙皮囊。刚到园区时两条垂到屁股上的小辫子已被曾祖亲自用小刀贴着头皮削掉，一头青丝像刚出膣泡着羊水的胎毛，她为这事哭了好几天。手脚长满红斑，显然她的体质一时不能适应这里蚊蚋的叮咬。才一星期劳动，手指脚趾已泡得快要糊掉。

“土人习俗，”祖父把烂鳍瞎眼的鱼儿放到一个大塑胶桶中，“说这河里有可怕的水神，上钩的鱼儿如果跑了，就会回去报告水神，水神趁你喝水时跑到你身体里掐你的五脏六腑……所以要戳烂它们的鳍和眼，让它们走不了，看不见……”

“鱼儿马上就被吃了，怎么跑呢?”

“哦，不一定，”祖父把蜗牛肉挂入钓钩，鱼竿一甩，掷入河里，“有时候……”一尾大鱼哗啦一声跳出桶外，辗转反侧，糊了一身泥垢，逐渐接近河水。祖父抽出腰上小番刀，连戳数次，贯穿鱼儿胸部，扔回桶里。“看……如果不是残了，早逃回去了……你别看它们看不见摸不到，在桶里照样亲嘴嘴……”

雨季扩大鱼儿活动空间，平常干燥的地方变成小湖潭，平常鱼儿不能出现的地方出现大量鱼儿，鱼狗、鱼鹰和各式水鸟也特别活跃。河水溯流，从下游和出海口漂上来一批秽物，几个铁罐和玻璃瓶在小花印脚下磕碰不去，一只丑陋无比的拳头大婆罗洲水蟾蜍趴在一个四方形铁桶上，铁桶上印着一位戴头巾怀抱稻穗的金发姑娘，被水蟾蜍深情款款地搂抱。不知是这幅景观或祖父那一番话，祖父第一次看见小花印笑了。祖父拿着钓竿走到小花印身旁。

“你喜欢钓鱼吗?”

水蟾蜍慢慢爬入河里，在金发姑娘身上留下一摊泞泥。姑娘两颊红得像鸡冠，似乎像母鸡生吃谷麦，推销着家乡出产的祖传秘方焙烘的饼干。小花印抬头看着祖父。

"给你……"祖父把钓竿递给小花印。他的钓竿只是一根晒干和失去弹性的竹竿，简单实用，连浮标也没有，完全依赖手感。

小花印安静地看着钓竿。和饼干桶上那只模范母鸡比较，她像一只胆小而缺粮的白腹秧鸡。

"给你！……"祖父说，"你有本事钓上一尾鱼，我就不戳瞎它们……"

小花印还是安静地看着钓竿和祖父。祖父把钓竿塞到小花印手里，指着河上的钓线说："注意了，鱼儿吃饵时，用心和眼去感觉……"

等了一会，小花印说："如果我真的钓上一只鱼儿，你不怕水神找你吗？"

"你真相信有水神吗？"

"那你为什么戳瞎它们？"

祖父不说话。小花印僵僵地拿着钓竿。

"还给你！……"小花印说，"我钓不上来……"

"再等一下……"

"不了……"小花印把钓竿塞回祖父手里。祖父接过钓竿，也学小花印蹲在河岸上。

"你喜欢钓鱼吧……"祖父说，"改天我们划船到沼地去钓鱼。沼地有很多果树，平常走得通的，下过雨后，河水暴涨，淹没沼地，鱼儿就游上来，等着野果掉下，有些鱼儿干脆就跃到树枝上摘果。那里的鱼儿很贪吃，闭上眼睛也钓得到……"钓线和鱼竿了无动静，祖父手掌游摆，仿佛用草秆拨斗蟀，拉上一尾鱼，一手捏鱼头，一手捏钓线，捣出钓钩将鱼儿掷入桶里。

"怎么不戳瞎了？"小花印说。

祖父不说话，收拾起钓竿。

"你钓这许多鱼干什么？"

"喂母豹和豹仔……"祖父扛起塑胶桶，"你也来吧……"

那是一九〇八年一月十七日，小花印抵达种植园区两星期后，也是祖父和小花印第一次正式对话。祖父永远记得这个日子，也永远记得小花印说过的每一句话。云海黯晦，夕日如红龟逝去，野地弥漫烟霾，大番鹊在矮木丛下像蜥蜴爬窜，夏季野火肆虐，总督漫游余家家园，喜欢守着野地权充消防队员，用甘薯般的大蹄子踩熄任何零星野火。它视野火为不共戴天的仇敌。扫描火种时，它那蚂蚁视力变得像食猴鹰一样可怕，它那甘薯般的四只大蹄子像响尾蛇飞弹追击热流。它一个火种一个火种踩过去，等到雉开始注意它时，它已消失在两百公尺外一片矮木丛中。雉再看到总督时已是一个多小时后，它躺卧在一块沼泽地边缘，身上插着二三十支吹矢箭，十多支标枪，浑身刀伤和猎犬咬痕。达雅克人在野地放了十多个小火种，将总督引诱到沼泽地带伏击屠杀，如果不是雉及时赶到，它也许已被大卸十八块。祖父动用一辆大卡车和十多位邻居将总督载运到丝棉树下，在丝棉树下搭木棚挂蚊帐替总督遮风雨挡虫蚋。那时小镇没有兽医，祖父请来一个又一个中西巫医，施打抗生素，涂抹中药土药，熬煮最珍贵的药材，让总督接受帝王式治疗，在酷热黑暗的丝棉树下陪伴总督长达六个月。季候风昼热夜凉，丝棉树长满蕨类和攀爬植物，蝎子般的枝干伸伸缩缩，毒气直冲云霄，任何接近丝棉树的风筝都会中邪似的连翻几个筋斗栽人树中，不管如何拉拽也不能脱困。祖父在丝棉树下治疗总督的六个月中，共有百多只风筝被埋葬树上，把丝棉树装饰得像招魂幡，人们说那些风筝聚集树上准备护送总督升天，皮孩子故意在风筝上画贴骷髅和交叉的骨骼放送到树上，因为画得不甚高明，远远看去倒像一只长黑眼圈的狗在啃骨头。总督疗养两个多月后开始自己进食时，晚上雉走到树下探望祖父，看见祖父正面对篝火沉思，雉面对祖父坐下一会，就听见祖父第一次也是唯一一次谈起小花印。祖父第一次看见小花印时，是小花印抵达种植园区第二天，她站在兽栏前，身边放着两桶生肉，愣愣地看着兽栏里那些毛森森的不友善动物。一只长须猪走到她面前，连须带鼻子伸出栏外，朝她咆两声。

"你是周复的女儿吧？"祖父刚和曾祖巡视园区回来，浑身污泥臭汗。

小花印愣愣地看着祖父，仿佛祖父是兽栏里另一种毛森森的怪东西。

"你不是在伙房里做工吗？"祖父挥一挥兽栏，"这些东西是我照顾的，你别碰。"

小花印转身溜回伙房，留下两桶毛发参差的生肉。第二天同一个时候，祖父把半只死母鸡掷入母云豹的铁笼中时，看见小花印拎着两篮子晾干的衣服经过十多天前周复被审判的广场上。"花印妹妹！……"祖父为这个不自然的称呼感到别扭。

小花印停在广场中央，还是那么愣愣地看着祖父。

"我跟爸讲好了，喂食动物以后由我包办……"祖父说，"这些家伙都是野生的，很凶，会伤人的……"

广场上晾晒着几百只咸鱼干，大的像船桨，小的像调羹，像一批黏糊着敌人皮肉的废弃兵器，眼珠子和骨骼历历在目，苍蝇围绕它们和站在下面的小花印。小花印没有任何反应，也不知道听见没有。祖父走到小花印身边，伸手递给她一个小包裹。"给你……"

小花印瞧一眼那一包用黑花布包裹着的不明物，低下头看着自己脚上那一双像枯叶的鞋。祖父把包裹放到篮子里。小花印瞧一眼篮子里的不明物，慢慢离开祖父，当她快要进入伙夫们居住的木板屋时，她把篮子放到地上，背着祖父打开黑花布。祖父瞧着她的小背影，心头怦怦跳着。小花印很快又包扎起黑花布，拎着两篮子衣服头也不回地走入木板屋。

种植园区负责伙食的伙夫共有十多位，半数是哺娘，除了小花印，大伙从采购到下厨洗碗各有固定职务，小花印表面上无所事事，实际各种没有名分或意外衍生的杂务全落到她身上，有一次祖父甚至看见小花印在河边洗曾祖和自己的内衣裤，替躺在吊床上的曾祖捶背。他远远看着她，直看到她发觉自己。下午一点多到三点是她较清闲时候，前半段时间她多在园区溜达，但后半段时间祖父总是寻不到她。祖父偷偷观察小花印，鼓足勇气想找她说话，自从送她那个小包裹后，祖父心里就七上八下，不知她是欢喜或生气，原来的莽撞和胆量也忽生忽熄，仿佛小猫登高来回屋梁不敢跳下。他在园区内不动声色寻找小花印，沿巴南河畔上游下游走一遭，直

朝上游走了二十多分钟后才在河畔一块岩石上看见小花印。小花印
赤脚盘腿坐在岩石上，身旁散布着野花野果、一双小布鞋和那块摊
开的黑花布，黑花布上放着曾祖贴着她头皮削断的两条小辫子。她
用几块铁片折成发夹，将两条小辫子固定在发根上，盘到胸前搓揉
爱抚，对着河上有时清晰有时模糊的倒影顾盼自如，扔一朵野花或
野果到河里，期待鱼儿抢夺她的小布施。她站在岩石上兜圈子，哼
几首童谣，听着四面八方，突如其来的风声、鸟鸣、野果落地等等
都会引起她的紧张。临走时，她卸下两根辫子，盘了几圈，和铁片
一起包扎在黑花布中，离开河畔，走到一棵大树前，用许多干草将
黑花布层层捆扎，塞入树腰一个窦穴。第二天，在同一个时间同一
个地点，祖父又看见了她。第三天，祖父拎着钓竿铁桶比她更早来
到岩石上，那已是小花印抵达园区两星期后。

　　豹仔出生十天后尝试走出树窟，小爪小舌地亲近囚禁它们一
家人的铁笼子。它们在母亲肚子里已听惯其他囚笼里充满挑衅和恐
吓的兽声和囚笼外人类的冲突纷争，体会到母亲的恐惧和忿慨，也
模糊记得周复被鞭笞时的哀号和被水蛭鲇鱼袭击时的呻吟，三颗在
树窟外兜转的小脑袋都是上述的情绪模拟。最初两天，它们只愿意
把小脑袋伸出窦穴外仿佛一只三头小怪猫。第三天，一只小豹尝试
走出洞外，但猪尾猴无所事事的吼叫就使它打消主意。如此尝试无
数次，在惊吓、好奇和母亲阻扰下，第四天它们终于开始徘徊树窟
外，神情相似，动作各异，拓展发掘胎盘树窟以外本能的强烈领域
观念，虽然母亲一次又一次将它们衔回树窟，但已没有任何力量可
以阻止它们探险求知，宣布它们对那一截枯木和囚笼平地空间的所

有权，畏畏缩缩地爆发它们对祖父扔到面前的活鱼的攻击欲望。它们牙齿还没有长齐，爪子还没有磨利，毛发还不够丰满，下颚只咬得紧母亲柔软的奶子，但显然生逢乱世和险恶当道，提早激发它们的好斗本性和学习生存技能。母豹这时通常在树窟外伸出一个脑袋或半个身子，尾巴扇动如羽扇掀起一片灰尘，维持一种上天下地无所不入的柔软度和机灵，同时又近乎矛盾地显现一种冷静、僵硬和不在乎，其中蕴藏千言万语和六韬三略。

祖父把脚掌大瞎眼烂鳍的鱼儿掷入笼中。鱼儿脂肪少，浑身骨刺鱼鳞，偾张着鳃盖骨和锯齿状牙齿，仿佛铜墙铁壁而且是活动性的陷阱机括。巴南河淡水鱼生命力旺盛，即使离水只要保持一点湿度，其活泼凶悍仿佛悠游水中。豹仔斗志高昂但欠缺战术，只能像蝴蝶绕着它扑楞。它们无意吃它，总是调戏得鱼儿了无反应，这时它们像完成一桩艰难猎杀，将猎物交给母亲的大颚去处理。祖父掷入那尾眼鳍完好的鱼儿。

"好可爱的豹仔，"小花印瞪着一双大眼，"我第一次看到它们时，以为是小猫咪，好想搂一搂它们……"

"你就当它们是小猫咪、小狗狗吧。"祖父说。

"可以让我搂一搂吗？"

"不行的，"祖父张开五指，做出龇牙咧嘴状，"谁敢接近它们，豹妈妈就会扑过去，喀嚓咬断他的脖子……"

肢体完整的鱼儿神气活现，反击得豹仔纷纷逃躲，但它有眼不识泰山，居然扑窜到母豹跟前，母豹伸出爪子轻轻一压，鱼儿肚破肠流两眼翻白。

"看，就像这样！"祖父说。

"豹仔，豹仔，快快长大，手脚壮壮，像妈妈……"

"等它们再大一点，就要变孤儿了……"

"为什么呢？"

"爸说等豹仔脱奶，就要杀了母豹，剥它的皮……"

小花印沉默了一会："为什么呢？"

"不知道，"祖父吹一声口哨，招一招手，试着把豹仔引诱过来，"好像爸爸要把豹皮送给做大官的英国佬，英国佬做成漂亮的衣服送给他们的女人……"

"他们又不是小猫咪、小狗狗，穿那么厚的衣服做什么？热死了……"

"英国很冷的……"

"那豹仔呢？"

"长大了大概也是要剥皮的。"

小花印沉默了许久。"那你赶快让它们逃走呀……"

"傻的……"祖父睨了小花印一眼。

"你也想剥它们的皮吗？"

"不……当然不想……"

"那你赶快放它们走呀……"

"傻的……"

小花印蹲下身子，正经八百凝视豹仔："它们已经没了爸爸，够可怜了，让它们回到雨林，高高兴兴过日子，多好呀……"

祖父也蹲下身子，不说话。

"它们一定很想家呢……"

"豹仔没有家，这里就是它们的家……"

回到伙房前，小花印突然说："谢谢你那天给我的东西……"

"哦，没什么……"祖父脑海里浮起留着小辫子的小花印，"别难过，头发会长回来的，记得别留得太长……"

"你别把头发的事情说出去呀……"

"不会不会。你要把它藏好喔……"

第五章

雉又在树桥上爬行了，达雅克人口衔吹矢枪对他呼出一矢。吹矢枪雕文斑斓，箭矢飞行缓慢，像一只滑翔蜥着陆在雉舔舐猪笼草唇环的叉舌上。雉终于苏醒，舌尖残存咖喱鸡的辛辣。梦魇像一头肥猪在长屋下刨土，黑夜的泥浆长出黎明的脆芽。雉觉得长屋里的睡眠太冗长，苏醒变成一头擅于逃生的猎物。雉像一头老狮子每天做着相同的疲惫猎杀。也不知道是第几次了，那双囚兽之眼就在他完成猎杀后出现墙缝中。雉走出卧房，穿过寂静无人的走廊，来到阳台上。客人已走，晚宴也已停止，但仍有一位达雅克老者趴在栏杆上呕吐。

熊女拿小弓小箭，猩猩女拿小番刀，正在阳台上追逐玛加。玛加四肢并用倒挂栏杆上，从怀中掏出青涩的野果掷向双胞胎猎人，发出婴儿似的哭号。熊女拉弓，小树枝从玛加身旁呼啸而去。猩猩女挥舞小番刀砍栏杆。雉听见清脆的巨树倒塌的声音。玛加从栏杆上甩下，跌倒在阳台上，更激烈地哭号。猩猩女用小番刀狙击玛加头脑。玛加四肢萎缩，瘫痪得谄媚而甜美。双胞胎猎人用绳索捆住猎物手脚，扁担穿心，一前一后挑起猎物在阳台上绕圈子。玛加虽然四肢被捆绑，但绳索只是几根金黄色草秆，正确地说，是玛加像懒猴倒挂扁担下。她的体重造成和她同等身高的双胞胎猎人的沉重负担，但她们不当一回事，兴致勃勃绕了十几圈，停在阳台中央。达雅克老者继续趴在栏杆上呕吐，久久才呕出颗粒状的黏稠物。一只斑鸠在阳台下啄食呕吐物，发出咕噜咕噜的巨大鸣声。

双胞胎猎人将玛加放在阳台上，松开草秆，发出亚妮妮驱喝老鹰的怪叫声，挥舞番刀弓箭绕着玛加兜圈子。玛加翻眼吐舌，死状骇人。双胞胎猎人在阳台上用小树枝生火，叠了一座七歪八扭的小木灶，木灶上搁一个锡盆。猩猩女用小番刀支解玛加，四根代表手脚的枯枝搁在锡盆上。熊女对玛加开膛剖腹，一个红色胚胎被熊女掏出来，拎在半空中。雉看清楚了，是一团红色毛球。雉起初以为红色毛球是自己送给玛加的填充玩偶，这时才发觉是一只活生生的小红毛猩猩。熊女将小猩猩放在阳台上。小猩猩冲向栏杆，爬到最高的横木上看着猎人和扮演红毛猩猩母亲的玛加。熊女继续从玛加肚子里掏出代表肝脏肠子的野果和枯枝，放到锡盆中。猩猩女用小番刀在玛加脖子上剁砍，卸下代表头颅的青椰子，也放在锡盆上。玛加被卸头、截肢和剐空肚子后依旧甜美诣媚，使雉突然想起小麒书包里的兔子造型皮制文具袋。小麒吱一声拉开文具袋拉链，文具袋内容琳琅满目，各色原子笔，立可白，镜子，美工刀，指甲剪，护唇膏，梳子，香水。秋意正浓，落日如兔眼，灰黑色兔云，啃着一片粉红萝卜晚霞，在一群高楼大厦夹缝中。校园弥漫霞色，斑鸠在木棉树上漫步，校工挥砍一排据说染上病菌的树丛，初三学生在教室里吃便当准备晚自习。一群女生站在联络走廊上观赏落日如脱兔逝去。围墙外传来捷运工人的歌唱和喧闹，英番夹杂，喉牙粗粝，仿佛牛驴推磨驮运后嗯嗯哼哼抒发血泪。雉甚至闻到米酒和啤酒的味道。喝酒的速度和气量仿佛波音七四七加油。入夜后他们甚至翻墙入校，躲在女厕内向如厕的女生暴露私处。女学生常被校方告诫晚上不可独自如厕。据说几位大胆女生，向父母借了电击棒，读闷了书就像带螯的蜜蜂绕一趟女厕，竟误击打扮和作风都颇像狱卒的校警，让他捂紧胯下在女厕门外蹦跳像发条公鸡。

　　整个校园轰响着麻雀声，大部分来自校门内两棵老凤凰木。两棵老树扎满麻雀和斑鸠巢穴，树下经常粪如雨下，常使到校内参观的贵宾狼狈不堪。校长原想拦腰截断，但听说领导在这里求学时两棵老树即已风华绝代，百年校庆时领导将以校友身分莅临致辞，事前领导私下透露，回母校最希望和老树会晤重温少年时代的多愁善感。校长和总务主任于是为这两棵老凤凰木伤透脑筋，准备校庆当天在树上挂两座扩音器，播放充满喜气和战斗色彩的音乐吓唬鸟类。小麒用立可白修正最后一个字母。

　　"写完了，老师……"余氏七彩红鳍小麒鲷趴在办公桌上，额背淌汗，十指灼热，手肘触到了正在另一张办公桌上改考卷的雉的左臂。傍晚六点多的专任教师办公室只剩雉和小麒二人，老鼠迫不及待出洞，啮咬抽屉里老师留下的零食。雉听见对面办公桌抽屉里老鼠搜索食物的巨大声响。

　　"检查了吗?"咖啡喝多了，雉的嗓门粗哑，和老鼠的觅食声十分相似。

　　"检查两遍了……"

　　"不行啊，这张才七十多分……"雉将改好的考卷放到小麒眼前，拿起她刚写完的考卷。

　　"老师啊，我难得一口气写完两张考卷……"小麒突然站起来走到雉身后，"都是你啊，老师，这么晚了，饿死了……"

　　"谁叫你跷课……"雉涂改考卷，指出错误。老鼠在挂钟、扩音器、饮水机、球鞋和考卷堆中吃喝拉撒，腐蚀破坏，秘密哺育后代，仿佛问题学生暗中悖逆校规，捣毁硬体设施，产子弃于秽河。

雄在这所学校任教多年，少说亲手杀死五百多只鼠类。雄的同事中，女的胆怯，男的吃斋念佛，反对使用杀伤力极大的捕鼠器，烫死或溺死捕鼠笼中的鼠类全由雄执行。雄的办公桌下现在就囚禁着一只大老鼠等待雄处决。小麒弯下身子看雄涂改考卷，下半身靠在雄涂改考卷的右臂上，使雄的红笔像一艘吃水太深的长舟冲入考卷上的是非乱流和问答暗潮。雄迟钝地发觉一张初中一年级考卷居然呈现如此复杂结构和锱铢必较的掠夺。雄的红笔黏乎乎，东探西窜，捣入试题稠密的蚁窝考卷，和黑色字蚁展开一场狂暴攻防。

　　试题枝桠繁茂，字母蠕动如毛毛虫，仿佛正要蜕变成手肘上扑棱的佩西芬妮。据说那是一群热爱鲜花、舞蹈和游戏的仙女，用番红花、剑兰、风信子织帽缀衣，提着装满玫瑰花和紫罗兰之类的篮子，赤足走在草地上消耗青春。被她们踩过的土地，不管多贫瘠，都会抽长出花花草草。那个什么冥王正骑着马车经过，色眯眯觑着她们。仙女们唬散了，只有那个叫佩西芬妮的，被一朵妖娆的植物镇住，正要去采集，冥王就将她掳入冥土，成为冥土之后。他是这么向小麒介绍佩西芬妮的，只不过将那朵妖娆植物扭曲成一株猪笼草。

　　"那个地方也有猪笼草吧……"

　　"有吧？……学名叫'忘忧草'。荷马史诗《奥德赛》说海伦用一种叫作'忘忧'的药物酿酒，减轻宾客的忧烦。十八世纪一个白人植物学家根据这个故事，替我们的猪笼草取了这个浪漫得过头的学名。有什么办法呢？白种人爱冒险，什么事情都让他们捡了便宜。据说这名字很符合白种人胃口，他们在亚洲莽林跋涉多日，口

干舌燥筋疲力尽，囫囵喝一口猪笼草瓶子里的清水，立即神清气
爽，忧虑全消……"

亚妮妮提着一篮子瓜果，抓了一大束野兰，登上妹妹烹食红毛
猩猩和达雅克老人呕吐的阳台。阳台用竹条、树枝、板块铺成，重
重叠叠，长短不一，仿佛火葬台。亚妮妮的光脚丫子在阳台上自在
磨蹭仿佛马舌舔齿，一只大野蜂在她脚丫子上转悠。斑鸠愈聚愈
多，猪里猪气啄食老人呕吐物。老人趴在栏杆上，眼皮沉重，一面
呕吐一面打瞌睡。天边湿气弥漫，黑云扩散如一壶茶叶。天穹皱巴
巴像一张旧钞，出现似笑非笑的人头浮水印。

亚妮妮从阳台另一个出口走入长屋。双胞胎姐妹剖开代表猩
猩头颅的青椰子，用小刀刳剜瓢内的嫩肉，和玛加一起嚼食。熊女
夹了一片嫩肉赏给栏杆上的小红毛猩猩。小红毛猩猩别过脸去，看
着屋外雾霭烟霾纠缠的丛林。三姐妹咭咭笑着，着手进行下一个游
戏。亚妮妮再度出现阳台上，将几枝野兰插在妹妹头发上，抱起小
红毛猩猩。小红毛猩猩抓下插在亚妮妮头发上的野兰放到嘴里。

"泰……"亚妮妮终于看见雉。

天地漆黑，袭来一阵寒气，雉莫名地燃起思家情绪。苍鹰不再
盘旋，匆匆滑入莽林。公鸡绕着小母鸡兜圈子，圈子越兜越小。小
母鸡毛羽灿烂，秀美丰腴如理想中的杨贵妃。几只雄斑鸠彼此啄
咬，母斑鸠窃窃私语。大鱼猎食，小鱼跃出巴南河，仿佛一个庞大
邪念将许多胸无大志的小情绪逐出头皮外。菜园繁茂，花叶眉眼传
情，果核袒胸露臀，瓜豆抬首垂颔若有所思。熊爪和山猫獠牙刨咬
空罐头，竹响板和铜管如泣如笑。一只大番鹊在菜田里觅食，叼了

一喙七八只活蚯蚓，仿佛夹起一团热面，消失蔓芒萁中。纹案绘制师阿都拉走出雨林，采叶摘花，准确扔入背篓，让雉想起骑驴求诗的贾岛。又一只大番鹊在三棵老瘦椰上啄咬古铜色的越王头，老瘦椰的绿叶几乎扇到了乌云。一路走来，每一间长屋都养着一只犀鸟，有的甚至养了二三只，毛羽扎手，半巫半神，叫声蛊人，替平静安逸的长屋维持某种战乱动荡气氛。这长屋怎么没有犀鸟？听亚妮妮说让巴都误射一只，山猫咬走一只，疫疬扑杀二只，山灵招唤一只——那犀鸟临走时口吐达雅克语，说出令达雅克少女脸红的淫言秽语。长屋虽不养犀鸟，长屋四周鸟言兽语，十有四声是野犀鸟，另外四声是猴猿类，剩下的二声不知何鸟何兽。野犀鸟叫声腥膻，仿佛鸦群逐臭。猴声清脆幽远，天籁错落。但猴鸟争鸣时，一时令人难以分辨。剩下的二声虽不容易厘清面貌，倒可以轻易听出是掠食或被掠食，寻春或护盘。长屋猎手众多，只有鸟和蛮猴胆敢在这附近竞唱。这时正有猴声在蛮林中飘荡，吸引了栏杆上吃兰花的小红毛猩猩。小猩猩口含兰花搂住栏杆旁一截绿枝，稳稳地吊挂绿枝上，从这一枝又吊到另一枝，从另一枝又吊到另一树，如此旅行了五棵树，跃入菜园中的瓜棚，又从瓜棚跃上另一座瓜棚，最后跃入一片矮木丛，在矮木丛中行走，这时它离雉的视线已非常远了。雷声忽大忽小，双胞胎姐妹和玛加的笑声响遍长屋。红毛猩猩惊动一只大番鹊，双翅撑成一根扁担，挑夫空中漫步。一个女人坐在矮树下，长发散乱，雾霭弥漫，天色阴晦，藤叶阻隔，五官浮沉，肢体忽聚忽散，那树本身并不茂盛，但长满附生植物，树盖密不透风，树荫长年受潮如狗嘴，使雉想起家里的丝棉树。女人皮肤黯红，倩影在树荫中如狗舌伸缩。雷声像衔了一根猪胛骨的狗护食。刮来一阵强风，矮树乱扇。小红毛猩猩扑到树下女人身上。女人胸怀抖动如捕到猎物的蜘蛛网。小红毛猩猩被女人张手搂抱，仿佛被蜘蛛结茧的猎物。女人撩起黯红色衬衫，露出半边乳房。小红毛猩猩吸吮着那只乳房，突然安静下来。

蜂巢型的，蚁窝型的，睡佛型的，象粪型的，骷髅型的雨云朝长屋上空飘来。亚妮妮和妹妹们像弹涂鱼一样泥泞。寻找丽妹途中，雉看见过两个达雅克女人裸露上身侧卧长屋走廊上喂哺一群刚出膣的小猪崽，快乐贪婪地取代它们难产而死去的母亲。小猪崽被人乳滋养得眉清目秀，牙牙学习童语，模仿人类撒娇和找碴，将代理母亲的乳头吸食得像椰头。雉甚至看见一个达雅克女人同时喂哺自己的婴儿和一只小猴崽。一路走来，拜访十数座长屋，这是雉第三次看见人类奶兽。

"在一次狩猎中，一对红毛猩猩母子冲入狩猎范围，母亲被杀，小红毛猩猩被族人收养……"亚妮妮说，"不收养不行呀，这小家伙完全没有自立的能力……"

"母猩猩呢？"雉说。

"烤食……做成腌肉……你这几天吃的腌肉，有一部分就是它母亲……"

一直处于落雨状态，但是雨始终没有落下。云儿黑不溜丢，蚕宝宝似的，结成蛹，满满的一天不动。夜色扑向大地，鳞翅目的不夜城。小麒的书包很轻，接近无影无踪，某种飞行肢体，像豆娘翅膀。夜晚的草秆撩得她东奔西跳，兴奋莫名，像斗蟀。停在一个专卖动物内脏的摊贩前，买了两串烤鸡臀，递一串给雉。雉摇摇头。她把鸡臀送到雉嘴前，说了一大串话。太吵了，雉什么也没听到。雉不接过去，她的鸡臀就不离开，一边走一边若即若离递向他的嘴唇。情况有点滑稽，雉只有接过鸡臀。停在一个抓娃娃机前。小麒丢入十元铜板，按下操纵钮。钢制怪手往右移动，又往前移动，突然停止，打开三支钢爪，下降，突击一群猩猩和熊玩偶。猩猩和熊睁着塑胶眼，毫无惧色。怪手攻击一只熊的屁股，但是没有夹到熊屁股，空荡荡地升回去。小麒又丢下十元铜板，怪手再度出击，试图夹住一只红毛猩猩胸部。如此试了五次，毫无收获。小麒叹一口气，走向一部电动游乐器。

"别玩了，回家吧。"雉奇怪她哪来这么多铜板。

是一家狭窄肮脏的文具店，兼营小吃和电玩。老板，四十多岁胖妇，臀如大南瓜，声如大提琴，坐在小板凳上逗玩小婴儿，一次又一次将小婴儿丢向空中，仿佛马戏团里的驯象坐着耍皮球。小麒又塞入一块铜板。荧幕出现规则波纹，飘浮如飞毡，仿佛整座电动游乐台也随之升空。翼手龙似的闪电群，布满火山口似的凹凸天空，降下一群外太空爬虫类，吞吃人畜，俘房活口，地球防御部队兵败如山倒。小麒操纵一个女战士闯关杀虫，拯救人质。女战士红发飘飘，多油脂的母鸭臀，又翘又脆如薹之类的胸，青翠的腰，擅跃的羚脚，在第三关沼泽区被虫分食。投入第二枚铜板，女战士复活，陷入第五关浮沙区。战斗非常激烈，游乐台像一座弹药试验库。消耗五枚铜板后，女战士终于抵达第十关。出现十个躺在蛹壳中的小孩，据说只有一个是人类。女战士犹疑了两秒，背起其中一个。小孩露出虫形咀嚼女战士。

小麒叹一口气。"老师，你帮我闯第十关吧。"

雉笑而不答。

三个穿得像稻草人的时髦少年走到游乐台旁。"我们帮你闯吧，小姐。"

"我可以告诉你哪个小 baby 是真正的人类。"

小麒拉着雉的手臂离开文具店。走过一条街后，小麒指着一栋建筑物说："我家在那里。谢谢你啊，老师。"

建筑物被灯火染成橘黄，潮湿多汁，像削了皮的凤梨。"早点回去吧，明天别迟到。"

折返途中雉停在抓娃娃机前，打开钱包，拿出十元铜板。怪手降落时，居然牢牢地抓住一只红毛猩猩。雉拎着红毛猩猩离开文具店时，三个稻草人少年紧跟在雉身后。雉加快脚步。

●

雨终于落下，在雉第三次看见女人奶兽当天午后。

早上雉操长舟寻罗老师。篱笆上了闩，木屋深锁，舢板和长舟都不在，满天苦瓜云，日头慈蔼，黑狗悠闲走来，嗯哼两下，狗嘴吐禅，说主人外出，云深不知处。雉游荡巴南河，快速航向下游，两小时后抵达一个小码头。是一个七八百人的小村庄，一条泥街，一排木板铺子，杂货店，土产店，咖啡店，头家全是华人，烈日下十多个红漆白底的招牌相连一气，斑驳耸动，仿佛飞龙在天不见首尾：华兴消费合作社——广州杂货店——南园咖啡室——福隆五金行——荣发贸易行——。

"这咖啡喝了喉舌留香，肠胃舒畅，但比榴梿容易上火，不能多喝，"穿背心短裤的老板端给坐在巴南河畔咖啡室中的雉一杯热咖啡后，顺势坐在雉对面，"很多人专程从下游深入内陆，只为了买几包这种咖啡粉。这咖啡粉研磨出来后，必须七天内泡煮，否则味道完全走样。出产这种咖啡豆的是上游一家咖啡圈，从前是一个大头家产业，二次大战后被当地人接管。据说咖啡园里发生过一场华人和达雅克人的惨烈战役，仔细品尝，你会喝出荤味，像狗肉。"

咖啡室正热闹，门前依旧罗雀，一只斑鸠和一群麻雀门里门外寻食，无视屋内两只沉默的土狗和一群客人。热度高不可攀，空气的肌理长满脂肪，客人淌出的臭汗非常油腻，天花板上三座吊扇螺旋桨运转的沉重像搅拌水泥。热咖啡，炒面，云吞，肉骨茶，烟灰缸，狗嘴，裤裆，都冒着热气，客人刚摘下的草帽像蒸笼。两个达雅克猎人将猎获的长须猪搁在店门口，悠闲悠哉坐下来喝咖啡吃炒面，在咖啡桌和咖啡杯上留下血指印。活狗对着死猪狂吠。码头上偶尔泊靠或丌走　两艘舢舨、长舟、货艇，不管吃水深浅，似乎载满乡情，抵达得急，离去得缓。头家对这个小镇有一种宗教上的虔诚迷恋，滔滔不绝述说她的开拓史，深情款款地将她形容成不世出的美人，至今未获世人赏识，不得已，委身他们这批庄稼汉和粗人，颇有救赎和博爱之类的寓意。雉斜望出去，看见河畔上果然耸着一栋教堂，如果不是屋顶上的十字架，雉会误以为是一座木材厂或船坞。每逢周日，居民鱼贯进入教堂，感谢主，让他们的胡椒远离虫害，胶汁饱满，农作物丰收。

"头家，看见一个二十多岁的客家女子，抱着一个婴儿……"

雉终于忍不住问了。这么一块充满蜂蜜和乳汁的福地，巴都怎么忽略了？达雅克猎人抬着长须猪走了，土狗逐渐安静，整座咖啡室也逐渐安静，当雉的问题传诵出去后。码头上出现一个熟悉身影，雉远远就认出像棺材盖的躯体和像鬣狗皮毛的头发。雉离开咖啡室。一艘载货快艇泊靠码头，开始卸货。

"鹏雉，你也来了……"罗老师看见雉后，竟又有点羞涩。

搬运夫将一个封得密实印着"易碎品"英文字的木箱子放在罗老师长舟上。搬运夫显然看不懂英文，像在处理一块绊脚石，因此和罗老师发生一场争吵。雉注意到华人搬运夫神情鄙夷，眼大眉粗，脸红须扬，仿佛雷神，有随时卷袖子挥拳头的可能。

●

中午回到长屋后，雷雨喧嚣如易碎品落下。第二日河水暴涨，傍晚淹没菜田。长屋地势虽高，第三日中午已淹到屋脚下。家畜登堂入室，孩童戏水，大人望天长叹。第四日雨势稍缓，洪水不再上涨，但和长屋地板只有一屁股之遥。罗老师第三日午后驾长舟载了一屋子家当和一只忠狗到长屋避难，暂住雉隔壁。他的小木屋已成了半座水宫，书本杂什堆积隔热层中，鸡埘半毁，公鸡母鸡全被随洪水而来的大蜥蜴蟒蛇吞食。雉颇怀念那只公鸡徘徊陋室，卧薪尝胆，忧国忧民的模样。罗老师匆忙逃难，长舟数度被伐木厂流失的巨木冲撞，险象环生，但神情却自在悠闲，这洪水每隔一两年就会爆发一次。雉甚至从罗老师脸上看见达雅克孩童戏水时嘉年华会式的激奋。那一箱"易碎品"也在逃难行列中，不曾拆封，重量使协助搬运的达雅克青年吃了一惊。

　　洪水乍到，长屋乱中有序，达雅克人的活动范围非但没有减少，反而无限阔广。他们驾长舟，划舢板，撑竹筏，狩猎捕鱼，长屋腥膻弥漫，仿佛屠宰场。吃晚餐时，猎人照例争先恐后叙述狩猎过程，用词累赘华丽，语法拖泥带水，即席演唱如何屠杀儒艮，用了二十多种比喻描述那致命一击，曲调接近巴都操长舟时的哼唱。洪水中狩猎常有意想不到的丰收。一棵树上可以同时射杀三只大蜥蜴和一只大蟒蛇。一座小山丘可以斩获十多头长须猪。一根浮木上可以同时轻易捕获吼鹿和獾。雉和罗老师并肩盘坐，吃得牙缝长满肉须，才知道啃食了一小块母儒艮。铜锣响起，猎人引吭高歌，说是一对交配中的年轻儒艮，男的俊美强壮像我，女的美艳窈窕像在座女士；男儒艮跳着猛烈的求偶舞，在水面掀动银河般的漩涡，晨曦般的浪花，吸引我们潜泳追踪，带着水枪和长矛。一对扮演儒艮的达雅克猎人走到长廊中央，一人挥舞表示胸鳍的两只毛手，摇臀噘嘴，夹腿碾转，婀娜羞涩，欲拒还迎，仿佛犹抱海螺半遮面的出水美人鱼；另一人鸣叫如牛，围绕女儒艮不去，做出爱抚和挑逗的象征动作，并且胯下夹一支哆哆嗦嗦的棍棒表示雄器，看得在场的达雅克少女心头如小鹿。六个达雅克猎人持番刀盾牌，跳战士舞，模仿潜泳动作，徐徐靠近好事将近的儒艮。噢哟，它们如此投入好似蜜熊尝蜜，完全忽视我们的水枪和长矛；它们如此优雅美妙，可

以编成庄严的求偶舞在犀鸟祭典中表演取悦我们浪漫多情的犀鸟神
祇。我们缺氧，头脑懵懂，没有心情逗留观赏，匆匆射出第一枪。
女儒艮承受了三支水枪，像吸盘的大嘴松松紧紧附着男儒艮身上。
男儒艮挥鳍摆尾，载着女儒艮逃去。我们瞄准它们捅长矛射水枪，
血模糊了我们的视线。女儒艮首先用尽力气，挥别男儒艮，慢慢沉
入水底。男儒艮吃力地绕了个圈，也不管彼此身上插得密实或松浅
的十几支水枪长矛，横蛮地着陆女儒艮背上，尝试最后的交配。血
水化成一团浓稠厚实的红雾，彻底裹住它们。我们只能在红雾外
围徜徉，偶尔浮出水面透一口气。红雾一路向下蔓延，两只儒艮终
于气绝在地底下。我们从呱呱坠地开始辨认长须猪的体味，吼鹿的
尿骚，山羊的粪臭，我们的嗅觉媲美大蜥蜴舌头，这时候我们六人
都闻到了浓浓的精液味，像你们这些小毛头每天早上闻到自己的梦
遗。扮演猎人的达雅克男人指着一群男孩，露出壁虎似的嘲笑，随
后又对一群达雅克少女抛媚眼扭屁股，惹得少女咯咯笑。罗老师吃
完一块儒艮肉不够，伸手向坐在对面的亚妮妮乞讨。亚妮妮的儒艮
肉也吃完了，向坐在旁边的达雅克少女要了一块，放在罗老师面
前。罗老师用儒艮肉下酒，吃相仿佛掠食者的生吞活剥，使雉想起
巴都吃鲇鱼。这是罗老师避难长屋第一晚，也是洪水肆虐到最高潮
时候。上天下地都是水的声音、气味、光泽和力量。油灯和煤气灯
吸引鱼群聚集长屋，达雅克人将钓丝从地板缝垂下，一边进食一边
钓鱼。小鱼喂畜，大鱼现烤。罗老师喝米酒压烟瘾，一筒米酒在他
手里成了一支烟的剂量，少说喝了一包登喜路。棺材盖身子靠在雉
肩臂上，山羊脸活泼模糊。亚妮妮两眼灼热，嘴角含两吨笑，一公

克一公克嚼碎，分给雉。耳垂今晚空荡，仿佛闺房虚掩。脚丫子盘在胯下，肥硕秀美，像两只交颈鸭。罗老师的兴奋充分显示在刻意的风趣幽默中，操着太极拳风的流利达雅克语，若实若虚地和对面的达雅克女孩说笑，精心调配每一个笑话，只凭一把舌铲，一锅油腔，一炉肚肝火。他的每一个笑话都是大火快炒，露骨肉麻，很适合达雅克女子的粗糙脾胃。许多雉觉得一点也不好笑的笑话，她们居然也前仰后翻，一根枯枝撩活一池春水；猴王幸宠，诚服的动作做得好大。或许是那种欢乐气氛作祟吧。罗老师并不满意，频频转过头来对雉说：鹏雉啊，我费尽心机讨她们欢心，可是她们对我是直直地瞪，对你是偷偷地瞄，尤其是那个亚妮妮，年轻真好……

　　这一番话似曾相识，这一番情境也似曾见过。除了睾丸仍不停制造年轻精子，生理已老化得七七八八的老萧，在那家幽黯充满热带雨林情调的酒家里，面对凤雏和另外两个年轻女孩也曾像一头老狮子感慨万千。他们这个座位四周挂满供泰山悬荡的吊索，蕨类植物，充电会发光的蕈类，一只庞大的水泥蟒蛇从一棵水泥龙脑香蜿蜒下来，张嘴对一个小水池洒水。雏起初对蟒蛇和龙脑香的逼真感到叹服，但看到蟒蛇吐水后就觉得滑稽。女侍打扮得像亚马逊女战士，戴着蝙蝠侠眼罩，身上贴满黑色纹案，持一根长矛，其中一位自称女经理的英雌手中居然拿着一根马鞭。不发一言，出没无常，带着狩猎神秘猛兽的戒慎，将老萧和雏限制在这个挂满塑胶吊索的幽座，在老萧要求下，狩猎去了。约三分钟后，六位男士居然扛来三座兽笼，里面端坐着凤雏等三个女子。才隔一星期，他们就更换经营花样。这一套如果一个多星期前秀出来，一定乐坏两位美国佬，可惜《幕府将军》看不到三分之一，他们已经离开东方。教师节十天后，人民共和国华诞刚过，中华民国冥诞将至。老萧将雉带到办公室外，小声说：还记得凤雏吧？我看你们相看两不厌，好戏还没有落幕，这样吧，我再酬谢你一次，今晚二赴"魔宫传奇"。每年双十，老萧就会对雉提起十多年前在酒家泡上的一个高职女生，当年十月九日，他把她带到"总统府"附近一家旅馆，清晨五点日出台北，他全力抢攻，精子烈士倾巢而出，攻破对方处女巢穴。这一段辉煌战绩影响深远，心理和生理动了革命性变化，致使十月几乎成了他一年一度动物性发春期。这不是说老萧平常不动情，只是不那么绵绵不绝罢了。他照例对三女敬酒掏烟，揽尽话题，雉事后竟对当晚的谈话毫无印象，这是因为受老萧十月发春期冲击，屁股没坐热就灌了几杯烈酒。凤雏着红洋装，红发披肩，话少笑多，面颊微醺，深陷牛皮沙发，美得像入夜前最后一抹晚霞。吸烟风格依旧不变，老萧还未热好场，她已燃起第五根，雉忍不住说：吸慢一点吧，我担心你的五脏都被焖熟了呢。她还是笑，故意朝雉吐了一大口烟。老萧搅和：小余，你好意思说人家！还不是因为你，让人家独守深闺虚度良宵……。凤雏在一团烟雾中笑得甜美精致，亘久不变，雉看得发愣。眼神有时明快，有时迟疑，亲疏难分，始终坚决地凝视雉。另外两个女子也和凤雏一样年轻，但和蚂蚁一样勤快，在老萧身边不停转悠，仿佛他是一小块扛得动的洋芋片。老萧不愧老萧，事先放出风声，准备带她们其中一人出场。她们一个着黑洋装，一个着白洋装，刘海染成金黄，皮肤古铜色，说她们中学时代是游泳选手，又说再过一星期她们将会披戴豹皮，打

扮成被俘虏的猎物，匍匐依偎客人怀里脚下，女经理准备把凤雏打
扮成美人鱼或人首蛇身怪，到时候她更是一声不吭，只会噘嘴吹泡
泡。老萧说：为什么不是你们扮美人鱼呢，你们是游泳选手呀。着
黑洋装的说：凤雏小学时代也是。老萧说：小余，你讲一个笑话逗
凤雏笑，让她说说话，她不买我的账，从上一次见面到现在，她对
我们讲过的话绝对不超过三句。雉说了一个和性有关的笑话。二女
笑得呛倒，凤雏也笑，对着白洋装的咬耳根子。着白洋装的说：凤
雏说她听过了。老萧大表不满：悄悄话要说给小余听！雉又说了一
个，三女又笑。凤雏以手掩嘴凑近雉，鼻嘴的热气直扑雉耳蜗。雉
可以感觉她的唇舌蠕动，心肺扑跳，肠胃伸缩，雉的发梢甚至被她
眼睫毛的眨闪牵动到，但也许太嘈杂了，只觉得有一头毛绒绒的素
食性动物在嗅他的耳垂，此外什么也没听到。约五秒后，凤雏再度
深陷沙发。雉说：凤雏说听过了。雉又说了几个笑话，凤雏笑过
后，总是以这种方式传达讯息。雉可以确定她假假的蠕动唇舌，嘴
唇鼻尖几乎厮磨到他的耳屏。有一次她直接对准他的耳穴喷烟。他
直视红发烟雾中一对眼眸，猜测她的用意，最后说：凤雏说我的笑
话越讲越乏味，请我别再说了。老萧又抗议：我不相信她对你咬了
半天耳根子，就只讨论你那陈年笑话，我看她舌头已经吮走你半边
脑髓了……坦白招来，她到底跟你说了什么？雉和凤雏相对微笑。
老萧说：不说可以，罚酒……。二人勉强喝了一杯，凤雏又凑近
雉。也许她这一回真说了什么，但雉已醉得差不多了。老萧说：又
来了，再罚……。

　　"鹏雉，我初抵南洋，听见这里华人呼椰子为越王头，觉得甚

有趣，"水果一畚箕一畚箕扛上来，罗老师两手捧一粒青椰子，嘴唇凑到已切好的出口，仰头一气喝完。"传说林邑王命侠客行刺越王，将他的头颅悬挂树上，不久却变成椰子。林邑王一气之下，剖椰壳当饮器。越王被刺时酩酊大醉，其脑浆犹如酒，因此椰子汁有酒味……"

达雅克人用番刀剖开喝剩的青椰子，一分为二，仿佛切西瓜。

"椰子精华不在其汁，而在瓢内的白肉，"罗老师用木调羹剐食瓢内椰肉，"这肉比蒸熟的猴脑还入……多可怕的刀法。鹏雉，你仔细看那刀，大概切过人脑的吧……鹏雉，你还记得我那个小小的考证吧！我切实相信达雅克人部分装饰艺术是和人类脑纹有关的……这事牵扯得真远……"

"老师，吃饭怎么提这种恶心事，"雄椰子肉、红毛丹肉、山竹肉一起下肚，早已分不清素荤，"你看对面缺一颗门牙的女郎一直赞你学问渊博，正要剥红毛丹和山竹给你吃……"

"据说殷人曾把俘虏的敌人头颅蒸熟了吃，头颅蒸熟后就会凝结，可以看到优美的脑纹，用最薄的快刀切成片时，脑纹更是斑斓多变。殷人把脑纹雕刻在骨器石器铜器上，据说是一种对智慧的崇拜，有人以为这就是饕餮纹的滥觞……"罗老师接过对面女郎递来的果肉，顺势在她手掌上捏了一把。那女郎笑得耳垂上的铜环钉铃铛银响，"周武王东征时，山东省的殷人向海外逃难，有一部分就逃向南洋，不是有人在这里发现殷人铜器吗？我怀疑殷人在某种程度上影响了婆罗洲土著装饰艺术，这里的装饰大师确实从猴子等的脑纹中得到不少启示，但比起人脑，猴脑又太枯燥了……可惜……我找不到更直接的证据……鹏雏……”

那晚雏没有睡好，可能是肚子里的儒艮米酒作祟，也可能是隔壁罗老师的液晶体收音机。收音机整晚播放国乐，高山流水，十面埋伏，音量大不大，小不小，苏醒时若有若无，即将入睡时排山倒海。罗老师特地敲了敲墙壁说：对不起，鹏雏，我入睡前习惯听点音乐，太吵了说一声。也许达雅克人对这类音乐感到亲切熟悉——他们的铜锣原来来自中国，它从深夜鸣唱到清晨，竟没有人抗议。除了音乐，其中家畜的鸣叫或活动，洪水轰响，人类的鼾声、脚步声、呻吟、谩骂、梦呓、交谈等等，无时无刻此起彼落，唤醒雏的夜行习性，使他眼皮虽然沉重，视觉听觉爬窜出无数深夜的窟窿，睡眠像狡兔东躲西藏，狩猎范围无限扩大。天还没亮，达雅克妇女已开始活动，雏的睡意已挖得够深可以叼吃到那只追逐整夜的狡兔了，这时浑身却传来一阵麻痒，随后又是一阵刺痛，整个人从草席上坐起来。四只像红炭一样发光的蝎子正在脚下爬窜。

天刚亮，雏左脚的脚丫子和小腿已肿胀一倍。放血，敷药；敷药，放血。雏不记得达雅克巫医如何折腾他的左脚，只记得中午开始发高烧，只能躺卧，连坐起来的力气也没有。巫医又灌了他几筒来历不明的退烧药，其中有晒干的小蜥蜴、鸟爪、蜗牛壳。好像有一块针毡包裹着左脚，每翻一个身就裹得更紧。汗如雨下，食不知味，对准地板隙缝撒尿拉屎，觉得自己像躺在一座摇摇欲坠的古老吊桥上，桥下深不可测布满尖　，桥上爬行着无数蚂蚁，正在啃食吊桥。垂挂吊桥下的左脚成了野蜂筑巢的根基，成千上万的蛹在蚕食他的左脚。亚妮妮二十四小时服侍，擦汗，喂食，敷药，说族人喜欢饲养各种宠物，蝎子，蜘蛛，龟，蛇，蜥蜴，猴，都是掌上玩物，枕上宝贝，可能是鸡鸭猪狗调皮，碰翻了装蝎子的木罐，咬伤了你，不用担心，从前我们族人也被它们咬过，约一星期就好了，你耐心躺着，不要乱动。罗老师不放心，屡次要驾长舟出去寻蛇血清，被屋长严肃喝止，说这种大洪水阴晴不定，连我们也是冒着生命危险出去狩猎，你一人出去等于送死，信不过我们的巫医吗？当晚就寝时依旧高山流水，十面埋伏，罗老师辗转反侧梦游故国山河，雉看见一对儒艮正在地板下洪水中交配。那只男儒艮下半身血肉模糊，依旧绕着女儒艮求爱，情况有如美军死前让旗杆呈勃起状态。醒来时看见亚妮妮躺在身边睡得正酣，她的左手正抓着雉的右臂。一只椰壳大的陆龟在他们身边爬行。

第二天雉睡睡醒醒，体温忽升忽降。一对金黄色头发的双胞胎姐妹蹲在门口，眼神闪烁，一个搂猩猩玩偶，一个背熊玩偶。起初，雉还一时认不出她们。

"她们为什么把头发染成金黄色？"雉问亚妮妮。

"噢，她们头发原来就是金黄色，"亚妮妮说，"太醒目了，母亲把它们染黑。染料是一种植物根茎调制的，这几天水灾，找不到根核，没染了。"

"不用染了，这样子更漂亮，"雉说，"乍看有点像红毛人。为什么是金黄色的呢？"

"不知道，"亚妮妮说，"生下来就如此呀。"

巴都不止一次探望，一话不说，手里有时抓一只待宰的鸡，有时持一柄表示正要出猎的吹矢枪；背上有时背一个活蹦乱跳或沉睡的婴儿，有时一个空荡荡的背篓；腰上永远插一把番刀，一个有出气孔的竹筒，一只兽皮袋；宝贝球鞋不再挂在胸前。屋长每天早上探望雉，比巫医还要细心地检查雉左脚，说快好起来，好了我们痛快喝酒吃肉。罗老师白天常和雉在一起，有时和他一块午睡，身上永远弥漫酒味；黑狗有时如影相随，有时无影无踪。它出现雉房门口时总是背对门口蹲着，连往里头看一眼的兴趣也没有，倒是那些不相干的猪或羊，经过门口就翘高鼻嘴屁股，一脸聪明相地搜索房内，仿佛典狱长巡房，兴致一来就地撒尿拉屎。入睡时依旧高山流水四面楚歌，雉看见自己在莽丛中爬行，口舌干燥，肠胃空虚，扑倒在一个女人怀中，那女人浑身已被自己的乳汁浇湿。醒来时又是将近清晨，亚妮妮趴睡在另一张草席上，一只手搁在他肩膀上，自己左手掌被亚妮妮压在腹部下。多日不见的小红毛猩猩正蹲在门口，用一双熟悉而和人类不分轩轾的眼睛凝视他。雉终于了解在墙缝窥视自己的兽眼原来就是它。

"鹏雉，昨晚亚妮妮又睡在你房间里吧？"罗老师的胡须几天不刮，长脸更像山羊，尤其用力嚼食时。

"是，别想歪了，她只是为了方便照顾我，累得就地睡着了，"雉说，"我们什么事也没做。达雅克人是很大方的……"

"唔。"罗老师合下山羊眼不语。

这是第三天了。雉不再发高烧，但左脚仍是又肿又痛仿佛炉灶里一块霉湿的柴薪。屋长很满意，请雉抽了几口水烟。巫医瞄了两眼就走，巴都来了三趟，双胞胎姐妹和一群小孩在门口玩捉迷藏。

"玛加呢？"雉不经意地问起。

194

"洪水来时，玛加病得很厉害，"亚妮妮说，"本来已经和医院联络好了，这几天就要送到新加坡去，没想到就发生了水灾。族人说锣市市立医院也泡水了，病人根本无法收容，这种大洪水行舟也很危险，等洪水退了再说……"

"你在这里照顾我，你妹妹有人照顾吗？"

"我家族人口众多，你不必担心。妹妹病情好好坏坏，向来如此。"

"谢谢你，亚妮妮。我现在烧退了，虽然脚还没好，大致上没问题了，你晚上不必再守着我吧。"

"别想那么多，好好休养。这种蝎子很毒，说不好又会烧起来……"

这晚雉梦见丽妹。丽妹坐在胡椒园里，抱着一个焦黑的婴儿，四周的胡椒树沾满丽妹冰凉浓稠的乳汁。醒来时，亚妮妮正注视他的左脚，说：泰，好像消了些，还痛吗？雉尝试靠墙坐着，可以感觉到左脚确实长在自己身上，而不像前几天只是糊在胯下的一块死肉。小红毛猩猩两次入房，第二次在罗老师身上溢奶。它与罗老师特别投缘，在他棺材盖的身体上爬上爬下，任亚妮妮拉扯也不肯离开。罗老师说小红毛猩猩没有体臭，只有淡淡的女人香。下午两个和亚妮妮年龄相仿的达雅克少女也到雉的房间和小红毛猩猩玩，她们各自带来一个雕刻精美的木盒子，里面放着首饰和化妆品，并且用它们装扮小红毛猩猩。盛妆后的小红毛猩猩老气横秋，蜷缩在罗老师胸前像一个即将下葬的小贵族。雉想起"魔宫传奇"里浓妆艳抹的凤雉。雉发觉那些首饰虽然大部分是廉价品，但也很确定其中一只戒指和耳环是纯度相当高的真金，有两瓶香水甚至是外国进口的名牌货。雉忍不住问：这些都是你们的私人物品吗？少女们嘻嘻笑，其中一个说：亚妮妮也有。亚妮妮笑着骂了对方两句。屋长坚持雉到走廊吃晚餐，两个达雅克青年搀扶着雉到走廊背对一根廊柱坐下。屋长谈起二次大战日本败战后，日本兵不肯向联军投降，集体逃入雨林避难，成为达雅克人猎物。我族向以馘首作为一个男人的启蒙仪式，这仪式早已废除多时，但日本人的入林激发我们的战斗意识和年轻男子的馘首欲望。对付禽兽不如的日本人，我们赶尽杀绝，绝不手软。当时巴南河畔每座长屋的勇士倾巢而出，追杀穷途末路的日本散兵游勇仿佛追杀野猪群，每座长屋平均馘获五到六颗脑袋。大名鼎鼎的装饰图案设计大师阿班班也参与了这次行动，据说他急需几颗脑袋启发和丰富他的创作视野……罗老师大吃一惊，醉意去了一半：阿班班，我久仰他的大名，传说他研究过上百只猴子脑纹……屋长以手制止罗老师：我说得太多了，阿班班在我族地位如神明，他的创作方式和意图一向是我族的禁忌，喝酒吃肉吧，客人。屋长又指着雉说：年轻人，你被婆罗洲最毒的蝎子蜇了两口，直到今天没有喊过一声痛，我们衷心佩服，你来我们长屋多日，沉默寡言，今日不妨多开口，说一说你的光辉往事。雉用结巴的达雅克语和英语，外加亚妮妮和罗老师的口译，说起当年浮脚楼的猫蝎大战。祖母在新婚夜被蝎咬后，一只腿萎缩成狗腿模样，祖父从此再也没有和祖母上过床。达雅克人大笑。祖父年轻时浪漫多情，对爱情和女人有许多渴望和幻想，但自从小花印离开他后，女人成了祖父纯粹的性欲发泄对象。种植园区位居巴南河畔，被雨林山巅牵绕，阳光雨水充足，季候风撩人，祖父和小花印情窦初开，并肩垂钓，共同喂养云豹家族，携手漫步雨林，划舢板游巴南河和林沼地。林沼地里熟果噗噗落水，怪鱼争相抢食，被翻耕过的罂粟地在水底下清晰可见。小花印摘花截藤，织成一个花圈套在祖父头上；祖父拔草叶教小花印编织蚱蜢螳螂小鸟。祖父的编织手法独具一格，蚱蜢螳螂小鸟栩栩如生，怪鱼从水里扑跃上来，要吃蚱蜢螳螂小鸟。

一只怀着猪仔的母猪掉入洪水，几个达雅克青年立即下水，出动舢板竹筏，几番折腾才把母猪救回长屋。

"亚妮妮今晚还睡在你房里？"趁着这阵喧闹，罗老师小声问雉。

雉不语。

"你要睡达雅克女人我不反对，"罗老师说，"但是最好不要连续几个晚上和同一个女人睡……除非……"

豹仔抽牙出斑，四肢结实有力，脚爪的抓握和尾巴的平衡感逐渐增强，数星期后已能够自己扑杀活鱼和登上笼子里唯一一棵枯树，仿佛祖父和小花印的爱情正在抽长羽翼，尝试海阔天空翱翔。它们还体会不出自由的可贵和天地的阔广，因此十分满意笼子里的世界，就像祖父和小花印陶醉种植园区的缤纷宁静。豹仔继承母亲的顽强孤傲，不允许任何人接近它们，一个不知好歹的割胶工用一根鸡骨示好因此失去一根拇指。祖父想给它们取名字，小花印反对，说只有豹妈妈有这资格。豹妈妈栖息枯枝上，除了喂奶，只有晚上才会下树。它教子有方，三小豹敌意兽心焕发，夙夜匪懈学习搏杀技巧。豹妈妈白天在枯枝上东张西望，眼神犀利飘忽，记忆和分析笼子周围的环境和整座种植园区的一举一动，晚上检查每一根铁柱和锁扣，利用白天从人类身上累积的知识和婆罗洲最大型猫科类的力量企图重返雨林和自由怀抱。

"想家吗?"祖父在小花印脸上看到了一丝忧愁。

小花印看着巴南河河水滚滚向西北流，流向浩瀚的南海。六个月前，她挥别母亲，和几个陌生人搭快艇沿巴南河溯流而上，踏上这块与世隔绝的土地，草草跪拜过父亲坟地，咬牙吞泪熬了半年，现在她两颊红润，体态丰腴，虽然不到十三，混在一群煮饭婆洗衣娘中，俨然已是大姑娘。根据伙房工头的说法，她吃了半年种植园区的米饭，胜过过去十二年营养，她后面爆长出来的嫩皮脆肉，大骨美牙，奕奕神采，都是种植园区的功劳和头家的苦心栽培。说到"苦心栽培"四字，工头语气暧昧，一字一顿挫，引起正在埋头吃饭的苦力一阵爆笑。

问得急了，小花印吞吞吐吐说出伙房里的遭遇。

第二天祖父守在伙房外看见一个苦力捏了正在端菜的小花印屁股一把后，冲进伙房对着苦力拳打脚踢。这突如其来的举动吓得八百多个苦力目瞪口呆。

"头家仔，何必……"一个苦力试图劝阻。

祖父一话不说，突然扑向那个苦力又是拳打脚踢。工头和巡逻队员赶紧上来解围。

曾祖对待祖父的严厉，不下于他对待种植园区的苦力和巡逻队员。父子二人的对话和沟通，不比曾祖对那批心腹工头更多。父子二人的相处时间，也远远少于曾祖和两头狼犬的相处时间。祖父对曾祖的言行，神情，脾气，乃至五官的了解和记忆，甚至不比两头狼犬更深刻。大闹食堂的当天傍晚，祖父走进工头宿寮旁的曾祖房间，看见两头狼犬在门口一蹲一趴一睡一醒，头尾相连仿佛一体，颇有轮值味道。曾祖穿背心短裤坐在藤椅上一手抡烟杆一手扇纸扇，遥望窗户外巴南河畔蛮林上方仿佛一个模糊血指印的龟裂成波浪形状的蜈蚣色月亮，浩瀚的儒生额和阴天浑映成一片，眉眼间的沼气榛莽和蛮林中的沼气榛莽互通声气，巴南河像一条稠稠的唾涎流淌在马唇牛牙间。窗景中曾祖的侧脸长而大如犀，脑容量如一个大茶壶，毛发森然，骨骼突显。曾祖每吸一口烟，喉头就会快速下沉，随后慢条斯理回升，仿佛一粒熟果掉入河底又浮上来。一把热乎乎的烟球在曾祖消瘦高大的胸腔弹跳许久，肺部轰响如铜锣，头颅空空如某种弦乐器共鸣箱，五官平静像牧笛吹奏田园曲。祖父甚至可以看见那把热乎乎的烟球从鼻嘴滚出时掺揉着许多如毛球如铁丝的鲜红色，仿佛粪便的潜血反应，刷牙时的齿龈出血。曾祖的纸扇扇得不疾不徐，将烟雾四面八方送上天花板，让它们尽情地忸怩作态。曾祖身后燃了一圈蚊香，烟雾笔直扑向天花板，使上面局势更加混乱。曾祖已冲过澡，吃过晚餐，吸完每天固定分量的鸦片，满脸红润，手脚温驯如偶蹄类，一窦一穴安详如鸽子笼，祖父虽然知道这是曾祖最不喜欢别人打扰的一刻，但他也知道再过一个多小时，曾祖就会穿上鞋尖嵌上钢块的马靴，拿起缠着钢丝的藤鞭，在两头狼犬和最少两个带枪巡逻队员追随下，巡视入夜后嘈杂热闹的赌馆、鸦片馆和娼馆，十点后，三馆停止营业，曾祖又马不停蹄巡视十二栋宿寮和正值收成期的种植园，直到一两点才上床，清晨六点就出现伙房开始迎接策动另一个大白天的战斗。没有任何时候比现在更适合接近曾祖了，错过今天，只能等到明天，但今天和明天的曾祖又有什么差别？在多抽一个苦力一鞭、多踢一个苦力一脚的情形下，他的心肠只会愈来愈腐烂。祖父终于鼓足勇气——

但还没有吐出半个字，祖父舌头已经打结。祖父甚至忘了上一次和曾祖对谈时使用的语言——客家话？广东话？福建话？华语？祖父垂着头，大胆觑了曾祖一眼。也可能是英语，马来语，达雅克语……

祖父记得曾祖说过：番话也讲不好，怎么统治这块番地？我怎么安心让你继承我的衣钵？……祖父完全忘了曾祖讲这话时操的是什么语言，也不确定此时对曾祖提出那个他担心半年多的疑问时，曾祖会用什么语言回答。他只记得曾祖最喜欢用客家话教训他。

不等祖父提问，曾祖先说话了。他说，扇着纸扇，抽着一杆烟，望着蜈蚣色的月亮，他说，我听说你今天在食堂的事了，这是我看过你这辈子做过的最有男子气概也是最窝囊的事，你屌毛长了，开始为女人顶天立地了，可惜光靠好屌成不了大事。曾祖吸了一口烟，喉头沉得深不见底，大烟球化成许多小烟球，没来得及吐出来就在体内消失无踪。雨林里有一种蠕虫，当它们找不到食物时就消化自己的器官，消化的顺序完全依重要性而定，最早消化的是生殖器官，最后是神经器官，可见得为了生存，有些东西是要牺牲的，但牺牲得要有智慧，你本末倒置，为屌奉献，结果是没头没脑，有勇无谋。我半年前就警告你别惹那个小娼妓——她现在虽然不是，再过不久就是——她是赌鬼鸦片鬼窝囊鬼周复的抵押品，奴才苦力猪狗禽兽人渣的女儿，你要玩她可以，我让你玩个够，要娶她门都没有。你以为我这些产业怎么兴盛壮大的？你以为我哪一点比白种人强？有谁愿意和毒蛇猛兽为邻一辈子？有谁愿意在这块炼狱熬一生？有谁愿意为那点钱做牛做马做到老死？有谁愿意生下来就做苦力？我不想点办法拴住他们行吗？

不出所料，曾祖说的是客家话。祖父完全知道曾祖接下来要说什么，他有插嘴的冲动，但他发觉在曾祖厉声疾言下，他胯下冰冷，睾丸萎缩，胆小如鼠。

阿汉。曾祖叫祖父的小名。祖父受宠若惊，这一惊乱之下，让他还有勇气抬头看着曾祖。我冒大风险，花大本钱开馆吸毒嫖赌，为的就是发展巩固种植园区。他们只要吸上瘾，就会不断向我赊钱，如此只有给我做一辈子奴；逢赌必输，只要赌出瘾头，只有欠我一屁股债。阿汉，你以为娼馆里的婊子怎么弄来的？

祖父乞怜地看着曾祖。一股寒气直扑向他的屁股肛门。

欠了那么多债，不拿点值钱东西抵押行吗？他们这种人生殖力强，家里人口浩瀚，少一个女儿少一张嘴吃饭。曾祖说了这许多话，第一次瞄了祖父一眼。小花印天生是小娼妓，你别想我为了你破戒，懂吗？

祖父和曾祖四目交接时怯弱地垂下了头。曾祖私底下从来没有对祖父说过这许多话，父子俩的对话通常在大庭广众下进行，很多曾祖对工头和苦力说的话也针对祖父，据说曾祖志在磨炼祖父的胆识和应对。在那些粗里粗气和大字不识几个的苦力面前，咬文嚼字，风花雪月，唉声叹气都是婆娘胸襟，他们讲求直接、效率和音量，并且透过生殖系统唾弃婆娘胸襟。祖父的确某种程度学会了公开场合的言辞态度和曾祖遗风，但一旦私下面对曾祖时，祖父头家仔的霸气消失殆尽，剩下的只有苦力的垂头丧气，狼犬的训练有素，余家子孙的硬头皮像母云豹的绚烂皮毛。祖父知道只有自己能够改变小花印的命运，但在这紧要关头居然无话可说，空有一壳硬头皮却挺不出去，空有满腔对小花印的爱意却皮包阴囊腌之酱之。祖父肩膀哆嗦像要扛一头活猪，两脚摇摆像要踹一头野牛，用捉猪斗牛的力量使膝盖着地，跪得意志坚强，情发五内。

曾祖反应出奇快。他丢下纸扇，拿起藤椅旁嵌钢丝的藤条，高高举起，"啪"一声向祖父背部抽去。祖父感到一股灼痛从右手肘延伸到肩胛骨，弥漫到左肩，扩散到整个背部，像兵分两路的热浪一波又一波滚向头皮和脚尖。祖父知道曾祖只用了三四成力道，那道热浪平息得很快。从跪下那一刻祖父就准备接受曾祖的咒骂和任何皮肉之痛，因此根本不把这一鞭放在心上。他几乎带着感激接受曾祖的惩罚，但是当曾祖不再动手或动口后，他立即感受到了无边无际的恐惧。他听见曾祖嗦嗦嗦翻动账册的声音，捕捉到曾祖一个搔胳肢窝的动作，嗅到曾祖身上的狗骚味，看到曾祖遗留藤椅下地板上汗湿的非洲大陆脚丫子印，区分曾祖小腿上的静脉瘤和老疤。时间一分一秒流失，祖父的汗水一点一滴释出。曾祖突然站起来，放下烟杆和纸扇，拿起藤鞭走向门口，穿上马靴，走向屋外。两只狼犬利索地跟了上去。祖父忍了许久的泪水终于夺眶而出。

一星期后，母云豹被关进铁笼子送上一艘开往下游的快艇，那一天，小花印没有出现伙房里。祖父没有想到事情发生得这么快，他故作镇定，第二天晚上走到巴南河畔离曾祖宿寮不远的一间小木屋，用番刀刀背敲昏一个巡逻队员，拿走他身上的钥匙，打开小木屋其中一个房间，看到四肢蜷缩躺在一张木床上的小花印。祖父知道女人总是会在这间小木屋被关上一阵子，其间她们遭受到什么待遇无法知晓，总之她们最后总是柔顺而一言不发地踏入娼馆。祖父带着小花印登上巴南河上预先准备好的长舟，划了一段距离，发动马达，航向下游。月色黯淡，数不清的萤火虫栖息两岸树上或飞舞河畔两侧，祖父凭着月色和萤火虫辉映出来的朦胧河道摸索前进。小花印蹲踞船首，四肢萎缩，和她躺在木床上一个模样。祖父打算逃到锣市，从锣市乘船经海线到第一省或第三省，永远离开曾祖的种植园区。他尝试将这个计划解释给小花印听，小花印不做任何回应。祖父听见她压抑在黑暗中的哭泣。半小时后，种植园区的快艇以比长舟快一倍的速度出现他们身后，探照灯照耀得整条巴南河如同白昼。祖父立即靠岸，拉着小花印跳上河岸，匆忙中只带走一支番刀和手电筒。二人凭月色在雨林中逃躲半小时后才敢打开手电筒，直到电源消耗殆尽，他们才停止脚步，这时候他们发觉已被笼罩在高大蓊郁的树荫下伸手不见五指。祖父说：我们找个地方休息，天亮再走吧。小花印说：这里太黑了，我怕。祖父茫然摸索，摔了两跤，说：到处都是一样黑，我们不要再走了。小花印说：我怕。他们看见十多公尺外一片巨大光芒将雨林地面照耀得如同入夜后种植园区里灯火暧昧的鸦片馆，如同矿物质辉映出来的珠光宝气，迷离恍惚，仿佛仙境。祖父拉着小花印走入这片光芒，看见树干、地面、岩石和枯枝败叶上长着数以万计奇形怪状的蕈类植物，如汤匙调羹，如小伞小帽，如牛蹄羊角，如肥乳丰臀，仿佛霓虹灯散发着光芒，绵延数百公尺，在阴暗雨林中照耀出一条曲折迂回大道。祖父和小花印循着这条大道行走，走了十五分钟后躺在一棵大树板根上入睡。微风不断吹来，蕈类肉质伞盖下频频释放出泡沫迷雾状孢子。第二天清晨祖父终于发觉小花印胯下淌着血渍，手脚也有类似鞭伤的瘀痕。他注视小花印的眼睛。小花印摇了摇头。祖父打算沿巴南河畔走向锣市，但走了一个上午仍然没有走出潮湿闷热的丛林怀抱。他们食野果，喝猪笼草瓶子里的清水，中午时分突然踏入一片整齐的种植园区，这时祖父才知道他们还在曾祖庞大的种植园区内打转。祖父认得这片园区，它就是曾祖率领两百多个苦力和巡逻队员和达雅克人发生一场惨烈肉搏战的地方，当地人士呼为"咖啡园之役"。几个工头、一群狗和巡逻队员向祖父和小花印围堵过来。

囚禁祖父的小木屋和当初囚禁小花印的小木屋只有数十公尺之遥，祖父在那里度过一个干旱炎热的夏季，只有傍晚在巡逻队员监视下走到屋外井边冲凉时才有机会望一眼天色。这座木屋平常囚禁企图逃走的苦力，结构牢靠，墙壁有钢铁巩固，门窗装上铁栏杆。祖父大部分时候躺在床上胡思乱想。晚上看见屋外飞舞着萤火虫，屋内长满发光的毒菌，小花印坐在床侧，微笑拈起一只菌类放到嘴里嚼食。她不停地吞食毒菌，直到她也像毒菌一样散发出迷离恍惚的光芒。在小木屋度过的三个多月里，祖父先后看见两个陌生女子被囚禁在当初囚禁小花印的小木屋，晚上曾祖一个人走入屋内，随后祖父听见女人的尖叫和呻吟。有一次曾祖从屋内走出来时还在勒裤带。祖父想起小花印胯下的血渍，痛苦地意识到小花印在小木屋内的遭遇。雨季来临前祖父被释放后走入曾祖房间，接受曾祖用客家话传授的一门家训。祖父看见被剥下的母云豹皮囊没有披戴在英国女人身上，而是张挂在祖父房间墙壁上。一个月后晚上祖父打扮成苦力模样，戴了一顶布帽，叼一根洋烟，在赌馆绕了一圈，又在鸦片馆绕了一圈，最后走向那座灰瓦白墙两层水泥楼房。楼房后侧就是巴南河，据说有些老娼妓常光屁股对着巴南河撒尿，一个年轻女子曾经跳入河里企图游向对岸，第二天早上即曝尸河岸上。根据曾祖家训，祖父还没有资格在这里盘桓，但祖父从工头和苦力口中知道，女人在二楼住宿，在一楼做生意，人数维持在二三十人左右，每隔数星期就和内陆另一座种植园区内的女人轮番对调，变换口味。一楼区隔着二十多个小房，大厅和屋外走廊上燃着两盏煤油灯，女人坐在大厅或走廊上，傍在门内或门外，游走楼外一棵榴树下。面貌模糊，肉身闪烁，神情遮掩，仿佛搪瓷娃娃。祖父拉低帽檐，站在一群苦力身后。有人挑了一个娃娃走入房内，有人从房内走出来。祖父身前的苦力逐渐散去，娃娃还是维持固定数目。

"后生仔，看够了没有……"一个娃娃说。

祖父看见其中一个小房闪烁着那天在雨林中看见的迷离光芒，随后一个女人从小房走出来，她脸上涂满化妆品使她像吃了毒菌的小花印散发光芒，尤其当她来到阴暗的走廊上时，她的头发四肢也散发出同样光芒。祖父不自觉向她走去，站在她身前一步之遥，脱下帽子。发光的女人握着他的手，要把他拉入屋内。

"小花印，是我……"祖父小声说，"阿汉……"

女人凝视了他一秒钟，突然把他的手压在她左胸上。

祖父挣脱了她的手。

女人咯咯笑了。女人笑时，光芒闪烁，两眼仿佛绿宝石，祖父看见她喉咙里含着一棵烂毒菌。

这是祖父最后一次见小花印。雨季来临时，祖父在林沼地里垂钓，戳烂每一双上钩的鱼眼，观赏它们在水里挣扎碰撞。第二年雨季结束后，祖父将三只小云豹装进铁笼子，用舢板载往上游三十英里处，在一棵雨树和野榴樣树下打开铁笼子。小云豹已不小，它们被抓入笼子时咬伤祖父手掌，踏入莽丛前又在祖父手背上留下三道爪痕。祖父傍晚走入曾祖房间，告诉曾祖放走了小云豹。曾祖扇纸扇，抽着一杆烟，泡着一壶热茶，翻着一本账册，偶尔抬头看一眼窗外巴南河畔莽林上方一轮如有蜈蚣盘缠窟窿无数的泥月。那时候曾祖其中一只母狼犬生了四只小狼犬，已到脱奶阶段。祖父见曾祖一话不说，就向曾祖讨了两只小狼犬。从此祖父也有了自己的狼犬。祖父不管走到哪里，两只小狼犬总是像曾祖的老狼犬忠心耿耿追随他。

●

两个醉醺醺的达雅克青年将雉抬回卧房后像狗爬回走廊。亚妮妮也喝得像泥鳅一样滑溜，在卧房里东钻西窜，让雉摸不到看不见。酒意淹没了雉像洪水淹没土地。雉的视觉泡满水气浪花，亚妮妮仿佛只是一片倒影。雉觉得自己像一块顽石沉入地板下洪水中，两手乱拨抓住亚妮妮裙角说：你回去自己的房间睡吧，我只是酒喝多了没事的，这只脚像蜜熊泡在蜜浆里一样舒服。拜酒精之赐，雉已完全忘了脚伤。倒影认真地凝视他的左脚。雉又说：回去睡吧。倒影渐行渐远，消失门外。

古老的弦乐器正在歌颂故国山水，达雅克男声幽幽鸣唱猎杀长须猪、儒艮和象，家畜追逐戳咬，洪水逐渐退去，月色漫漶。

　　我乃江中儒艮，追求妖娆之女儒艮；

　　我乃洪水中儒艮，追求裸着一对美乳像美人鱼之女儒艮；

　　我乃跳舞中之儒艮，永不疲倦围绕女儒艮；

　　我乃中箭之儒艮，鲜血弥漫感动女儒艮；

　　我乃勃起之儒艮，卷起漩涡冲翻达雅克人长舟竹筏；

　　我乃射精之儒艮，我的爱意像精子泛滥巴南河；

　　……

雉仿佛悠游巴南河跳求偶舞的男儒艮。他绕着女儒艮打转像驴子推磨，他在女儒艮四周拨弄出水球和漩涡，他衔水藻挑逗女儒艮。他像乌云，像一座被伐得光秃的丑山试图遮蔽月亮的光华，切断女儒艮退路。他仿佛做着一截一截的梦，有时候真实，有时候虚幻。他看见一只象鼻子在他眼眉鼻耳间跳跃，象趾揉搓他的胸部，象耳在他齿缝间拉扯。梦境愈来愈饱满扎实刺痛扎人。他看见自己像一头长须猪翻刨泥土，一支吹矢箭无声无息地射中他的左腿，他痛得终于苏醒过来。

　　他发觉自己正搂着赤裸的亚妮妮入睡。亚妮妮枕在他左胸上，一只手和脚搁在他赤裸的身子上，睡得非常沉。她的脚压痛了雉依旧肿胀的左脚。

　　"亚妮妮……"

　　天色微亮。雉将左手从亚妮妮背部挪开。凉被只裹住亚妮妮的腰部和自己的肚子，雉清楚看到亚妮妮浑圆的臀部和自己萎靡的下体。亚妮妮嘴巴大张，右乳悬荡雉胁窝下，耳垂齿痕模糊。雉又叫了她一声。亚妮妮睁开眼睛，打呵欠，伸懒腰，一翻身就坐起来，迅速穿上衣服，一面穿一面问雉：睡得好吗？泰。雉答非所问：我以为你回房里睡了……亚妮妮笑着说：不放心你呀……一面说一面将凉被抖开，遮住雉的下体和腹部。小心着凉……站起来就要往房外走。雉叫住她：亚妮妮，昨晚发生什么事？亚妮妮轻轻踢一下雉左脚，让雉哎哟叫一声。你呀……你昨晚比长屋任何人醉得厉害，像一只吃了一吨烂果的野猪……。直到中午亚妮妮才拿着午餐出现，凑近雉耳边说：泰，不要想太多……又一溜烟走了。午后罗老师带着黑狗来访。雉发觉罗老师愈来愈晚起床，譬如今天，他穿透数间卧房的鼾声中午才停息。黑狗和长屋家畜相处得不融洽，昨天才咬死一只鸡，让主人赔了两倍钱。黑狗也许把长屋里和气融融的鸡视为小木屋中酝酿叛变的鸡徒子们的共犯或同党。它的神色愈来愈孤傲寂寞，像一个没有明主可以追随的流亡孤臣。

　　"达雅克人对性的态度虽然开放，但也不是毫无节制的，"罗老师坐下就说，"长屋以前流行一种古老习俗，一个男子和一个达雅克女子独处五个晚上后，就表示有意娶她……"

"独处是什么意思?"雉说。

"就像你跟亚妮妮独处四个晚上……"

"我们什么也没做。除了第四个晚上……"

"第四个晚上的事,我完全了解……但是人家会怎么想呢?"

"老师怎么知道……"

罗老师的山羊脸尖锐得像一块石矛。"关键就在第五个晚上……"

"这长屋还保留这习俗吗?"

"虽然不保留了,但遗风所及,总还有一点那个意思。也就是说,一对男女做了这种事情,等于公开宣布……"

"老师不要开玩笑了……"

"我不是警告过你,叫你不要连续睡同一个女人几个晚上吗?"罗老师狠狠搔着鬣狗皮毛的头发,"你最好问清楚亚妮妮,看她有没有这个意思……妈的,才住几天,头发好像长虱子……这番鬼的长屋……"

这晚雉想保持清醒,但屋长频频劝酒,让一个粗壮达雅克猎人像扛死猪送回房间。猎人刚走,亚妮妮随后跟到,说:泰,今天还要我陪你吗?雉没有想到她问得这么直接,以为又是自己喝昏了头,说:你先回去吧。亚妮妮说:先回去是什么意思?晚一点再来吗?雉说:不,不是。想和你谈谈……亚妮妮说:罗伯伯跟我说了……雉打断她的话:有那种习俗吗?亚妮妮说:旧习俗,现在不流行了……雉又打断她的话:不过大家还是会这么想吧?亚妮妮似乎点了点头。在醉意和昏暗中雉看不清楚她的表情。泰,你不用担心,今天晚上我不会来了……雉说:你可不能又像昨晚溜回来呀，你看，我醉得像吃了一吨烂果的野猪……晚安，泰。亚妮妮离开房间。

　　现代化的管弦乐演奏古老的中国乐曲，达雅克男声幽幽哼唱没有歌词的曲调，家畜鸣叫忧喜参半仿佛谈论家国天下，洪水继续退去，猪耳云，鸡爪月，天潮地湿，莽丛凄泣仿佛柔肠盘缠，雉口含兰花从一棵树垂荡到另一棵树，跃入菜园的瓜棚，在矮木丛中浮沉爬行。惊动一只大番鹊，双翅撑成一根扁担，挑夫空中漫步。女人傍坐矮树下，嘴角含笑，肢体忽聚忽散，在长年潮湿如狗嘴的树荫中像狗舌伸缩。雉扑入狗嘴，扑到女人身上。雉吸吮着女人一只乳，看见女人左臂文猪笼草，右臂文蝎子。女人伸开两手搂雉，让雉有窒息的感觉。

　　我是在做梦吧？雉的呼吸吞吐充满酒气。

　　雉躺在一张双人床上看着化妆镜中半赤裸的自己和坐在化妆台前梳理的凤雏。房间豪华宽大，天花板上的水晶吊灯有如冰雕的火种，墙上挂着复制名画"宙斯和天鹅""爱神和仙女赛克"。在昏黯和酒意中雉发觉床和房间是圆形的，当他尝试坐起来时才发觉是一张水床。他稍稍坐直，身体就不由自主陷下去，似乎愈用力就陷得愈深，愈是头晕脑胀。雉觉得自己很像猪笼草瓶子中挣扎的小蜥蜴。凤雏怡然自得，手拿一把大梳子梳理红发，像一种和猪笼草有共生关系的螳螂。她实际也是半赤裸，肩上只披着毛毯，一只乳房暴露化妆镜中。雉想起她在"魔宫传奇"对着他耳蜗喂嚅半天，有一次甚至咬了一下他的耳垂。他怀念她吸烟的模样。凤雏似乎感应到他的想法，从化妆台拿起烟和打火机，吸了两口，将烟搁在烟灰缸上，打开手提袋开始卸妆。凤雏显然不知道雉正在注视她。凤雏卸妆的手臂柔软如天鹅脖子。她的另一只手像鹅嘴衔走肩上的毛毯，上半身靠近化妆镜，手掌托起乳房观察。雉看见她中指和食指像张开的鹅喙咬住乳头上下摆动。这时候她似乎故意使雉吓一跳，突然扯下红发，将它搁在化妆台上……牙齿微露，手掩嘴，抓住了一个出腔的小呵欠。笑靥如朦，有氧。那双眼，嫣，妍，掩，焰，从阴平到去声。那双眉，跳脱如山猫颊须。那双耳，不示人……白球鞋。浅蓝牛仔裤。绿色小背包。白衬衫。长头发。大耳朵的聊狐。逃亡中的野兔。翻筋斗的花斑臭鼬。……慈鲷科，热带鱼之后，余氏七彩红鳍小麒鲷……

雉用尽全身力气坐在床上，不让自己再陷下去。"王——小——麒，是你吗？……"

"老师，你醒了，"凤雏或王小麒从化妆台前站起来，转过身子面对雉，"天快亮了，我去洗个澡……"

又是将亮未亮的早晨。雉模糊看见或感觉一个长发女子从他身边爬起来穿上衣服离开房间走入昏暗的走廊。小红毛猩猩正蹲在门口，向雉觑了两眼，随着那个女子走入走廊。雉立刻拐到门口，一女一兽已不知去向。凉被从雉身上滑落，雉下体冰凉，赤身裸体，一只小猫正在他脚下追逐一群刚出壳的小鸡。雉这时才发觉左脚已差不多恢复原状，也不再刺痛了。

"亚妮妮，你昨晚有到我房间来吗？"早上见到亚妮妮，雉劈头就问。

"没有呀，泰……"

"亚妮妮，不要骗我……"

"你是说有女人到你房间……那绝对不是我，"亚妮妮眼含泪花，"你担心'第五个晚上'的习俗吗？"

雉一时不知如何回答。

"泰，你酒喝多了，"亚妮妮说，"昨晚玛加情况很不好，我整晚和家人陪着她。天还没亮，她就过世了。"

"什么？"

"如果有女人到你房间，那绝对不是我，"亚妮妮声音哽咽，"即使是我，我也不会说出去。反正只有你知道。我不是叫你不要想太多吗？"

一朵吃素的禅日静坐云端上，看似泥中南瓜，土里番薯。孩童们在阳台上游戏，妇女在禅日下用大木臼春米，晾晒家具猎器肉干菜脯。亚妮妮和雉说完话后回到阳台烈日下和家人清洗一个有花草昆虫雕纹的瓷瓮。长屋内传来骚动，狗吠凄然。一群达雅克男子围在罗老师房内对躺在地上的罗老师拳打脚踢，包括巴都在内。房外围了更多看热闹的男男女女。黑狗已在房门口被馘首，头颅和身体足有两桨之遥，一瓢血从地板隙缝滴入已快退尽的洪水。狗眼大睁，两耳合垂，牙舌微露，回头看着自己被猪羊鸡鸭围观的温热躯体，颇像死在贬谪地的忠臣遥望哺养自己血肉之躯的故乡。猪羊开始小心翼翼舔狗血，随后大口大口吮，不久一群猎犬也加入，将地板舔得滴血不沾，并且打起狗头主意。一只猎犬突然咬住狗耳将狗头拖到长屋角落，和几只尾随而来的猎犬抢吃狗头。一个达雅克人护着狗尸体，不让其他猎犬接近。雉和亚妮妮挤入罗老师房间。罗老师仰卧地板上，两手护着鬣狗皮毛的头颅，着短裤，胸曲如根荄，上肢如鸭翅膀，下肢如斗鸡腿，棺盖躯体呈弯曲状，仿佛做着仰卧起坐之类健身操，而且已经到了体力极限。他虽然鼻嘴出血，身上挨了百多下拳脚和刀鞘船桨，始终没有哼过一声。眼皮有时合上，有时乱觑。身体有时紧绷，有时松垮。雄想起他劈柴的松松紧紧，钓鱼时的快快慢慢，煮咖啡时的张张望望，看着菜田里的亚妮妮时唇舌像鸭子吮水喊喊恰恰。雄又想起莽荒中用小孩力气和妇女脾胃筑成的小木屋，里头有一个军容壮盛的书城和一批仿佛攻城失败的猴骷髅，仿佛军火器材的雕塑品，三张无时不在忧烦如何驱赶捕捉小鸡的老鹰的人脑解剖图。屋外有一座隐士之井，僧侣之湖，书生之田，流亡之鸡寇，万里长城之围篱，镇守疆土现在已身首异处之狗武士。雄又想起他在莽丛中窥见自己观察猪笼草模样，在木屋中和自己同时窥视亚妮妮洗澡模样，在长屋中乞食儒艮肉的羊脸腥膻模样，录音机整晚播放出塞曲红豆词草原之夜时一墙之隔同曲异梦模样。种种模样惹恼一个达雅克青年，他腾出一脚，朝罗老师胯下踢一下，踹两下。罗老师眼也不眨，紧紧下颚。这时从屋外突然冲进来一只小狗，舔了两下罗老师脚板。罗老师忍俊不住，咻咻笑了两下。这一下达雅克人把他当禽兽看待，拳脚唾液齐飞。

罗老师使用真假金银珠宝、化妆品和时髦洋服引诱达雅克女子，作为共宿一夜的代价。六七年来颇有几个女子为了几件奢侈品而献身罗老师，尤其洪水泛滥时。达雅克人性爱态度开放，旧习俗中女人甚至常把陌生男人视为一夜丈夫。罗老师觊觎的大部分是成年女子，达雅克人防不胜防，莫奈他何。这次洪水期间，罗老师用锣市运来的一箱奢侈品，夜夜换宿一个女子，昨夜竟同时宿淫了亚妮妮不满十一岁的双胞胎姐妹。

"住手吧，别打了……"亚妮妮突然说。

"亚妮妮，"一个青年男子说，"他睡了南玲和蒂玲……"

"这要怪我们太不小心了，"亚妮妮说，"打死他又怎么样？放了他吧，以后不准他再靠近我们长屋……"

"你有脸替他说情？"巴都满脸怒意，一手按着刀柄，"你也跟这老头睡过……"

"闭嘴！巴都！"亚妮妮说。

屋里出现一片短暂的沉默。

"各位勇士……"罗老师的声音依旧清晰有力，"我勾引过亚妮妮，但她不买我的账……后来我答应出钱送玛加出国治病，她才屈服……她是位了不起的女子……"

●

"老师，我昨晚对你咬了半天耳根子，"王小麒赤脚从浴室走出来时依旧穿着那件"魔宫传奇"里的红洋装，"你到底有没有听清楚我说什么呀？"

雉也穿着整齐坐在床沿上。十分钟前的一场惊吓彻底赶走他的醉意，但从空调系统灌入的冷气又让他的头脑和四肢一样冰冷，加上缺少睡眠，肚胀胸闷，肠子堵塞，肛门燥热，雉的思绪空白而不清爽。他边穿衣服边听小麒洗澡，从声音中观察小麒调整热水，使用莲蓬头淋身，用香皂擦揉身体——这一段最冗长——再用莲蓬头淋身，用毛巾揩干身体。穿洋装前，她掀开马桶盖，坐在上面撒了一泡尿。他一面聆听她的盥洗如厕，一面打量化妆台上的假发、手提包、手表、床前的高跟鞋。雉的鼻嘴仍有烟酒味，但他却闻到更浓郁的小麒留在自己身上的香水味和体味。雉捡起枕头上几根小麒的黑发和化妆台上的红发比对。难道她戴着假发和我睡吗？小麒如完厕后，雉发觉她没有冲马桶。当她踏出浴室时，雉的惊吓又被拉长拖宽巩固，像曾祖祖父没有节制地拉长拖宽巩固家园。她走入卧房——像她迟到走入雉的英语教室一样调皮。她坐在化妆椅上从手提袋拿出梳子梳发——像她坐在一星期更换一次的蹲坑上，第一件事就是在老师同学众目睽睽下从书包掏出梳子梳发。她的头发愈梳愈拉长拖宽，蕉风椰影，南国热海，无缘无故使雉想起头在东北、尾在西南、形状似大猪的婆罗洲。川流棕林之岛，四季如夏之女体。余氏七彩红鳍小麒鲷，湿答答游出浴室，在蜈蚣色地毯留下几块非洲大陆脚丫子印，和四十多尾饲养鱼混养在一年十六班水族箱中，这水族箱总是潮湿多水，这潮湿多水不因为它是水族箱，而是观赏鱼大量释放的汗酸尿骚，乳香唾液臭，胯下乱潮经味——上课中一个小毛头会突然小声对雉咬耳根子：老师，好朋友来了，我要去保健室拿……。大猪温度也高，天溽暑，地气冷，像这鱼箱。日出燠，云来阴，像这鱼箱。东北风起，天下雨，湿湿漉漉，像这鱼箱。西南风起，天晴燥，遇冷也雨，干干滑滑，像这鱼箱。雉自己就是一只大猪徜徉其中，渡河穿林，食烂果泡烂土，像盲鱼洄游在暗无天日的窍穴中。

"你说什么?"雉看着化妆镜中梳理头发的小麒,机械性地反问。

"你是假装没听见的吧? 老师。"

"不。我真的……"

"我说——我是佩西芬妮。我用英文说的。I am Persephone. I am Per-se-pho-ne."

佩西芬妮……那个为了采一朵水仙花被冥王掳走的神经质的森林仙子。冥土之后。黑夜的女神……

"老师,你很少喝醉吧,"小麒抓了一撮头发伸到眼前,"你好野,我的头发被你抓到打结了。头皮都快被你剥掉了。"

"你真的这么说?"雉垂头丧气,"我真的醉了。"

小麒弯下身子穿高跟鞋。

"你怎么会做这种工作?"

"赚钱呀——"小麒头也不抬,"老师又不是不知道,我爸妈离婚,单月跟爸住,双月跟妈住,他们都有姘夫姘妇,一年和我见不到几次面,根本没人管我。"

"你姐呢?"

"她跟我一样。双月跟爸,单月跟妈。一星期换一个男朋友。"

"你做多久了?"

"从暑假到现在,几个月而已,"小麒戴上手表,拎上手提袋,"老师好严肃。好像少年队耶。"

雉仍愣愣地坐在床侧,看着小麒戴上假发。雉突然站起来。他站得如此突然,以致小麒转过身子时几乎和他撞个满怀。"小麒,你为什么不事先告诉我？”

"告诉你什么？"

"告诉我你是……王小麒呀……"

"我说了呀，我在'魔宫传奇'对你咬了半天耳根子……"

"我是说……昨天晚上……做那件事情之前……"

"老师，你还好意思提呢，"小麒用食指戳了一下雉左胸。这动作在教室里她也对雉做过，曾经引起几个男生讥讽，"你昨晚醉得像灌下一卡车烈酒。萧老师扶着你到这里，开了间房给我们。萧老师和我另外两个同事就在隔房。老师，在这里我跟你说了好多遍，I am Persephone. I am Persepho-ne. 我讲得不标准吗？老师称赞过我的发音呀……可是老师……你大概什么都没听进去吧……就把我……"

"你应该把我叫醒呀！把我锤醒呀！把我踢醒呀！把我这颗浑脑袋塞到马桶里冲一冲呀……"

小麒咯咯笑起来。

"你说什么鬼英文？为什么不直接告诉我你是王小麒……"

"是老师给我取的名字呀，老师也一向这么叫我。我也很喜欢这名字呀……"

雉一时语塞。"小麒，你几岁了？"

"十二……明年二月满十三……"

"十二……"雉本想说，你浓妆艳抹，戴假发，穿高跟鞋洋装，坐在"魔宫传奇"的昏黯灯光中吞云吐雾，看起来有二十。

"老师不要担心呀！"小麒又咯咯笑，"昨天晚上的事，我不会说出去的，也不会告诉萧老师。本来想瞒你到底的，所以起来时才戴上被你扯掉的假发……后来想想……"

"不，不，不，你不能再瞒我……"

"老师以后还会去'魔宫传奇'找我吗?"小麒笑得调皮，"在'魔宫传奇'里找我比在教室里找我更容易呀。"

"你不能再去那种地方了……"

"老师又要训话了吗?"

●

雉早上驾长舟护送罗老师回小木屋时，洪水已大致退尽。木屋四周泥泞沧桑，菜田鸡舍夷平，老井、湖塘和围篱尚存，木屋外表完好，里头脏乱，但略作清理，又是一番气象。雉花了一整天时间帮罗老师整理家园。他脚虽有轻伤，但吃喝出赘肉，正好趁这时候消耗。罗老师只能歪在床上或趴在窗边指挥雉。他虽已六十几，但硬朗滑溜，十几个达雅克人围攻只带来皮肉之伤，或许和他常劈柴划船有关吧，中午居然哼哼哎哎从隔热层搜索出白米咸鱼干罐头洋酒柴薪，调理出一道简餐。雉没有心情和老师对酌，草草吃完。下午四点多老师说别再做了，可以栖身就行了，等天燥地干再去处理那些湿湿答答吧。老师煮了一壶咖啡，师生坐在门前小板凳上，无言喝了半壶咖啡。几种怪鱼被卡在围篱洞眼，进不来出不去，已晒成鱼干。洪水一来一去，湖泊和井水生态丕变，鱼种彻底翻新，湖中鱼去，湖外鱼来。罗老师说有一年湖里除了孔雀鱼再也找不到其他鱼种，他常戴着蛙镜沉到湖里赏鱼，隔十几秒浮上来透气，湿头湿脑悟出一个道理：我虽然落地生根这里大半辈子，但总不能从泥土山水吸收到根本养分，诚如孔雀鱼、斗鱼悠游此地河流水域，却偏须从空中接收氧气。我虽魁丽美艳，生殖力旺盛，生命力坚强，悠游江边浦畔、水壑臭渠，无奈不能和其他鱼种打成一气。雉胡乱凑答。我看见台北高楼大厦里的猪笼草空着肚皮流口水，捕不到虫，食不到肉，光洁滑亮，灵肉分离，徒留一袋臭皮囊。罗老师喝咖啡时发出鸭子吮水的喊喊恰恰，使雉想起他目不转睛觑亚妮妮的模样。雉又想起萧老师和两个穿黑白洋装的女孩——比照小麒，她们年龄不会超过十五——在"魔宫传奇"的模样，想起罗老师和双胞胎姐妹——她们互模如貌，金发大眼，笑声撩人，雉只有在她们背着熊或猩猩玩偶时才认得出来谁是姐姐谁是妹妹——在隔房聆听故国音乐的模样，咖啡不自觉溢出酸臭。罗老师突然放下咖啡杯，站起来指向远方用客家话说：就是它！我识得它！就是它带头毁了我的鸡舍，叼走我的大公鸡，害得母鸡小鸡流离失所惨遭来自四面八方的野兽吞吃！走入屋内捞走一把猎枪和一支番刀，嗯嗯哼哼走向野外。雉看见围篱外慢条斯理爬窜着一只大蜥蜴，同时想起小木屋中油头滑脑人兽难分的人脑解剖图。可能是胯下疼痛，罗老师仿佛泡在洪水中行走。他精神上奔跑，实际宛如梦游。大蜥蜴在他推开篱笆门时早已不知去向，但罗老师还是挥刀如击锣竖枪如竖旗追过去。雉放下咖啡杯，看着莽丛和粉红色天空，从云彩中看见罗老师的性情和行踪：移动得快快慢慢，聚散得松松紧紧，吮着一颗肌理密致的小日头喊喊恰恰。雉忽然对这劫后余生的小木屋和围篱内

外一切感到厌烦，甚至对自己一整天的勤劳感到厌烦。他靠着门口
打了半小时盹，见老师没回来，绕着小木屋走了几圈，正盘算要不
要不告而别，却看见老师咿咿哎哎哼着一首歌推开篱笆门走过来，
手里拎着用青藤捆绑的五粒野榴梿，一屁股坐在小板凳上用番刀剖
榴梿。野榴梿娇小玲珑，锐刺繁密，不好下刀，罗老师单是找心皮
合缝处就眯了半天眼，待找到后砍了五六刀竟纹风不动，忙得他两
手发麻，热汗从头皮滴到脚皮。雉叉着两手看。十多刀后，榴梿壳
才裂出一道婴嘴小缝，罗老师急了，将番刀刀锋贴着小缝，用一根
铁锤敲打刀背。榴梿翻翻滚滚，顽皮抵抗。罗老师抓不住重心，不
易着力，但皮壳尖刺终于难敌刀锤，不久应声裂开。罗老师乘胜追
击，四分五裂成八小壳，拿了装着三粒古铜色果肉的其中一壳给
雉，自己择了一壳拈了一粒果肉放到嘴里，边吃边问雉：“味道
如何？”

雉回答胃口不好，只吃了一粒，拎着一壳榴梿看着橘红色天
空。云朵喊喊恰恰晥着一颗奶油色小日头。

“榴梿树高耸入云，榴梿果高不可攀，采不着没有关系，熟了
自己就会掉下来，而且多在晚上，造化之神奇美妙，由此可见，”
罗老师将果核整齐放在空壳上，吃了一壳又一壳。“这骚货壳之硬，
刺之锐，赤手空拳拿它无奈。它诱人吃它，自己却防御得密不透
风，真是装模作样不可思议。可是一旦搔到痒处，刺中阿基里斯
腱，它就四肢大张，酥软无力，任你摆布，真他妈的像女人。”

雉的厌烦像细胞分裂般复制。

“一棵榴梿树的结果，少则七年，多则十年，想要一亲芳泽真

不容易呀……"罗老师每食完一壳就吸舔指甲缝里留下的果肉。

"老师以后有什么打算?"雉淡淡地说。

罗老师回答得非常快速,仿佛老早等雉提问。"这附近长屋是不会欢迎我了。我也许再往内陆走,再找一块地,盖一栋小木屋……"

"老师……"

"我知道你想说什么,我难道不想克制自己吗?"罗老师伸出舌头舔舔糊满嘴巴四周奶油般的果肉。他的舌头薄如汤匙,形状像三角板。"几十年了,这个老毛病……"

"回锣市去吧,老师,过正常生活也许对你有好处……"

"鹏雉!我怎么有脸回锣市?我在这里一见到你就无地自容。你显然不知道我在锣市发生过什么事了……"

雉看见奶油色夕阳在天边抹下很多滴溜溜的奶油。

"事到如今,告诉你也无妨,你迟早也会知道的呀……"罗老师停止食果,背对着雉,"我退休那年才五十多岁。那一年我无耻下流地爱上一个高三女学生。我想尽办法亲近她,引诱她,鹏雉,如果可以的话,我愿意娶她的,可是我是一个五十几岁的老头子呀。我每月送她一笔钱请她和我睡觉。半年后,她家人发觉了,告到学校,学校掩护我,想私下和解,她家人不肯,找上报社。鹏雉,斗大标题,白纸黑字,挨家挨户……北婆罗洲文坛名家如何如何……北婆罗洲杏坛名师如此如此……下流小报,八卦杂志……鹏雉,有两个星期我不敢出门,喝白开水吃饼干过日子……我还有脸回锣市吗?即使躲在这里,我还躲得不够深啊……"

围篱外站着两个人。一个是亚妮妮,一个是亚妮妮哥哥。雉向他们走去。

"泰……"亚妮妮看见雉走近后，视线在泥泞地上游移，"你祖父派人捎口信来，说家里有事，请你快回去……"

"什么事呢？"

"没说，"亚妮妮觑了小木屋一眼，"只说请你一定要马上回去……"

●

傍晚雉回到长屋后，亚妮妮家人正在一座小山丘掩埋一个有花草昆虫雕纹的密封瓷瓮。瘦小的玛加像胎儿盘缩瓷瓮中，和许多供养瓷瓮中的达雅克历代祖先灵魂长眠莽丛中，熊、猩猩玩偶和随身用品也傍着瓷瓮陪葬。雉想象玛加在瓷瓮中的沉睡模样，突然想起野茎上猪笼草瓶子里的婴尸。猩猩玩偶是雉在一部抓娃娃机中掳获的战利品，千里迢迢从台北带来，原来想送给丽妹孩子。雉没有想到这种粗糙的塑胶商品会出现在这种庄严神圣仪式中，仿佛是对大自然的亵渎。葬礼没有渲染太多悲伤气氛，或许玛加的过世早已在亚妮妮家人预料中吧。入夜后，长屋恢复往常作息。晚上行船不便，雉打算夜宿长屋一晚，明早赶回锣市。晚饭后亚妮妮突然出现在房门口。

"你来了……正要去找你，"雉将手中信封递给亚妮妮，"这是巴都的向导费，请你交给他。"

亚妮妮收下信封，将一纸包裹递给雉。"这是罗伯伯留下的书……我们用不着……你看看……想要的话就留着……"

雉接过包裹。罗老师被逐出长屋时，随身物品全被没收，除了一艘长舟。

"我明天走了，丽妹如果有消息，请你找人通知我，"雉又递给她一张纸，"这是我家地址。"

亚妮妮收下，看了看。

"以后还会去锣市吗?"雉说。

"会的……过几天就去……去医院办手续和退钱……就是送玛加出国治病的费用……"

"一个人去吗?"

"和哥哥去。"

"我在你家叨扰这么久，真是不好意思。请你们到时也到我家做客吧。"

"嗯，不了……我们住在亲戚家……在乡下……一栋浮脚楼……会住一阵子……"

"给我地址，我去看你们。"

"那种破房子……就是所谓的'霸王屋'，是违建的……连门牌也没有……"

"那么你答应我到我家来坐坐。我弟弟交了很多达雅克朋友，还养了很多猴子。"

亚妮妮嘴角出现今天以来不曾出现的笑容。

"记得一定要来，"雉大胆说，"我会想你啊。"

"泰，早点睡吧!"亚妮妮说，"明天早上我哥哥会用长舟送你到码头搭游艇。睡觉时记得把门锁上，蝎子就不会来咬你了。"

"蝎子，蛇，蜥蜴，见缝就钻，有用吗？"

"总之记得把门锁上。你知道你今天晚上吃的那盘肉是什么吗？"

"对我来说什么肉都一个味道。"

"是罗伯伯那只狗。晚安，泰。"

亚妮妮走后雉辗转反侧不能入眠，突然想起高中时代暗恋过的同班同学。与其说暗恋，不如说短暂相恋过，但他们相恋时间实在短暂，只限毕业前几天，因此雉印象中那段不曾萌芽的爱情始终处于暗恋的种子阶段。雉现在还记得她一双飘忽不定仿佛大野蜂的眼眸，舒展着浓浓的眉毛眼睫毛，飞翔在学校足球场旁一片矮木丛和芒草丛中，雉用汗湿的手抚摸她汗湿的头发，亲吻她清爽丰腴的面颊。学校刚放学，男学生在足球场上踢球，学校旁的机场不时有军用飞机和直升机起降，是一个有时候蝉鸟无声有时候引擎震天价响的夏日午后。一架低空掠过的运输机庞大身影笼罩在他们身上时，雉看见她嘴唇翕动说了一句长长的他听不见的话——也许她只是重复说着一个短句——太迟了，这时他们已躺在芒草丛中，消失在还未开发的处女野地中。雉在家畜声和粪臭中回忆那个夏日午后，但是整个过程的躁进断裂不完整让他只记得天空中的引擎声和事后二人坐在野地上共饮猪笼草瓶子水。学校附近的猪笼草瓶子大小恰如手指，绿中带黄，瓶中水质清澈，二人喝了几瓶即腹绞，分别蹲在一簇矮木丛中野撒，雉透过藤蔓枝叶清楚看到对方下体，这个野撒过程在他回忆中清晰冗长历历在目，弥补了前面的躁进断裂不完整。透过撒尿拉屎，透过彼此互窥对方下体，透过不知羞耻的肛门擦拭，双方才朦胧意识到彼此的快乐、肉体关系和贞操付出。长屋夜晚氛围一如往常只是少了罗老师的国乐，雉因此更清楚完整听到更多吃喝拉撒和更多手脚鼻嘴讯息，这突然加入的神秘和生气蓬勃使雉辗转难眠，渴望罗老师的国乐压阵。罗老师的国乐有时激昂壮观，有时平静妖妄，乱弹神经，麻痹五官，佛禅起舞，一派正经，让人难以察觉寄生逍遥其中的靡靡淫荡。长夜漫漫弦丝迢迢，罗老师掩人耳目不是屏声息气而是大张旗鼓，一个咳嗽一个翻身即可贯穿数间卧房的动静观瞻在罗老师却转化成仙女散花如鱼得水。更不可思议的是雉也在这一阵翻云覆雨中和亚妮妮发生肌肤之亲，躁进断裂不完整，像在旅馆水床上和野地上没有野撒之前。第五个晚上那个女子来去匆匆仿佛蹲一个坑，或许那的确是米酒和弦乐炮制的一个荒唐梦。雉坐在草席上打开罗老师包裹，突然看见门外阴暗走廊上金发双胞胎手牵手搂玩偶凝视自己。雉发觉她们眼神忽蓝忽绿仿佛洋娃娃，嘴角有一抹诡异笑容仿佛她们搂在胸前的熊和猩猩。雉想挥挥手示意她们离去，但又觉得这个动作不妥。搂熊的姐姐说了一句他听不懂的达雅克话，搂猩猩的妹妹咯咯笑两下。雉客气表示我要睡觉了，你们去别的地方玩吧，反锁房门。包裹里都是论述中国或南洋文化历史风土人情的中英文书本杂志，在一本合订本《南洋文摘》中雉看到一张一九五七年《星加坡虎报论坛》的泛黄英文剪报。

严禁性冒险家从事爱欲旅游

针对性冒险家（sexplorer）带来的新旅游危机，沙捞越部分地区颁布了一项旅游禁令。

拉越美丽土著女孩的迷人传说和报导，激发性冒险家遐想，吸引他们涌向这块婆罗洲英属殖民地。

在"性探险之旅"（sex pedition）中，性冒险家深入莽林，试图向长屋中的美丽达雅克女孩施展风流浪漫。

他们相信这些美丽女孩常把访客奉为临时丈夫。

大部分从事这项"性征伐旅"（sex safaris）的男人来自英、美、澳。他们相当富裕，雇得起旅游和向导。

……

"他们深入上游，乞求长屋居民款待，"英国官员告诉记者，"我们尽一切力量禁止这种冒险。"

很多男人被达雅克女子的美丽殷勤吸引，但不受欢迎的男人入侵长屋时将引爆龃龉纠纷。

达雅克男子以他们的女人为荣，当他们受到污蔑时，可就不好玩了。不久之前达雅克人是猎头族。

记者在坐落森林边缘一座小镇目睹愤怒的警察盘查一个英国人。他宣称英国人是性冒险家。他在马来人和华人村庄游荡，赠送香水、香皂和糖果给妇女和少女。她们拒绝收下。愤慨的丈夫和父亲向当地警察局投诉。警察命令英国人尽快完成学术调查，离开小镇。

"我只想表示一点友善，"他说，"说我对她们不怀好意，滑稽透了。"

沿河一带的居民告诉记者一个驾独木舟的欧洲人如何和

在河边戏水的女子调情，但欧洲人马上被一群男子扔入河中。

达雅克女子会和长屋访客自由恋爱吗？传统允许长屋贵宾和未婚女子来点儿风流韵事。不过这项传统几乎不存在了。

雉辗转反侧，还是不能入睡。恍惚中觉得墙缝、门缝、地板缝和天花板缝逐渐撑大，挤进一双双猴眼、熊眼、羊眼、狗眼、鸡眼、猫眼、龟眼、蛇眼、蜥蜴眼。雉突然感到恶心反胃，整晚断断续续呕吐，天亮时啃不下半口早餐。

第六章

　　双十节后一年十六班大型水族箱依旧干净热络，四十多张耍猴道具桌椅布满立可白涂鸦和美工刀刻出的雕纹，划出四十多张地盘。炫，酷，劲，骇，爆。怪字怪画，文图并茂。黑板上的掌印，墙上的鞋印，天花板上的球印，门前门后的拳脚印，玻璃窗户上的唇印呵气印，装饰出各种肢体语言：我行我素，横行天下，卿卿我我，妖妇狼君……任君解读。雉若无其事上课，掩饰得天衣无缝，耍宝变脸，耍嘴皮说笑。余氏七彩红鳍小麒鲷，蹲坑忽前忽后，忽左忽右，狡兔多窟，据说上课爱说话，导师不停地调整座位，孟母三迁又三迁。奇怪的是，不管她的蹲坑如何多变，雉一踏入教室就看见她蕈菇般沾在那里。与其说夜行兽嗅腺发生功用，倒不如说她残留视觉中红发红洋装浓妆艳抹的影像挥之不去，乃至于雉进入教室就看见某个角落弥漫一团红色雾霭，仿佛佩西芬妮的精灵光芒。逢周六穿便服——这是整洁秩序比赛前三名的犒赏方式——照例是蓝色牛仔裤和那袭野兔臭鼬聊狐的白衬衫，使雉想起半年多前量贩店电梯内的小学生——听，放毒，入窟，绝佳的逃亡三部曲；使雉想起她写给自己的教师卡上那个和兔子蝴蝶在树下奔跑的长发小女孩，使雉想起金黄头发的丽妹在果园里荡秋千和黑头发的高中初恋情人吮饮猪笼草，但是这些意象很快被一团红色雾霭笼罩，被一个红发红洋装浓妆艳抹的女子鹊占。红色雾霭汹涌起伏，垂死前的儒艮交配，彻底漠视四周猎人的杀戮。双十节后她居然乖乖上了两星期课，没有迟到没有跷课也够专注，小考也在满分边缘，甚至下课也没找雉瞎掰，这是她以前的撒娇手段。两星期后她终于下课时在门口拦住雉：老师不再帮我加强英文了吗？雉说你行了，不必再加强了。她说：因为以前有老师加强，所以才行啊……。雉想了想，说：你每天午休时间到我办公室来吧。

　　两天前雉打电话到"魔宫传奇"确认小麒辞职后，一直想找机会从她嘴里套点消息。麻雀吵闹，斑鸠热燥，中午校园冷硬平静，一只野狗一间教室挨着一间教室乞食，可惜学生早已啃完午餐，最后居然挨在专任办公室外走廊上雉和小麒脚下。雉对那只野狗记忆犹新。他给小麒上了五分钟课后它就挂了狗籍似的蹦过来，又过了五分钟小麒突然说：老师不会把我的事情告诉我父母吧？这时雉突然看见校警从角落转角处一个箭步扑上来，利落地将手上的绳套勒住狗脖子。校园附近野狗聚集，喜吃秒河上的浮尸，或溜入校园利用学生同情心温饱，校警早已成了捕狗专家。校警一边向雉狞笑一边头也不回拖走野狗，野狗嚎叫得非常凄楚。雉看见小麒脸上浮现类似校警的狞笑，一刹那雉觉得自己像野狗被小麒勒住脖子。稍后雉问：你晚上还打工吗？小麒却瞄向树上一对斑鸠，雉才知道她志不在上课。临走时她说：老师，你不会告诉萧老师吧？第二天中午她自动请辞了，雉终于了解她的用意。从此她又开始迟到跷课打瞌睡。一个月后她连续翘了两星期课，等她回到学校后，指甲油，戒指，耳环，花袜，皮鞋，发夹，腕环，项链，破铜烂铁挂了一身，导师、训导处约谈，上完英文课后雉将她叫到走廊上。

　　"怎么这么久没来上课？"

　　她笑而不答，嚼着口香糖。其余观赏鱼类全围上来，好奇地噘着嘴，兴奋地鼓着鳃。

　　"听说你一个多月没有回家……"雉瞄一眼周围的观赏鱼，想吼一声唬走他们。此时此地约谈完全失策。

"老师，她交了坏朋友……"一只观赏鱼说。

"每个人都在找你，"雉憎恶自己说的话，"你如果发生意外怎么办？……"

"是哦，被拐了卖了怎么办？"又一只观赏鱼搭腔。

"大家都担心你，包括你父母……"雉尤其憎恶观赏鱼的闹场。

"唉，天下父母心……"鱼说。

"老师，说点不一样的吧，"她终于开口了，"别训话。"

"中午到我办公室来找我，"雉说，"你荒废了两星期课……"

"不了，人家又不喜欢上课……"

"你是学生，回到学校来吧……"

"不了，人家今天回来，又不是来上课，"她笑嘻嘻说，"人家因为想念老师，所以特别回来看你啊。"

观赏鱼类掀起一阵喧哗。

"老师，你想不想我啊？"

当天午休时小麒翻墙出校，从此再也没有回来过。一星期后她父亲到学校替她办了休学手续。小麒先登上围墙旁一棵榕树，沿着枝干跨过围墙，抓着树梢垂到人行道上。那棵榕树马上被校工修剪得像一根电线杆，每逢新枝嫩叶茁芽，校工就会毫不犹豫地削去。

●

站在锣市任何一个空旷地方，就可以看见挤满鸟巢蕨、野兰、藤蔓、猪笼草、风筝、鸟巢的丝棉树，独立荒野，傲视锣市，仿佛余家精神指标。根据热带雨林生存法则，丝棉树周遭没有对手争夺阳光，不可能拉拔到这种狂妄高度，因此余家从前可能是一片雨林，长满和丝棉树一样高大的巨树，这是一种可能；另一种可能是透过丝棉树空中播种方式，这棵丝棉树必然是雨林中一棵最高大丝棉树后裔，继承了母亲的好胜和好斗，着地苗芽就将四周野草矮树视为强大假想敌，等到发觉它们毫无威胁性时，征伐和扩充权力的欲望已经不能控制。

　　最早在锣市垦荒的华人表示，他们在莽丛中落下第一锄和放第一把火时，丝棉树已经历史遗迹似的雄踞一方，历经数不清的烧芭、旱灾、水灾，依旧风华绝代，四周动植物都愿意和它攀上一点裙带关系，在它庇荫和影响下享尽荣华富贵，度过生老病死。垦荒人也常在树荫下休憩活动，如果不是树上经常发生掠食缠斗，早在树下造屋落户。

　　自从达雅克人射杀盘踞树上大蟒后，丝棉树就变成垦荒人根深柢固的梦魇和盘根错节的恐惧——遭毒蛇猛兽杀害或果腹是垦荒人挥之不去的梦魇。丝棉树遭受吹矢箭毒害奄奄一息时，他们忠心渴望它就此死去。但它非但不死，防御力和免疫力反而突然暴增，活得强悍而充满杀伤力。垦荒人试图放倒，一斧落下，野蜂蚂蚁蠢蠢欲动。它们集中力量攻击时，可以将人活活螫死。火种在蜂蚁监护下，从来烧不结实。垦荒人耕耨围篱时对它敬而远之，直到雉曾祖祖父出现，那很大一块野地垦荒权才被签走。传说浮脚楼完成前，二人在丝棉树下住了半年，曾祖天天像云豹登上丝棉树一截危枝，鸟瞰周围风景甚久。锣市盛传即使浮脚楼完成后，曾祖也始终视丝棉树为家，这习惯在他过世后由祖父传承。祖父不高兴看到雏和鹬小时候上树玩耍或逗留树下总督栅栏附近，常说树上巨兽盘踞，大蛇横行，只有总督可以镇压，他自己长年高枕无忧树下小木屋中就是仗恃总督淫威。雏曾经目睹总督摧毁树上坠下的蟒蛇蜥蜴，好似母鸡啄蜈蚣不费吹灰之力。至于巨兽大蛇，它们似乎更适合生存在想象中，以此增加总督的威信和重要。有一年丝棉树下曾经发生一股缠斗，缠斗终止后祖父领着兄弟走入树下，只见木屋半毁，总督一头咆哮一头冲撞丝棉树，发出锣鼓轰响金属皮质爆裂声。雏和鹬在树下生火，无奈丝棉树太高太大，烟雾上了树就藕断丝连，好不容易上到一半就被季候风吹得烟消云散。熏了半天，只熏下一堆怪虫怪蝶。祖父抚着总督伤痕不语，淡淡说：傻孙，别熏了，早逃走了。兄弟不知道祖父"逃走"何所指，是逃到高耸入云的树梢，逃到深不可测的树窟，或逃到茫茫无垠的野地？但从祖父神情语气，兄弟确信祖父对所言之物长相习性了然于胸，从此才有一点点相信树上真住着庞然怪兽，初步的萌芽了他们对总督的敬畏和对丝棉树的恐惧。

总督被长期囚禁树下后，对树上巨兽的威胁减少大半，同时彻底丧失它对余家家土的护卫作用，这时祖父忧心的似乎已不是它保家护土的巨大贡献，而是它的安危了。在十多年囚禁中，总督在雏心目中渐趋模糊荒诞，忠邪参半，真实虚妄，变成和树上巨兽一样更适合生存在想象中。想象中的总督仍然是关刀型头颅，弯刀型大角，砚壳大耳，木薯尾巴，碌碡腿，战盔皮褰，木屑屎，三蹄足印，闯荡香蕉园凤梨园如履平地，抵破浮脚楼地板如蛋壳，捶熄火种，挑逗母牛，悠游野地撒尿拉屎划地盘，踩躏小兽，刺破男孩肚皮和祖母胸怀，在阴暗丝棉树下和栅栏中怀念从前的自由自在和野蛮霸道。在活动量不足的栅栏中，它身上和栅栏丝棉树一样长满苔藓、蕈菇和蕨类植物，繁衍着各式寄生虫和昆虫，一群黑色大野蜂在它脖子和背上用泥土筑了十几个巢——这些东西祖父清了又长，长了又清。晚上蕈菇将树下照耀得如同白昼，总督披着一身发亮蕈菇踽踽独行，仿佛它自己就是童话中像小木屋一样庞大的蕈菇。祖父眉头深锁，两眼呆滞无泪，麻木回忆几十年前一个十六岁少年郎和一个十二岁小姑娘茫然行走在暗无天日的雨林中，看见树干，地面、岩石和枯枝败叶上长着数以万计奇形怪状的菌类植物，如汤匙调羹，如小伞小帽，如牛蹄羊角，如肥乳丰臀，仿佛霓虹灯散发光芒，绵延数百公尺，在阴暗雨林中照耀出一条曲折迂回大道。祖父看见少年郎和小姑娘坐在长满蕈菇的总督背上悠游雨林，三只小云豹在他们头顶树干上跳跃，总督身上的蕈菇释放出泡沫雾霭状孢子，仿佛云彩仙气在二人身上围绕不去。月光轻弹，祖父两眼濡湿，华发忆往，弛张的凶颚驴马牛羊，想起骨骸森严的达雅克男孩。在极度的丑陋顽固中，祖父拿了一把铁钳登上栅栏，寻找和钳走总督皱褶中的弹头断矢，直到有一次总督狂性大发，透过隙缝用长角攻击祖父。督督，别撒野，是我。祖父跳下栅栏，透过隙缝打量总督。总督勃然睨视祖父，长角仿佛飞檐挂月艨首破浪伸出栅栏。总督独眼半盲，完全依赖嗅觉认识祖父。祖父打开手电筒，看见总督鼻角溃烂，有脓溢出。这时晚上八点多，祖父等不及了，搭计程车赶到锣市唯一一位兽医家中。兽医外出，不知何去，祖父焦急等候。总督绕着丝棉树漫步，停停走走，听见树外四面八方传来杂沓的脚步声。它的嗅觉已失灵，分不出来者是人是兽，是主是客，只感觉脚步声鬼祟嚣张，如潮水涌向丝棉树。总督终于察觉诡异将长角盲目刺向栅栏外时，数不清的箭矢、长矛、番刀、镰刀、斧头正透过隙缝伸向总督。

　　雉闻到一股淡淡的恶臭弥漫巴南河口。他下了游艇，走在恶臭依旧淡淡的码头上，发觉四周的旅客、搬运夫、伐木工、小贩、闲人杂兽不为这股恶臭所迷惑，各干各的活，各走各的路，各扯各的淡。雉看见河岸有死鱼烂果，码头有鸡鸭鱼肉贩，岸上咖啡室杂货店有屎尿空投巴南河，码头下有遗臭万年的污秽，但都不像那股恶臭本尊或它的直系亲属，只能算是芳邻吧。雉问码头上看风景的少年：这是什么气味？少年陶醉在远方的闲云野鸟中，以为雉嘲讽自己身上廉价的香水味，挑衅地看着雉。雉向一个马来摊贩买了一串发育不良的红毛丹，摊贩分析臭味，说是这码头特色，这码头开凿一百多年，囤积华洋土族的吐纳排泄，经历无数猪羊鸡鸭鱼的生老病死。雉摇摇头，说这臭味使人想起锣市十多年前发生的那场鸡瘟，让锣市变成腐烂恶臭之城。摊贩噢了一声，偏头向一个红毛婆兜售红毛丹。这时雉看见一个十岁左右的达雅克小女孩捧着一束野兰怯生生打量雉，挑了一枝野兰伸到雉胸前。女孩胸前野兰种类繁多，每一种都适合昆虫拟态，蝴蝶蜜蜂螳螂蚱蜢飞蛾金龟子豆娘蟋蟀蜘蛛在女孩胸前飞舞扑楞，让雉只看见女孩半个头一双脚。递到雉眼前这一束野兰仿佛猴或飞鼠的脊椎骨，花瓣雪白多肉，款摆如一篓活蟹。雉从口袋掏出五元买下那枝兰花。女孩收下钱后就失去踪影。雉接过兰花时看见一只拟态的黠螳螂从花瓣中展翅飞走，在人群中停停飞飞，也失去踪影。雉吃了几粒红毛丹，将剩余的红毛丹和野兰丢弃，快步走向一辆公车，恶臭又扑鼻而来。

远离码头似乎更接近恶臭。一路上恶臭不断，下午五点多的日头已红肿溃烂，坏云出脓，刀伤满天。公车进入锣市，雉想起十多年前那场鸡瘟。镇人不讲究善后，政府也没有即时辅导，二十多万只鸡随意浅埋，或丢弃溪河沟渠、路边莽丛，几天之内，镇人突然发现锣市冒出几千只野狗，只只脑满肠肥，结社营党，吃完沟壑莽丛里的鸡尸，继续刨食土壤下的美馔，整个锣市遭到彻底翻掘后，野狗已胃口大开，日伏夜出对家畜展开水银泻地的攻击，最后在路上吃掉一对老夫妇。达雅克人携带吹矢枪奉命射杀野狗，不到半个早上就落荒而逃。军队出击时，锣市已几乎变成荒城了。几天后幸存野狗中的散兵游勇刨食埋在野地里的数千条狗尸，军队赶到时，它们已啃饱躲入雨林。军队说它们好比游击队，以雨林做天然屏障，采迂回战术，打了就跑，敌暗我明，很难一举歼灭。雉下了公车看见远方丝棉树树梢骷髅面具般的风筝残骸时，突然嗅悟到这阵腐气似曾相识，舔舐到这阵腐气似曾入口，感觉到这阵腐气似曾流淌体内，记忆纷纷攘攘，突然想起多年前死死躺在那里的晚霞，如被蛮荒之狮开膛剖肚的牛羚。

结果并不令雉感到惊讶。雉进入丝棉树下终于揭开腐臭根源，只是难以相信那一团蝇蚋围绕，仿佛被犁耕过的烂肉是昔日神气活现的总督。一只完整的狗头肃立其中，让雉了解到四只黑犬也躬逢这团绚烂之肉盛况。雄心中一懔，慌张环视树下，看见祖父正坐在圮塌兽栏上抽吸土烟吹糊出水母状珊瑚状烟球才松一口气。小木屋依旧完好，屋檐挂了一盏煤油灯，祖父身边兽栏上也放了一盏，一如往常将树荫照耀出窟窟窿窿。雄发觉总督黑犬尸体旁那座被捣毁的兽栏正中央土地下有一个又深又阔的大坑洞，拿了一盏煤油灯走近坑边往里观望。

坑洞空无一物，大得足以容纳一辆大卡车。雄看了一眼祖父，说：阿公，这个洞要用来葬总督吗？祖父不答。雄听见树外母亲喊他。雄走出丝棉树下，看见月亮肉松皮弛，母亲站在一棵木瓜树旁挥着少了两根手指的右手小声说：你劝你阿公埋掉总督吧，死了三天，臭死了，邻居都在抱怨。母亲露出左手手背上一道伤痕：我要去埋，你阿公就打我。雄说：　呢？叫他来帮忙。母亲说：你弟弟和达雅克人入林打猎，好几天没回家了。雄想了想，说：就埋在那个洞里吧？母亲说：死到哪里去了？就埋在那个洞里吧。雄拿了一支铲子走入树下，想起多年前那个肌理密致而有弹性的小处女月亮，他和祖父背着乱云中之污月埋葬达雅克男孩。雄对祖父说：阿公，我先埋了总督吧。祖父吹糊出一颗浑欲不甚弹的烟球，用烟嘴搔了搔白首。雄走到总督旁边挥出一铲，蝇蚋像煤球落石弹了他一身。雄想起多年前从男孩身上铲走蝙蝠，铲到两手酸麻还铲不到男孩皮肉。雄放下铲，用腐枝筑巢孵一窝火，火苗迅速喂大，张开大嘴索食雄手中的干草枯枝，好似两只金黄色斗鸡在划定范围内缠斗。雄绕着总督孵了三支大火，蝇蚋走避，雄再度挥铲，铲走总督身上一块死肉，丢入坑洞。蜈蚣，马陆，蝎子，蕨类植物，蕈菇，缤纷灿烂，有死有活。弹头，断矢，淅淅沥沥流淌而出，当中竟有一支斧头和两支番刀。雉将斧头和番刀拿给祖父，祖父只瞄了一眼，神情无限哀戚。雉以为从这批凶器可以找到凶手的蛛丝马迹，但祖父并不稀罕，挥手示意雉一起掩埋。雉有时候可以区分总督或黑犬身上某一部分，但大多时候泥土烂肉不能区分。蚬壳大耳和木薯尾巴仍然完整，一只蹄，一小片皮褽，一小块碌礴腿，碎裂的关刀型头颅，弯刀角不知去向，这时候总督和从前树上巨兽一样只存活在想象拼凑中。想象拼凑中的总督在余家浮脚楼四周黑土轰隆撒屎，淅沥撒尿，褽皱长了疥癣，嘴角淌着霉菌，浑身老茧弹头断矢，独角闪烁丝棉树皮上的毒素，见生人即追，见野兽即戳，枝朽叶落，花开果熟，须蔓不枯，猴雕，猿殇，月娘肌理皲裂，日头腥膻，蜈蚣盘缠，丛枝挂肠，浮云漫血。总督扬着独角抖茎开肛，尿屎齐下垂怜野地，这片野地依旧生气蓬勃，只是乏人照料，野草萋萋，莽丛蔓延，玉米园长满蔓芒萁和白管芒，胡椒园荒废大半，凤梨园稀稀落落，香蕉园变成低洼腐湿的野地，母亲只有能力照顾菜园，果园，半座胡椒园，一群畜生，一栋像大角鸮盘旋莽丛的浮脚楼。野地擅于撒野，精微冷洛，有阳光的地方就是芒草蜥蜴，没有阳光的地方就是蕨薹蜈蚣，繁衍快速，难以伺候，只有随兴。野地历经总督数十载垂怜护卫，感染了总督的横蛮冷傲，母亲只有集中力量辛勤耕耘，片面放弃。野地并不无情，敞开丝棉树下黑暗胸怀拥抱总督，抚慰总督，怜宠总督。它从小在这块野地长大，已经和这块野地合而为一，像一截树骸浸泡溪水中没有任何人可以看出其中破绽，直立野地如蚁丘没有野兽可以看出破绽，藏躲于芒草丛矮木丛，枯黄如稻秆，襞皱参差如刺槐，没有大蜥蜴可以看出破绽。它啃吃野地上的青草嫩叶脆花野果，撒下和这土地很难区分的木屑状屎块。这块野地每一棵树每一根草都曾经从总督排泄呕吐中吸收养分，长得也和总督一样矮壮丑怪，除了比总督更早生长在这块野地的丝棉树。这块野地长久弥漫它的体臭粪臭尿臭，现在一点也不排斥它吸纳释放它的尸臭。它的尸臭依旧弥漫野地，即使它的尸体完全埋葬在泥土下，这只婆罗洲濒临绝种的野生犀牛现在终于回归野地。啪。啪啪。雉填平坑洞后，用力拍实泥土。泥土松软浮沉，好似雨季后的野地下隐藏了成千上万大小水球，两脚踩下去就噗哧噗哧爆破。雉继续将一大坨多余的黑土填在坑洞上，填出一个体积类似总督的土丘。雉想用这股土丘隔离尸臭，但尸臭依旧弥漫野地，入侵雨林，徜徉巴南河畔。腐食者大蜥蜴闻到了这股尸臭，兴致勃勃成群结队爬向余家家园，在丝棉树周围徘徊流连不肯离去。雉终于了解祖父困坐丝棉树下，已经独自和这群腐食者对抗两天两夜。雉葬完总督后听见丝棉树周围窸窸窣窣，舌爪闪烁，喂大火种，东敲西击，发出种种噪音。大蜥蜴拥有所有腐食者的鬼祟胆小，但见人气光明，不敢轻举妄动。祖父丢给雉一小串鞭炮。雉就着火种点燃引信，掷向树外，鞭炮声和腐食者的窜逃声仿佛战场上一场小型的犀利冲突。这一串鞭炮足以让它们风声鹤唳一夜忐忑。雉了解只要他们离开丝棉树，腐食者就会毫不犹豫四面八方涌来刨开坑洞，将昔日它们敬畏的总督和深恶痛绝的黑犬嚼食得一干二净。腐食者的耐心顽强令人心生恐惧。雉看着祖父依旧冷漠地吹糊出一颗颗大大小小毛手毛脚腾空而去的烟球，突然了解祖父也许并不想把总督葬在丝棉树下，正在摸索一个远离腐食者觊觎的理想埋葬地点，现在毛躁下葬，正中腐食者下怀。凭空冒出的这个大坑洞不知道是谁的大手笔。雉又听见母亲在树外喊他。雉打开手电筒走出去，一路无声无息，腐食者暂时败走。雉想起多年前草食总督鸣如击鼓，声音弥漫皮之腥气；捶踩大地，发出踯躅脚踏车铁皮屋的金属爆裂声；冲撞兽栏和丝棉树，无数个充满尖角锐蹄的余家夜晚。

　　母亲捧着一个放满米饭菜肴的锡盘站在一棵老木瓜树前。木瓜树又高又瘦，只长着几块稀薄的老叶。木瓜树后是一棵老椰子树，已经拉拔到不可能再高的高度。两棵老树在黑暗中长相相似，母亲站在它们面前突然也显得又高又大。直到母亲开口，雉不敢确定那个站在黑暗中的哺娘就是母亲。阿雉，这个拿给你阿公吃，你也吃。

　　雉接过锡盘。发生什么事了？

　　来了一群人。母亲说完这句话后停顿了一阵子。雉想起母亲坐在病床旁铁椅上像秃鹰伸长脖子注视丽妹。母亲似乎不太喜欢啄取陈年往事，即使往事发生在两三天前，当她不得不面对它时，就会露出拾荒者挑挑拣拣的模样。她的话多是皮囊骨骼，很少有肉之类精华。她一面说还一面打量对方到底了解多少，雉擅于在这时候装得一无所知。来了一群人……三天前，总督病了……

　　什么病？雉说。

　　鼻子长虫，出脓，嗅觉失灵……你阿公晚上出去找医生……来了一群人……打昏我，砍死总督，捣毁兽栏，在兽栏下挖出一个大洞，搬走一堆东西……

　　什么东西？雉说。

问你阿公。母亲说。

妈你还好吗？雉说。睡觉时关紧门户，我到树下陪阿公。

还是那么臭。母亲临走时说。

雉要走入树下时听见母亲喊他。

阿雉，你想办法把那股臭气除掉。雉听见母亲的声音从木薯园后传来。母亲拉高嗓子说话时，字字清晰，从前在玉米园和胡椒园母亲擅于隔空传话，连在果园里驯猴的鸧也听得一清二楚，所以祖父应该也听见这段话。蜥蜴越来越多，咬死很多鸡鸭。当初叫你阿公火焚又不肯。

雉走入树下看见祖父躺在吊床上呢喃低回，声音痛苦甜蜜如少男文身。雉将锡盘放在祖父身前，说：阿公，吃饭。拿起铲子拍实坟丘，四面八方挖土，坟丘愈筑愈高，臭味滴滴答答，渗透雾霭水气，淋漓潮湿，荡漾不去。雉走出树外赤身裸体在井边冲了一个澡，回到树下仿佛腐食者吃了一顿腐臭晚餐，在树下来回走动。雉想起四黑犬用猪骨牛头磨牙，无限撑大肉食性下颚的许多个余家黑暗阒静的夜晚。祖父指了指小木屋，朝雉挥挥手，无声无息告诉雉先睡。雉又踱了一会，喂实三支大火，走入小木屋躺在祖父床上，想起祖父、总督四犬据守浮脚楼，在雉的星云爆炸不眠夜形成一颗钻型星座，护卫混沌暧昧的家园。一切如飞蚊症，在雉的夜行动物色盲想象中。今晚睡眠这禽兽痴肥臃肿，辗转两下就入他怀中。

清晨两点，雉被鞭炮声吵醒。出乎祖孙意料，大蜥蜴快速结合勇气胆量第二次试图接近树下。雉走出小木屋，看见祖父不动声色坐在吊床上，吃完两碗白米饭，吹糊出一颗又一颗结实的小烟球。

睡眠不再痴肥，变成狡兔、臭鼬、聘狐，雉捕风捉影，守株待兔，很难再入睡，起了个大早，看见祖父正躺在吊床上打呼，柴火将熄，蚊蚋渐稀，腐臭依旧。雉了解白天大蜥蜴仍会伺机而动，从小木屋拿了一支番刀，走出丝棉树，看见母亲梳耙菜园，母亲身后十公尺外一只大蜥蜴在草丛中伸头缩脑觑着她。小溪里悠游着两只大蜥蜴，木薯园里匍匐着一只大蜥蜴，野地里窜爬着三只大蜥蜴。母亲兜转身子看见草丛中的大蜥蜴，随手抓一抔土掷出去，大蜥蜴消失草丛中。草丛窸窸窣窣，东歪西倒，仿佛激战中的旗海枪林，不知道埋伏着多少只大蜥蜴。雉早上帮忙母亲整理家务农事，喂食已经饿了几天的猴群，下午放火焚烧野草矮木丛蔓延的玉米园、香蕉园、凤梨园和半座胡椒园，烧得大蜥蜴纷纷逃向野地，烧出几十个大蜥蜴土穴，挖出百多粒蜥蜴卵喂食鸡鸭。一股没有控制好的火势从玉米园扑向野地，兵分两路，一路扑向雨林边缘，遭到一家养猪户无情杀戮；一路在野地烙出一条狭长焦土，在五百公尺外遭到一条小溪柔情偃熄。大番鹊声声哭嚎，哀悼它们化成灰烬的巢穴。祖父中午苏醒，徘徊丝棉树内外，傍晚在木薯园砍死一只大蜥蜴。入暮时分，雉用　道木梯爬上浮脚楼屋顶，站在依旧滚烫的锌铁皮四面八方观望，看见家园野地矮树颠簸，草丛浮沉，溪水荡漾，灰烬滚滚，落叶衰草尘沙弥漫，晚霞激荡，季候风腥膻，蜈蚣色月亮龟裂成波浪形状，蚱蜢螳螂织成一股模糊野地视线的乱流，猴园出现一次又一次小型暴动，鸡鸭鹅猪走避，苍鹰高飞低回，腐食者头颅此起彼落，饥肠辘辘，杰克逊氏器纷纷指向丝棉树，让雉突然想起多年前那个盛夏早晨，天未破晓，雨林布满烟霾雾霭，曾祖率领两百多名巡逻队员及苦力和三百多名达雅克勇士在即将收成的咖啡园交锋，那场战役凄厉壮烈，模糊混沌，流传巴南河畔，只有殖民政府懵懂不知，或者知而不想探究。祖父在丝棉树下语焉不详，对年代、伤亡人数、对峙时间只提供一个暧昧数字，那时候他耽溺在总督伤势和小花印的伤感回忆中，峰回路不转，柳暗花不明，让雉怀疑祖父对这场战役到底了解多少，一度质疑它的存在，也许只是一场小争执，几个莽汉拿着锄头钉耙互戳几下而已。外传这场战役进行了二十多天，大、小肉搏战十多次，但在祖父叙述中似乎只有三四天，肉搏战前后只有两次。第一次交锋中，巡逻队员人数虽然较少，但凭武器上的绝对优势，不到半小时就将敌人逐出咖啡园，此后双方隔着一百多公尺对峙喊话，以抛物线射出一批软弱的子弹箭矢。达雅克人丧生了七八十位战士，不肯败走，准备吆喝更多帮手反击；巡逻队员和苦力失去三十几位伙伴，两百多名苦力组成的后援部队随后加入，人数上一下子占优势，但曾祖想留达雅克人后路。尸体堆积在隔离双方阵营的一百多公尺野地上，几天后开始腐烂发臭，大蜥蜴起初只敢在晚上偷偷啃吃，但随着对手逐渐增加，它们大白天在双方人马注视下开始争夺尸体。达雅克人想保护战友尸体时，巡逻队员就放一阵乱枪；巡逻队员想抢回队友尸体时，达雅克人也乱射一气。大蜥蜴肆无忌惮在双方枪口刀尖下甩头摆尾饱食一顿，一百多公尺野地布满膘满肉肥凶悍贪婪的腐食者，起起伏伏，浪涛淘涌，卷起血肉骨骸的恐怖浪花。大概第十天吧，曾祖沉不住气了，兵分三路，一路正面攻击，另两路左右夹杀，终于让敌人落荒而逃，大获全胜。最后一次肉搏战，巡逻队员又屠杀了五十多位达雅克战士，而巡逻队员却奇迹似的只有几人受了皮肉之伤。

雉站在浮脚楼屋顶上发觉家园风起云涌，阴影重重，腐气弥漫，不知道潜伏多少腐食者；看见祖父朝丝棉树外掷出一串鞭炮，卷起一阵以丝棉树为中心的惊涛骇浪，向丝棉树外围扩充，一直漫到遥远的野地才平抚下来，但是才稍稍平抚，从遥远的野地又弹回来一波波浪潮，以丝棉树为中心，卷起一个绿色的枯黄的灰尘滚滚的漩涡。遂回到丝棉树下和祖父守夜。雉在祖父从小木屋走出来时模糊看见一个身影，半人半猿，四肢摊开躺在摇摇晃晃的吊床上。雉只有从身边闪烁的火光中确定吊床上的人类是祖父，不是某种夜行兽，不是从树上出击寻找猎物的想象中的大蟒，不是处心积虑屠杀总督的一票来去无踪的家伙，也不是擅闯家园意图不明的夜行人；确定那疥癣般附着在记忆皮囊的声音是祖父的声音，不是马来巫师呕出已久长了霉菌的咒语，不是浮脚楼里祖父父亲二哺娘老得包着茧的争执喉核，也不是毒脉偾张，使雉困眠，万物麻痹的丝棉树荤言腥语。今晚祖父终于开口了。

阿雉，你为什么瞒着我去找阿丽？祖父的声音突然回荡丝棉树下，对树外制造出无数细琐噪音的胆小腐食者形成一阵恫吓。这种女人……

阿公，她是我妹妹呀。雉孵了四支大火，来回走动照顾，有时候对树外扔出一块石头唬耍腐食者，像棒球投手软性牵制跑垒员。

祖父惯性地沉默。雉想起祖父吹哨如瓮沉大湖，唤来四只白天从不现身的深海黑犬，一人四兽，虹游章爬，夜巡家园。祖父的一双皮革长筒靴，黑犬的十六只黑爪，总督的四根肉蹄，侵入雉的听觉尾椎，兽性地退化雉，让雉的精血排出时附带小处女月亮的痔疮血液。

阿雉，总督一死，我活着的日子也不长了。祖父情绪阑珊，声音低迷，但受了腐食者影响，四肢始终大刺刺打开，如款摆肢体模拟枝叶的掠食者螳螂，维持一种一跃而起，一击中的的警戒状态。丝棉树鸟虫喧闹，纹风不动。一朵枯叶的陨落，一只夜枭的落爪，都会引起整棵丝棉树骨牌效应的巨大回响。阿雉，你还记得你曾祖的种植园区吧。

雉和腐食者玩着声东击西的攻防游戏。看见腐食者头颅、尾巴、四肢或身体某一部分暴露火光中时，雉以锡块为弹，以弹弓为弋器痛击腐食者。力道够强时，经过切割而充满锐角的锡弹会像子弹插入腐食者体内，让腐食者仓皇逃走，引起树外腐食者恐慌。雉以丝棉树和小木屋为护体，将腐食者狙击得疑神疑鬼，没有一只受到教训的腐食者胆敢忍辱负痛回到树下。腐臭复杂迷离，掀天铲地，雉闻到从前浮脚楼的猫臭蝎臭祖母腐烂左脚的恶臭。

日本鬼子来了，你曾祖开始解散员工，结束园区。巡逻队员的几支破铜烂铁如何对付鬼子？如果不是鬼子，阿雉，我现在就是继承你曾祖的大头家，你就是大头家孙子……祖父从吊床翻身坐起伸了几个懒腰，像个搏鳄人突然伸出水面，跳下吊床，捡起地上的番刀猎枪，两眼闪烁仪式似的呆滞，掀起四周一阵阴影杂声，丝棉树下筋骨淋漓，弥漫千古奇痒。阿雉，今天晚上的大蜥蜴少说比昨天多了一倍，我听声辨位，数得一清二楚，没有近千只，也有七八百只。每一只都饿得晕头转向，每一只都被总督的腐臭腥膻鼓噪得磨牙刨爪，互相斗咬。

　　祖父拿了几串鞭炮，丢给雉几串鞭炮，说乌合之众加上匹夫之勇，不可小觑。祖孙走出丝棉树四面八方扔掷鞭炮，黑暗的窟窟窿窿如蜂巢蚁窝应声炸开，大蜥蜴枕股叠臂惊惶窜游，有的逃向野地，有的徘徊不去，有的去了又回，有的悍然不动。一群雄蜥蜴徘徊在激情交媾的雌雄蜥蜴屁股后伺机接手。祖孙回到树下时竟看到两只大蜥蜴正在刨掘丘坟，祖父掷出番刀，腐食者并不闪躲，睥睨番刀没入丘坟，一肚子鬼胎爬向树外，动作一致，进退有序。祖父躺回吊床，雉喂实火种。祖父謇言腥语，毒脉偾张，使雉困眠，使万物麻痹，深受腐食者和丝棉树影响。曾祖初会这块野地，应用种植园区传承的高明农业技术，揉合垦荒者、庄稼汉和苦力的心理生理因素，马不停蹄种植玉米、凤梨、香蕉、果树，踌躇满志，每天登上丝棉树观望。胡椒价格突然飙涨，同等重量胡椒竟可以买到同等重量黄金，曾祖从丝棉树观望知道野地附近已没有多余荒地，开始觊觎浮脚楼右侧的黄家土地。早晨农忙时分，曾祖将一支猎枪和十多颗子弹匿藏在黄家隔热层中，密报鬼子，使黄家三个大人遭鬼子枪毙，小女儿在红毛丹树下遭奸杀。黄家土地迅速被曾祖占领种植胡椒，他们被曾祖草草埋葬野地的尸体几天后让大蜥蜴刨食净光。接壤果园的一片广袤洼地被潘家培养成沃地后，曾祖在丝棉树上运筹帷幄，教唆总督进行破坏恫吓，不久潘家土地也变成余家果园一部分。曾祖每次更上丝棉树一枝干，扩充余家土地的野心就更高不可攀。

　　雉已耗完锡弹，捡起树下奇形怪状的石头，不痛不痒狙击腐食者。雉偶尔以树身或小木屋作掩护，拿着番刀试图伏击腐食者。腐食者看似肥笨糊涂，但凭其敏锐嗅觉和听觉，精于洞穿诡计和各种出其不意，总在千钧一发之间将雉的突击化为乌有。雉没有伤到对方半根寒毛，小腿反而着了对方尾巴一记回马枪痛彻心扉。雉拿出小木屋一把长柄镰刀和一支鱼叉重施故技，腐食者前仆后继，忽进忽退，有时团结，有时内讧，显然不将雉奉献的一点皮肉之伤放在心上。祖父突然从吊床一跃而起，抢走雉手中鱼叉往黑暗丝棉树挑挑戳戳，一只大蜥蜴从树上掉到坟丘上，祖父抽出腰上番刀，手起刀落，大蜥蜴肚破肠流。祖父又往树上挑挑戳戳，一只更大的腐食者掉落在雉身前，雉乱砍一气，祖父补上几刀。祖孙将腐食者尸体掷到树外，黑暗中回旋着一股乱流，乱流输送着一股腥气，腥气直扑树下，树下尸气袭人，鬼火朵朵，总督坟丘仿佛一块暗红星云，月呛星膻，天兽食日，光年百万。雉怀念总督。总督如果绕着丝棉树散步几圈，几百只大蜥蜴就会霎时敉成肉酱。雉厌恶和总督共葬的四只黑犬。四只黑犬如果扑向野地，刹那就会被腐食者撕成肉丝。雉听见鸡鸭鹅猪和猴群的吼声。

阿公，它们进攻畜舍和猴园。雉说。

祖父躺在吊床上聆听腐食者动静像曾祖躺在吊床上聆听野地，吊床左摇右晃像符猎儒艮的舢板，像踏平香蕉园的总督，像埋葬玛加的死者之瓮，像丽妹抚摸土地的子宫，像盛满猎物的猪笼草瓶子，像椰子树上醉醺醺的越王头，像悠游水床上的余氏七彩红鳍小麒鲷，像站在丝棉树上高瞩远瞻迎风沉吟的曾祖，像曾祖搭乘载满苦力暗无天日臭气熏天的船舱。曾祖结束种植园区后，带着祖父、两位有亲戚关系的工头、五位心腹巡逻队员驾着两辆卡车直驱西加里曼丹三发金矿区购买当地所能购买到的所有金块。旧地重游，繁华不再的矿区已没有多少人认识曾祖，即使有人想起曾祖就是当年引发史无前例矿区叛变的叛徒首领，也没有太多人计较，因为曾祖现在是腰缠万贯的大财主。矿主甚至要求曾祖定居下来共同开发金脉，再一次掀起轰动海内外的三发地区淘金热潮。回程时一群土匪袭击曾祖等人，枪杀五位巡逻队员，抢走一部卡车和车上半数金块。祖父侧卧吊床，声音清脆响亮，仿佛换了一副嗓子。祖父认出土匪大部分是种植园区巡逻队员和苦力，其中一位曾经在饭馆羞辱小花印遭祖父拳脚伺候，他躲在一棵大树后，左手食指和拇指扣成圈子，右手食指在圈中进出，表示他已经这样那样和小花印相好过。大战正酣，鬼子嚣张，曾祖保住半数金块，低态护藏财产，不敢变卖金块，浮脚楼二十八根盐木浮脚是曾祖天衣无缝拆卸自附近一个矿坑，导致矿坑发生灾变活埋十几个工人后仍然没有人知道灾变原因。两位亲戚工——一位是曾祖堂兄，一位是曾祖表弟——参加地下抗日游击队，举家迁居雨林，一日出林寻求曾祖资助家用和游击队，曾祖发觉他们野心勃勃、频频提起金块，二人四腿刚离开余家，曾祖已骑上脚踏车直驱鬼子军营。鬼子跟踪二人走过野苴，走过装着婴尸的猪笼草瓶子，走过长满石南树丛的荒地，来到一处有树桥和老榴梿树的小溪。那时候两家三十多口正聚集小溪上，有人坐在岩石上啃野榴梿，有人躺在树桥上休憩，小孩用石块打水漂，追逐弹涂鱼，赤身裸体戏水。一位登上榴梿树的少年看到两位男主人走近小溪时，也看到他们身后鬼鬼祟祟排山倒海涌来的天皇军队。

祖父翻身侧卧到另一个方向，警告雉又有一只大蜥蜴上了丝棉树，还有一只躲在小木屋中。雉学祖父用鱼叉朝树上挑挑戳戳，大蜥蜴应声滑落，不等雉抽刀已逃出树外。雉看见躲在小木屋中的只是一只比他手臂稍长的小蜥蜴，可能是被激动的长辈身不由己推挤进来，用长柄镰刀逗了两下，赶出屋外。雉说，阿公，你睡吧，今晚我来守夜。祖父没有理应，继续荤言腥语。曾祖的密报输诚完全针对两位表兄堂弟，没有想到会引起一场灭门惨案，每年当日曾祖祖父必然带着祭品到小溪旁焚香祭拜，曾祖去世后，雉鸰兄弟也常随祖父去。

祖父荤言腥语说到这里，雉忽然对那条小溪、老榴梿树、树桥的记忆变得清晰细腻，好像他现在就和祖父站在小溪上，踩着人胆猪心状石块，摸索着树桥上的弹疤刀砍。猴群在老榴梿树上缠斗，树下长须猪刨食榴梿果，小螃蟹和红蚂蚁依旧忙碌，食猴鹰低回高旋，一种结群迁徙滚石般的力量一再出现，锁紧雉对时间和记忆的发条。祖父每年来此祭拜就会断断续续描述那一场屠杀，族亲尸体如何四分五裂好像动物被活宰论斤秤两零售，但是从来没有提起曾祖和这场屠杀的关系。达雅克人三番四次入侵余家，不管男的女的，不管是觊觎总督大角或其他原因，总会因此酿成悲剧。曾祖分析那次全锣市绝无仅有的余家蝎患，也倾向人为因素多于天然灾害。据说曾祖曾经目睹一群人将一篓篓蝎子倾倒在余家浮脚楼四周。蝎子擅于刨土挖墙，钻缝入隙，上天下地，无所不侵，它们害得余家数次翻箱倒柜，彻底扫荡浮脚楼和清剿余家土地，所有能够隐藏的地点和隐藏的东西都在这几次地毯式搜寻中曝光，但是蝎子再怎么神通广大也肆虐不到丝棉树下兽栏下那个日夜被总督冲撞捶踢时发出空洞回响的大坑洞，大坑洞中埋藏着曾祖变卖成金块的终生积蓄，以丝棉树为护体，总督镇守，曾祖祖父先后戒惧谨慎以树为家，历经经济衰退金融风暴毫发无损沉睡黑暗土地下，直到数天前那个沦为总督忌日的夜晚。曾祖以为蝎子的作用就是发掘或引诱余家自动暴露金块埋藏地点，如果这个匪夷所思的最高作战指令没有达到，也可以螫死几个余家人。

　　阿雉，你还记得那个女共产党员吗？祖父说。守着丝棉树，别让它们上树。

　　雉想起香蕉园里的纺锤状紫色花苞，想起祖父衬衫下的香蕉像绿莹莹的肋骨，想起祖母破唐衫中的香蕉像野猪獠牙破膛而出，想起一个长头发的黑衣女人。祖父仰卧吊床上，鼻嘴大张呵了几口热气，言语中弥漫更强劲的腥荤毒气，一路挥洒舔舐，铺张出他和父亲彻底决裂无人穿透过的黑暗路径。父亲经年在雨林伐木厂工作，一年回家两三次，每次盘桓两三天，传言他是共产党员，半数时间在雨林从事共产党活动时，父亲义正词严在家人面前斥为无稽。"北加里曼丹国民军"发动文莱政变失败后，党员四处窜逃，一个女共产党员逃到余家请求祖父暂时收留，说她是父亲的爱人同志，身上怀着他五个月大的孩子，又说父亲知道祖父有一笔钱，晓以祖父民族大义，请祖父义助共产党，让社会主义散发祖国革命光辉发扬光大。我听说你们这些人生活不检点喜欢乱搞男女关系，祖父说，我怎么知道你肚子里的孩子是谁的？女人跪在祖父身前，将祖父手掌压在自己肚子上，指天发誓若有一句谎言天打雷劈。他除了告诉你我有一笔钱，祖父说，还有没有对其他人说过？女人将祖父手掌朝自己肚皮压得更紧更实。您看您看，这是您孙子在踢踹呀。祖父沉吟许久。你在这小木屋过一夜，明天我再给你安排。祖父沉吟一晚，天未破晓骑脚踏车直驱警察局。

丝棉树被总督大角和皮襞磨得光灿似绸缎，疖瘤平滑，大蜥蜴却有本领一溜烟上树。树下有两个被总督睡出来的凹盘，仿佛总督每次都不偏不倚躺下，同一个姿势，同一个方向。其实整个囚禁总督的兽栏地面都被总督踩踏出一个陨石撞毁似的大凹盘，丝棉树笔直耸立在这个大凹盘中央，有一飞冲天之势。丝棉树部分根荄暴露大凹盘中，也被总督磨得白嫩似满坑象牙。被捣毁和未被捣毁的兽栏内侧也被总督磨得圆滑似扁担。总督将它的囚室整理得像一粒浑圆巨蛋，巨蛋随丝棉树在季候风中摇荡，裂痕遍布，欲缩欲胀，滚过野地，滚过果园玉米园香蕉园胡椒园，大部分时候孵育在丝棉树羽翼下，像危卵耸立在埋葬金块的大坑洞上。总督用它的大角将巨蛋洞穿得千疮百孔，也将巨蛋外面的敌人洞穿得五内溅血；用它的关刀型头颅将丝棉树摇撼得千疮百孔，也将丝棉树上的敌人怪兽摇撼得五内溅血；用它四只碌碡腿和六千五百公斤体重捶松地表，用它的蹄角切割土地，运动出一个和它的坟丘一样腥膻疙瘩的余家地壳，像粪金龟推理出一个腐臭糜烂的余家粪球，这个粪球越滚越大越污秽，重重叠叠，精神分裂，终于使粪金龟控制不住。地壳和粪球重心集中在一叠西加里曼丹出产的纯金垛块，它的重量远远超过地壳和粪球，因此使地壳和粪球无法承受，失去平衡，东弹西滚，轰隆一声，应声破裂，金块出土。总督日夜踩踏，必然发觉兽栏下别有洞天。雉日夜聆听总督尖角锐蹄冲撞出来的鼓声雷响，早已习惯那一阵干扰他睡眠和行动的金属搔刮声，那一阵金属搔刮声使他的夜行习性更显性听力更敏锐，让他轻易听见小麒发自电动游乐器女战士身上的金戈铁马声，听见凤雏吸烟时弥漫阴道分泌物的烟球在自己和对方胸腔的激烈弹跳，听见戴上假发的丽妹头皮发出使砍过人头的老战士想起姑娘对自己年轻时的骁勇身手的倾倒和惊叹，听见亚妮妮啃食腌渍多日的象鼻肉在野地款摆嚎叫，听见双胞胎姐妹的金枝玉叶和珠光宝气的红毛猩猩填充熊搅和成非人非兽的怪物，听见罗老师光怪陆离易碎品和国乐中金石丝竹的妖妄糜烂。这阵金属搔刮声日夜叩响，早已成了雉人生初航时不可或缺的压舱物，越陈越酱实和华丽沉重的记忆之瓮。雉摩挲丝棉树，像从前摩挲总督皮裘。总督用关刀型头颅亲热和用钩状唇舐舐丝棉树时，必然透过丝棉树老枝新干抚弄蓝天白云眺望被一批批垦拓者切成块状的无垠野地。总督很可能一次又一次模拟走过自己从前走过的路径，轰隆撒屎淅沥撒尿在想象的爱土上。雉守在树下想看看腐食者如何一溜烟上树，却看到小木屋屋顶卜埋伏着一只大蜥蜴。雉往小木屋走了两步，腐食者非常识趣地跃到屋下闪躲到树外。这座小木屋建了又拆，拆了又建，大约每隔十年就是一副新面貌，等到屋顶屋内屋外长出密密麻麻在黑暗中发光或不发光的蕈菇时，就表示它腐蚀得差不多了，然而这也是祖父最不忍心拆建的时候。祖父晚上有时候睡在小木屋有时候睡在也是拆建频繁的吊床上，像蛇吃蛇鱼吞鱼曾祖的躯壳灵魂重叠附祖父身上，粪球越滚越大祖父压力也越来越大。祖父身躯萎缩，紧守一个小洞穴，终于躲不过一批又一批锲而不舍发掘丝棉树秘密的敌人。"北加里曼丹国民军"事件后，祖父禁止任何人接近丝棉树，包括父亲，二哺娘，丽妹，阿鸰，除了爱孙鹏雄。阿鸰天真烂漫，养猴食猴，结交一批阴阳怪气的达雅克猎友，猎友徘徊余家，游荡果园，穿梭玉米园胡椒园香蕉园，随地拉屎撒尿，行为有如动物。祖父追随他们遗留余家的杂乱脚印，巨细靡遗盘查，发觉他们的脚印虽然错乱，但最后总是一致朝丝棉树接近；发觉他们的粪便看似随兴，最后总是星罗棋布丝棉树四周，形成一道越来越抢眼闪亮的漩涡形天河。祖父进一步观察他们的飘忽眼神和困扰别扭的拉撒姿势，断定他们对丝棉树有某种渴望和企图，不仅仅是觊觎总督那只庞然巨角。精于狩猎的达雅克人列队结交阿鸰这个连斑鸠也射不死的中国人，其中必然大有文章。咖啡园一役后，祖父谨记曾祖遗训，百分之九十的达雅克人都是余家敌人。

阿雄，阿丽不是你亲生妹妹，祖父说。祖父在种植园区染上鸦片瘾和赌瘾，每天躲在丝棉树下小木屋中抽吸一回鸦片，也每个白天拨出一两小时逗玩宠物似的逗玩赌技。他的赌术像他以前豢养的大狼犬毕恭毕敬，一是一，二是二，前呼后应，有求必应，逢赌必赢。一个赌友欠下祖父庞大赌债，赌友对祖父说：传说你父亲喜欢用女人抵押赌债，我女儿众多，饿不死，养不肥，卖一个给你吧。赌友太太是达雅克女人，据说她们比中国哺娘还会生小孩。祖父看见阿丽头皮光溜溜，粗粝如鹅卵石，嫩滑如刚冒尖的蕈菇，恐怕一辈子再也长不出一根头发，难怪父亲将她当猪牛出售。祖父坐在吊床上，两脚悬荡空中，两手抓着吊床，像荡秋千前后摇摆吊床，巨大扭曲的身影透过火种映照在窟窟窿窿的丝棉树上，仿佛曾祖灵魂躯壳暂时脱离纠缠。祖父突然不再荤言腥语，两颊红润，眼神凄迷，手脚温驯如偶蹄类，一窦一穴安详如鸽笼，使雉想起跪在曾祖身前无言无语的年轻祖父，想起在巴南河畔对小花印花言鸟语的年轻祖父。祖父初见丽妹，突然想起种植园区里初遇小花印。那时候小花印正盯着兽栏里不友善的动物，身边放着两桶生肉，泛黄的白布鞋像两片枯叶，短裤衬衫染着油脂水气像树蛙皮囊，小辫子被曾祖贴着头皮削掉，一头青丝像泡着羊水的胎毛。丽妹也穿着小白布鞋，小衬衫小短裤，袖子裤管缩头缩脑，肚脐暴露，左手臂文着一支猪笼草瓶子，不着内衣，不带家当，不比一头红毛鬼豢养的腊肠狗穿得更多，牵着祖父的手，经过凤梨园和胡椒园，在野草朦胧和野鸟嘈杂中看见总督用关刀型头颅吓唬小鸡小鸭，丝棉树伸出模糊奇崛的枝干捕捉正值青涩年华的风筝，胡椒园椒粒累累，夕日的斑斓漫染椒叶，果园野猴撒野，野地大番鹊求爱筑巢，她傍晚在小溪旁洗完全家衣服后，将假发挂在矮木丛上，走入小溪抓鱼戏水，浑身湿透，看见祖父在丝棉树下木薯园野地觑着她，有一次祖父终于向她走过来，抓着她的手将她拉上岸。天色昏黯，月亮肌理密致年华青涩，祖父在丝棉树下看见丽妹头皮弥漫蕈菇光芒，一层绿色光环在她头顶上飘忽闪烁，使祖父想起雨林里巨大浑圆的美丽蕈菇。祖父将丽妹牵入丝棉树下，牵入小木屋中，脱下她的湿衬衫湿短裤，使她躺在弥漫祖父汗臭皮垢体毛的小床草席上，草席已经辗转摩擦出一个人体形状，五脏六腑俱全。丽妹非常害怕，走入阴冷的丝棉树下就全身发抖。她看见丝棉树和小木屋长满蕈菇，肉质伞盖下释放出迷雾状孢子。祖父将十五岁的丽妹牵入丝棉树下长达半年，半年后，丽妹变成一个跷家逃学的少女。

　雉挥动长柄镰刀赶走连头带尾暴露树下的八只大蜥蜴。四只火种让他喂得臃肿懒散，昏昏欲睡，逐渐对腐食者失去恫吓。雉耙拢一堆枯叶干草喂火，火种升高扩大，精神依旧不太旺盛。腐食者可能把它们当成被捆绑的大怪兽，不能接近，无法毁灭。雉从一只大火种身上借走两只小火种，在总督坟丘旁生了两只顽皮活泼的小火，突然看见一只腐食者一溜烟从树外冲到树下上了丝棉树，敏捷身手和迅雷不及掩耳使雉大吃一惊。祖父下了吊床拿走雉的鱼叉，走了两步，准确刺中腐食者肚子，将腐食者从树上撂下，挑到火种上烧烤。腐食者大尾款摆，将火种捶得火花四散。雉闻到腐食者的焦臭滴水穿石试图渗透总督弥漫野地的庞然尸臭。祖父将腐食者扔在倒塌的兽栏上，兴致大发，用番刀剁掉腐食者四肢头尾，开膛剖肚，从腐食者身上切割出十几片腕大肉块，用鱼叉叉了四片放在火种上烧烤。雉想起鸰告诉自己的多年前夏日午后的玉米园，云卷如蟹腹，天青如蟹壳，一只绿色大蚱蜢穿过一株玉米，停在一个烙着三道整齐排列像经过丈量的长疤的女子臀部上。蚱蜢飞走时，鸰看见一双男人的腿，胯下的家伙仿佛也是一支衰败玉米。透过玉米笋须和玉米叶秆，鸰看见祖父琥珀色的猎枪枪柄和蝎子般发亮的长筒靴。丽妹运毒遭受鞭刑后在果园胡椒园玉米园香蕉园野地见到祖父时脸色忽青忽白，浑身发抖，顺手抓下一粒青涩的红毛丹、一株玉米笋、一根香蕉或一串椒粒塞入嘴里。祖父一碰到她光滑的头皮时丽妹就乖巧像蜥蜴趴在地上。祖父趴在她身后亲吻她光滑的头皮时，丽妹从来没有抗拒过。

阿公。雉耐不住好奇心大着胆子问。丽妹的孩子是你的吗？

那时候阿丽和男人的关系很糟糕。祖父将鱼叉上的肉片挪到眼前看了看，嗅了嗅，继续放在火种上烧烤。祖父脸上没有一点愠色。我在玉米园和胡椒园看见她和其他男人做过，那些男人，包括你弟弟的达雅克朋友。呸。

祖母终于在丝棉树下发现祖父和丽妹的关系。祖父忍受着祖母的咒骂，当祖母突然掀开裤管露出那条干瘪而布满疥疮的大腿时，祖父用他秤锤似的拳头挥向祖母鼻子，祖母后退两步，撞倒在兽栏上。总督感染了祖母的怒气和祖父的暴戾气，一次又一次冲撞兽栏，发出急怒攻心的金属搔刮声，它那檐角挂月艋首冲浪的大角穿过隙缝，插入祖母肛门，将祖母像竖在矛枪上示威的敌人挑到半空中。

阿雉，饿吗？吃几块吧。祖父从丝棉树削下一根枝干，削成两根木签，叉了一块蜥蜴肉递给雉。

雉闻到祖父腌制的蝙蝠肉和达雅克人烹煮的岁老师狗肉的腐臭，摇了摇头。

阿雉，睡吧。祖父慢条斯理吃着蜥蜴肉。

雉让鞭炮声吵醒六次。早上醒来，祖父照例在吊床上熟睡，腐食者已大致撤退。雉巡视家园，看见畜舍东歪西倒，鸡鸭鹅猪已被腐食者吞吃，连猴园也被毁坏，猴群在果园四处晃荡。母亲叽叽呱呱抱怨，说她整晚没有睡好，听着爱畜惨叫，躲在浮脚楼里睁眼到天亮。

阿雉，叫你阿公想点办法吧。母亲说。臭气不去，大蜥蜴就不会走。

妈，弟弟还没回来？雉说。

没有。

他走的时候怎么说？

什么也没说。就像平常一样。

妈，你晚上睡觉关好门窗。

蜥蜴越来越多了。叫你阿公想点办法。阿雉，你阿公会听你的。

雉早上继续清理玉米园、香蕉园、凤梨园和胡椒园，下午砍拾枯枝干板填补丝棉树下柴火。傍晚时分雉看见母亲豢养的一只猪公正在野地窜逃，它显然从昨晚就在逃避腐食者攻击，因此肮脏而疲惫。它站在一块土丘上遥望四野，黄昏出击的腐食者从芒草丛和矮木丛如潮水向它接近。猪公拔腿冲向浮脚楼，渡过一条小溪时遭到腐食者围剿。猪公的出现激起更多腐食者对丝棉树的攻击欲望。祖父今晚没有躺在吊床上，坐在一支火种前，番刀撩火，抽土烟，烟球缭绕一字一句，声音不再腥荤，有时候干，有时候稠，使雉突然想起罗老师，多纤维，少钙，充分的胡萝卜素，缺维生素 D，腹泻，失眠，夜里多尿。种植园区结束后，娼馆里三十多个女人不知何去何从，她们痛恨园区，不想回到贩卖她们的父母怀抱，害怕鬼子强迫她们慰安军人，不等曾祖做出决定，三十多个女人轻装就简，天一破晓就手牵手逃出园区，沿着巴南河畔深入雨林心脏地带。她们采吃蝙蝠鸟猴啃过的生涩水果，捡食长须猪吼鹿嚼剩的烂果，冒险吞下可能有毒的蕈菇，喝猪笼草瓶子里的凉水，据说有些姐妹连瓶子里没有消化的昆虫爬虫类也囫囵吞下。食物匮乏而不安全时，完全依赖猪笼草瓶子水解渴充饥。一百多天后，她们被几座长屋的达雅克人收留，结束惊心动魄的逃亡生涯。女人从此口吐达雅克语，言行表里宛如达雅克，黑壮勤劳，认命干活，不再细皮白肉。她们下嫁达雅克男人，生下一群子嗣，为了纪念那段逃亡日子，子嗣手臂上都文着猪笼草瓶子。

　　祖父和雉扔到树外的鞭炮已产生不出太大效果，二人在树下加添火种，几乎绕着丝棉树烧出一个大火圈。祖父继续坐在火种前吸土烟，雉用长柄镰刀忙碌地攻击腐食者。祖父有一次看见丽妹坐在果园秋千架上用草秆编织蝎子和蛤蟆，完全和当年祖父自创教给小花印的手法相同。祖父见到赌友的达雅克太太时，又一次想起园区里和小花印的初遇。达雅克太太证实，小花印加入当年女人的逃亡行列，嫁给达雅克男人，生下一群儿女后过世。赌友的太太就是小花印的女儿，丽妹就是小花印的外孙女。丽妹母亲在平地和当伐木工的丈夫相识，因此嫁到平地。我们这群命运坎坷的女人手臂上都有猪笼草刺青，阿丽也有。祖父在丝棉树下木薯园香蕉园野地看着丽妹卸了假发在小溪里戏水，有时偷偷摸摸，有时光明正大，看了半年后，终于忍不住将丽妹牵到丝棉树下。

　　阿公，开枪吓吓它们。雉说。

　　祖父开了一枪，打中一只蜥蜴尾巴。祖父又开了一枪，打中一只蜥蜴肚子。祖父正想开第三枪时，突然站起来。

　　没有用了，阿雉，浪费我的子弹。我们上树吧。

　　雉和祖父登上丝棉树后，树下霎时布满成千上万只大蜥蜴，重重叠叠，枕股叠臂，吐舌如旗海飘飘，甩尾如烽火弥漫，刨掘丘坟，捶散扑熄火种。腐食者排山倒海，爪子尾巴很快掩没火种，树下树上朦胧漆黑，只有蕈菇闪烁。小木屋被腐食者撞击得摇摇晃晃，孢子纷飞。雉这时候更清楚看到树干上各种蕈菇形状，如皇冠、珊瑚、婚纱、钻石、金块，将丝棉树枝干照耀出无数曲折迂回道路，绵延百公尺，蜿蜒而上，穿透云霄，宛如黑暗宇宙一道流动回转的漩涡形天河。丝棉树的辽阔稠密，窟窟窿窿，吸引雉抬头观望，只有祖父注意到树下已被腐食者刨出一个大窟窿，大窟窿不知有多大多深，腐食者一面刨一面用身体把它填满。曾祖那天一大早就离开小木屋，拎着一篮子祭品香火独自到小溪祭拜，入夜后依旧没有回来，第二天祖父看见曾祖失去头颅的尸体趴在树桥上。

　　我们的仇家太多了。祖父说。

　　那天晚上祖父带着兽医回家时，模糊看见屠杀总督和盗掘金块的家伙正在野地逃窜。祖父开枪射击，盗匪也开枪还击，野地火花四射。祖父看见一个黑影出现矮木丛后，两手高举，左手食指和拇指扣成圈子，右手食指在圈子中进进出出。

　　阿雉，你在台湾的事，我听说了。祖父说。你犯了我年轻时犯的毛病。

●

　　除夕夜，爆竹和冲天炮轰响，年兽进退像大蜥蜴，像腐食者攻击城市这只酒足饭饱的肥兽。雉站在八楼阳台上嗅着空气中的硝烟味，俯瞰街灯朦胧如萤光的人行道。这个住宅区的主人似乎都安养着一对来自乡下的年迈父母，花台和阳台栽满瓜果而非花卉，饲养鸡鸭而非猫狗。雉对面花台上就植了一棵木瓜树，垂垂老矣，仍未授粉，萎得像老椰树。左下方阳台饲养着一对白鹅，常伸长脖子吮走隔壁花台上的番茄。右下方阳台扑楞着一对大褐兔。狗吠猫叫此起彼落，有一次雉竟听见牛哞羊咩之类。种种动静气氛，让雉不止一次恍惚置身浮脚楼，听见丝棉树充满掠食的摇摆，总督的大地奔腾，像搔刮器梳耙野地子宫的金属搔刮声，果园里的猴吼，野地的大番鹊叫声。

半小时前，雉接获一通电话。

"老师，I am Persephone……"

雉再一次感觉到一头毛绒绒的素食动物在嗅他的耳垂，发梢被对方眼睫毛的眨闪牵动到，耳蜗缭绕登喜路烟雾，一把热乎乎混杂名牌香水味的烟球在胸腔弹跳，烟球从鼻嘴跃出时闪烁着一球球的鲜红色，仿佛粪便的潜血反应，刷牙时的齿龈出血，小处女月亮的痔疮血液。清晨零点二十分，炮声暂止，这一次雉听得十分清楚。一只鹦鹉在楼下歇斯底里嘶叫，声音像啄木鸟刨掘这栋大楼。

"老师……"不等雉反应，对方接着说，"新年快乐…… Happy New Year……"

恭喜发财。恭喜发财。是一只体型如火鸡的鹦鹉，羽毛像淋了草莓酱，和爆竹模型挂在阳台上应景。雉印象中它从未出过一句美声。鸡啼羊咩，是它模仿艺术的最高境界。对方吃完年夜饭后，母亲和姘夫外出，姐姐不知去向，死党毫无音讯，穷极无聊，想找雉聊天，撒娇外带威胁。雉从阳台踱回客厅，坐在沙发上仰看水族箱里婆罗洲的偷渡客。水族箱靠窗，早晨向阳，水草杂乱，孔雀鱼多产。它们的先祖悠游锣市溪流，被雉捕获，成双成对地精挑细选，禁锢塑胶袋内，塞入行李箱，透过三小时两万公尺高空飞行，三小时转机等候，三小时入关和车程，水质已污浊多粪，三分之一鱼儿翻肚，三分之一奄奄一息，三分之一仍有雅兴调情，显然比曾祖和三百多名苦力被禁锢在暗无天日臭气熏天的船舱三十多天的海上航行严重得多。鱼儿入籍后娇生惯养，忙碌地繁殖游戏。不及三千立方公分的水族箱窜游着两百多只成鱼，水域上层的鱼仔更是繁茂如夏天沟渠里的孑孓。雉于是放养一对泰国种野生斗鱼猎食鱼仔。婆罗洲孔雀鱼体型娇小，和攀木鱼、两点马甲等悠游溪壑，早已习惯被屠杀和攫食，在斗鱼那一嘴斯文吃相刺激下，它们加倍热情兴奋地交配狎玩。不知为何，看见孔雀鱼噘嘴摩挲雌鱼泄殖孔时，雉突然想起红鳍小麒鲷打扮成美人鱼在酒精烟雾绸缪中噘嘴吐泡泡。门铃响了，雉开门，小麒着牛仔裤红 T 恤裹着厚实的酒气烟味冲到雉怀里，爆竹破膛，年兽去而复返，鹦鹉惨叫如溺水的猴。酒气烟味爆射出一团气浪，夹杂小麒体味，像水蜘蛛在水中筑成的气泡糊住雉和小麒。今晚轮到小麒酩酊大醉，胡言乱语，呕吐物流入雉的胸膛裤裆，电话中雉竟没有听出她半丝醉意。雉将她扶到床上，自己换了衣服，回到沙发水族箱旁看电视，以为她一觉到天明了，不想半小时后浴室传来淋浴声，让雉突然想起像猪笼草瓶子的圆形旅馆卧房和水床。十分钟后，小麒裹着毛巾湿答答走到客厅扑到雉怀中，毛发里的水珠再度濡湿雉的胸膛裤裆，水草泛滥，孔雀鱼形成杂交乱流，母斗鱼口含卵，一身犟劲如小麒。

天未亮，小麒在雉熟睡中离去。这是去年十一月小麒退学后，雉第一次见到小麒。雉一直强迫自己遗忘双十节前夕和除夕这晚发生的事情，只有在罗老师庄园中目睹亚妮妮从井里汲水冲洗身体，甩发将水珠洒得半天高时，雉才又一次清楚从亚妮妮身上感觉到小麒的犟劲。

寒假后，大约四月某个傍晚吧，雉放学后准备搭公车回家时，发觉自己被三个外形像稻草人的少年盯梢。雉站在公车站旁，直直地打量他们。头发染成稻秆色，叼烟，两位戴着像花篮倒竖的帽子，一位戴太阳眼镜，穿背心和不结纽扣的花衬衫，露出钙质饱满的锁骨和肋骨，长裤千疮百孔，球鞋污秽。一位蹲着，一位靠在行道树上，一位像稻草人两手攀着栏杆，都毫不客气地回视雉。雉想起来了，是那天晚上和小麒在抓娃娃机前碰见的少年。雉上了公车，他们也上了公车。车子行驶二十分钟后，雉在一个热闹地段下车，买了两份报纸，走入一家人潮汹涌的速食店，点一杯饮料，埋头阅读报纸。三个少年人坐在雉左斜方，显得非常浮躁，频频交头接耳。半小时后，他们走到雉身旁。

"你是王小麒的英文老师吧？"身材最高大的少年说。他脸型消瘦，下巴粗糙像鞋尖，鼻尖冒一个大粉刺，嗓声洪亮如一头牛。

雉点点头。

"听说你对学生不错……"另一个少年说。此人脸型浑圆，嘴上长满嫩须，头发后翻，耸肩缩脖，环视朋友脸色时颇似猫头鹰。

"我也是贵校毕业……"

"正在商量要不要对你动手，"身材高大的说，"不过……算了，有更好的法子对付你……"

另一位低头不语的少年首先转身离去。

"再见，余老师。"身材高大的伸手朝雉餐桌上狠狠拍一下。他的五指白嫩秀气，指甲尖如鸟喙，不看本人，会以为是一只女人的手。

"母校怎么会有这种老师？"脸型浑圆的边走边转动猫头鹰之脸，有时回顾雉，有时打量四周，即使走出速食店经过骑楼和斑马线时，仍频频检视雉和四周，仿佛一击不中之后进行危险而冗长的撤退。

两星期后，一位中年男人到学校办公室找雉。男人戴假发和玳瑁镜框的近视眼镜，鼻尖崎岖仿佛大黄蜂筑在屋檐下的泥窝，左耳插着助听器，下巴长两粒葡萄干似的大黑痣，黑白斑驳的小胡子，右额有一块酷似台湾岛的胎记，傍着假发茂盛的黑色大陆。说完一句话，男人就张开嘴，露出六颗金门牙，叼紧随手送来的烟斗。脸上配件如此繁琐，让人难以捉摸五官动静。雉还是一眼就认出男人是小麒父亲。果不其然，男人小声请雉离开办公室，走到办公室后方联络走廊上。走廊旁是一个小花园，竖着壮男的青铜雕像，奋力推动风车般庞大的时代巨轮，男人胯下已被学生戳开一个大洞，塞满铝罐树枝之类，有时候麻雀就在铝罐树枝上筑巢。男人，巨轮，洒满白色的鸟粪。

"余老师……"男人眼睛一大一小，说话时，仿佛有两种眼神挣扎出头。不说话时，眼神更是四分五裂，各自攻占和绷紧脸上一块重要肌肉。"小女在'魔宫传奇'打工时，听说你曾经去捧场……"

雉深吸一口气，琢磨"捧场"的意义。

"是真的吗？余老师？"男人紧接着问。

雉点点头。

"听说你还将她带出场……"

雉开始解释那晚发生的事情，老萧姑隐其名。在解释过程中，男人一直盯着花园里的雕像，眼神一贯，共吸了五口烟。

"老师也是常人，这个我了解，"男人终于觑了雉一眼，"但是小麒是你的学生呀，你怎么可以知道她的身份后，还和她……"

雉于是更详尽深入解释那晚的事情。

"据说事前小麒不止一次告诉你她的身份，"男人直视雉，"你真的醉得那么厉害吗？老师。"

雉低着头，羞愧得没有勇气提出任何质问。

"她母亲也知道了呀，怎么办？老师？"男人说，"这还不是我担心的……"

男人走时没有提出任何要求或对策，雉因此更忐忑不安。两天后，雉接到小麒电话。

"老师，你对我爸爸招了吗？"小麒一劈头就是一匣子话，"你为什么那么老实呀？这种事情没证没据，你为什么不否认？我也会配合你呀。老师，我说过，我不会伤害你的呀。只要我们不承认，管他们说什么。老师，你知道吗？我老爸起初还将信将疑，被我骂神经病糊涂蛋，可是你居然自己招了呀……"

雉一时语塞，找不到插话空间。

"老师，不是我说的呀……除夕那天晚上，我和朋友喝醉了，一不小心说漏了嘴……老师，你还记得去年我们打电动玩具碰到的那三个男生，就是他们……其中一个喜欢我，可是我不喜欢他呀……大概是嫉妒吧……老师，真对不起呀……"

"他们还跟谁说?"

"我不知道呀……老师，虽然你对老爸招了，以后有谁问起你，你还是一概否认，现在否认，也许还来得及……知道吗? 老师，不要承认呀……实在不行时，我就说是我自愿的，事实也是如此啊……"

"王小麒，以后怎么联络你?"

"我会和老师联络。"

一星期后，雉坐在校长办公室中，突然想起祖父跪在曾祖卧房巴南河畔蛮林上龟裂成波浪形状的蜈蚣色月亮的傍晚。校长办公室呈长方形，靠门口摆着一套魔宫传奇色彩的豪华沙发，和沙发遥遥相对的是办公桌。校长的办公桌共三张，肩挨肩筑成一个椭圆形桌面，仿佛一个矮小吧台。桌上最显眼的是两部可以三百六十度旋转的电脑，使办公桌看起来像一部可以自由行走的机器怪兽，凸着一双大眼监视整个办公室。两面狭长墙壁上，一面是摆满奖杯的壁橱，另一面挂着十多张中国字画。沙发和办公桌中间竖立着一棵枝叶繁茂的假树，据说校长孙子常常登上假树戏耍，而校长则绕着假树散步思考中学生生活教育和学习常现种种问题。客人坐在沙发上等待埋头办公的校长接见时，可以透过假树，隐隐约约，柳暗花明，欣赏校长的辛勤认真。校长肥壮近视，已届强迫退休年龄，像极不快乐和剔去胡须的肯德基炸鸡老人，对师生仁慈，对动物凶猛。雉初抵本校服务时，曾经在午休时间目睹校长在校园一个偏僻角落遭十多只野狗围剿。野狗不知来自何方，午后大量聚集校园，刨食师生吃剩的便当。校长那天大概从事例行的午休巡堂吧，浑身充满战斗细胞，野狗的垂头丧气和意志散漫使他十分愤怒，出其不意恨恨踹了两只畜生屁股。永远处于挨饿状态且此时仍然饥肠辘辘的野狗被校长踹出兽性，不约而同攻击校长。雉拿了一柄扫帚替校长解围。校长抢走雉的扫帚追打已经溃散逃走的狗群时，使雉留下深刻印象。事后校长拨出一笔经费，聘请专家训练警卫和工友捕狗技术，捕获的畜生一律押送市府人道处理。校长以后巡堂碰见雉时总是笑容满面说：余老师，看见野狗吗？雉觉得校长所表现的厉兵秣马状态像在追剿野狗散兵游勇，而不像在监督师生。百年校庆后，校长戴橘色鸭舌帽，穿球鞋，轻装便服，指挥警卫和工友装设陷阱，捣毁鸟巢，开始清剿斑鸠和麻雀。校长甚至在师生注视下登上一棵芒果树摘下一窝鸟巢，向全校显示决心和体力。一笼笼囚鸟被载运出学校，送给校长喜欢养鸟的亲戚。数星期后，大批斑鸠和麻雀尸体漂浮学校后方秽河上，沦为野狗和亚马逊吃人鱼美食。据说校长秘书曾经在校长午餐盒中看见烤小鸟之类食物。校长躲在假树后吃鸟时，发出秘书室也听得一清二楚的嘎嗒嘎嗒声。雉走入校长办公室时，校长背对雉站在树后，肩膀和头颅处在一种漂流状态，很像直立浅滩啃吃鲑鱼的灰熊。校长应该知道雉的出现吧，但校长仍然持续啃食动作，且一面啃食，一面抬头左右张望，颇有食物遭觊觎的恐慌，有如攫食蚱蜢的螳螂。雉等了大约半分钟，校长才慢慢转过身子，绕过假树走向雉。树后站着被校长啃剩的食物，一个矮小憔悴的反对党市议员。市议员带着一种无尾熊的呆板表情，也绕过假树走向雉。

雉、校长、市议员坐在沙发上后，立即陷入严肃而哀戚的沉默。市议员虽然光头大脑，后脑勺却长着关云长型须髯的茂盛黑发，鼻子和嘴唇丰腴得像两颗肉瘤，下巴像一双婴儿小拳头。市议员油腻滑亮的秃顶的确像被校长舔舐过，红润崎岖的额头也像被校长品尝过。雉在百年校庆中和市议员谋过面。市议员当时参加了一段趣味接力赛，在崭新的跑道上狠狠摔了一跤。雉想起市议员挺着大肚子像猫熊在跑道上打滚时，忍不住"嗤"一声笑出来。

校长错愕地看着雉。市议员开口了，嗓音低沉而潮湿，雉从来没听过如此口齿不清的叙述。三个约十七八岁的少年人昨天来到市议员服务处，向市议员揭发初中老师余鹏雉和初一辍学生王小麒的不寻常关系。市议员请助理走访"魔宫传奇"和王小麒父母，可是，市议员还是不相信雉会做出这种事情。市议员说话时脸上肌肉抽搐，表情却维持无尾熊的漠然，仿佛有两只顽皮的婴儿小手拉扯市议员脸皮。雉撇头打量校长。校长凝视茶几，肢体像他登上芒果树摘鸟巢一样不自然。

"余老师，校长和我都想亲口听你证实，"市议员装模作样。"以上事件，纯属虚构，或是事实？"

雉只迟疑了一秒就点点头，随后立即向校长提出口头辞呈。市议员走后，校长绕着假树踱方步，用平常对待动物的态度思忖维护校誉的对策。校长在树下对市议员光头大脑甜言蜜语的舔舐品尝没有拭去市议员反对党的战斗色彩，当天傍晚市议员就召开记者会，并且狠狠修理校长一番，公开校长委托关说施压的名单。雉坐在家里沙发上观看电视上市议员用潮湿低沉的声音回答记者询问时，接获王小麒的电话。

"王小麒，你看到电视了吗?"

"什么电视啊，老师?"

"你的朋友真狠啊，找市议员修理我。"

"是吗? 老师? 真对不起啊……"

电话里出现一阵杂音。

"老师，你打算怎么办呢?"

"不必管我。你呢?"

"老师，我怀孕了。"

"老师居然嫖学生，"市议员说，"更何况是一个未成年的十三岁初中女生……"

"什么啊?"雉没有听清楚。

"我怀孕了。是老师的孩子……"

雉愣了几秒。

"七个多月了。算起来刚好是去年十月。去年以前，我没有和其他男人睡过……"

"什么啊? ……"

"老师很惊讶吧? ……"

"你没有开玩笑吧?"

"老师啊……"

"为什么不早点告诉我?"

"我也不知道啊，根本没有什么异样……昨天和朋友去跳舞，突然肚子痛起来，还流出稠稠的水……朋友刚送我到诊所，孩子就生下来了，是早产啊……"

"事情发生在去年十月，一个多月后，女学生就休学了……老师的无耻行为，必然对女学生造成很大的冲击和影响……"

"老师啊，那是一家私人诊所，我付不出那么多钱，医生扣留了我的身份证……还说三天内不还清钱，就要通知我父母亲……老师啊，帮我付钱吧……可以吗?"

小麒告诉雉私人诊所的地址。

"老师，麻烦你早点去……我改天去你那里拿身份证……"

"孩子呢?"

"生下来的时候就没有什么希望，医生没有救活……"

"夭折了吗?"雉大声说。

"老师，我很害怕，不知道怎么处理……"

"尸——尸体呢?……"

"朋友帮我丢到河里去了……就是我们学校后面那条河啊……"

电视上传来记者各种怪异的问题。

"校长的态度使我感到怀疑，"市议员说，"也许这位老师以前也做过类似事情，我一定会调查清楚……"

"小麒，你没有骗我吧? 婴儿真的夭折了吗?"

"老师，我为什么骗你呀……"

"丢到河里去了？"

"是啊，我朋友丢的。噗——我朋友说，一落到河里，就沉下去了……"

第二天六点多雉就进入校园，想早点办完离职手续和处理杂事，但教师办公室未开，人事室和校长室也空无一人。雉站在五楼走廊上，凝视雨后暴涨的秽河。一只小白鹭鸶停在一堆漂流物上以和雉一样的沉思状凝视爪下秽物。塑胶，木头，纸屑，保丽龙，布料，草，桶，盆，人造花，桌椅，校服，参考书，帽子，玩具战舰、武士刀、冲锋枪、狮、虎、独臂洋娃娃和缺了下半身的蝙蝠侠，宛如活物泅向下游。堤岸上野狗和斑鸠来回游荡，目测到柔软物就千方百计扒到爪下啄咬。一只灰色大猫四肢趴地匍匐前进，大概正准备突击小蜥蜴或麻雀吧。十多个男女比画太极拳，像合力擒杀一头看不见的大蟒。二十多个妇人随乐起舞，音乐虽然没有传入校园，但从舞姿推测，仿佛是天真无邪的童谣。一对对学生坐在河堤上吃早餐，看着秽河里千变万化的漂流物，其中大部分是本校学生。一个戴头巾打赤膊的家伙痛苦万分地跑步，后面追随着骑脚踏车的快乐小男孩，脚踏车后面是一只步伐像马陆一样繁忙的吉娃娃。

独臂洋娃娃让雉吓了一跳。婴尸沉入河底后，大概需要两三天才会浮上来。那么不起眼的一个肉疙瘩，又是早产，不会比吉娃娃更重，也许早在肿胀以前就让河底杂物戳刮得支离破碎或遭亚马逊吃人鱼嚼食。雉奇怪一个寒冬下来，秽河里为何仍有亚马逊吃人鱼，也许是春天后放养的吧。即使侥幸浮上来，恐怕逃不过野狗斑鸠白鹭鸶啄咬。即使逃过野狗斑鸠白鹭鸶啄咬，恐怕很难逃过学生的恶作剧。雉听说有一批学生常将婴尸捞起，装在透明的塑胶袋中，由一人从高楼阳台上掷下繁忙的人行道，其他人待在骑楼中欣赏行人魂飞魄散的模样。

四个男学生快速冲向堤岸，殴打两个坐在堤岸上吃早餐的本校男学生，随后又快速离去。殴打过程大约三十秒，打太极的和跳舞的全站在一旁观看，事后有人企图靠近趴在地上呻吟的受害学生，这时受害学生却一跃而起，对着他们大骂。

雉看见堤岸另一角几个着本校校服的学生正对着自己窃窃私语。

●

祖父腰悬番刀，手拿缠钢丝的藤条和一杆烟，穿蜡染衬衫长裤长筒靴，走过大致被野火敉成平地的玉米园，从像灵芝倒竖的布帽下蕈菇状头颅中吹糊出迷雾状孢子烟球，烟球在祖父头颅四处爆破，烧毁弥漫野地滴滴答答的臭味，臭味渗透雾霭水气，淋漓潮湿，在祖父吹哨如沉瓮的深海夜巡中攫食破坏原来飘荡野地的泥味草香。臭味泡稠泡烂夕阳，夕阳龟裂成花瓣似的红斑块像一朵蔫萎大王花，野地天空，莽丛云彩，灰烬斑鸠，焦枝大番鹊，祖父和枯黄的玉米稻秆，他荒废多日的胡须和嫩玉笋须，他稀松的黄牙和焦黑的玉米，你我一体，充满疑虑余骇。祖父踽踽独走仍像有犬前引后随，有草食性总督丝棉树下捶地警告，有风筝在丝棉树上摇摇欲坠像金属探测器——这时的确有三两支风筝像跳羚在丝棉树四周扑跃仿佛丝棉树是一片青葱可口但危机四伏的草丛——树外挂着几片染上霞色的碎云像被撕碎的绵羊残体——数只忙鹰忽上忽下阴阳交互地画着凄厉的太极狩猎图——猪尾猴家族和食蟹猴家族在果园抢夺地盘——一只过气猴王登上也是垂垂老矣的老椰树对着十多颗老越王头垂头丧气——浮脚楼下蕈菇闪烁——滋滋渣渣，嘶嘶沙沙，窸窸窣窣，野地家园喧哗热闹，充满张力的小水球在野地下爆破，不易察觉的小火球栖身朽木莽丛蓄势待发，饱含沼味瘴气的小气泡从水位暴涨的丝棉树旁小溪中不停冒出，混杂鸟屎鼠尿的溜水从浮脚楼滴下清脆绵密如鸡啄谷，白腹秧鸡鸣唱像厨房里的大碗公在总督捶撞大地中翻腾鼓噪，雉母亲在菜田挥仙锄翻云殖日，像在耕耘施肥一个明天，东方天边长出一颗青瘦的月牙笋。雨季使野地维持一定湿度，雉三天前焚放的野火绵延数里行色匆匆，已死和未死的莽丛眼看又要茏葱一片。野地弥漫杀气怒意，闪烁总督基因，树荄暴凸如总督昔日横闯直撞的关刀型头颅，枝丫锐利如总督昔日弯翘现在不知何处的刀鞘型独角，绿叶偾张如总督昔日听觉灵敏的蚬壳大耳，藤蔓肥硕如总督木薯大尾，地壳扭曲如总督浑身老茧疥癣寄生植物蜂窝马陆弹头断矢的襞皱，莽丛栗颤芒草汹涌仿佛总督漫游其中，野果芬芳屎臭弥漫仿佛总督吃喝拉撒其中。祖父每走一步就赫然发现脚底下火烙似的出现一个地狱守门狗似的三蹄足印，每穿过一片矮木丛嘴角就嚼着一片嫩叶或一朵野花，每看见野地孵出小火种就忍不住捶踩。祖父发觉自己浑身也是刀疤老茧，弹道纵横深入脾脏，断矢化成铁质植入骨髓。他的嘴角淌着鸦片毒素像总督嘴角淌着丝棉树毒素，两眼濡湿模糊，听力犀利到前所未有的程度。祖父听见一个着蜡染衬衫的长发少女牵着一只干瘦如蜘蛛的长尾猴在胡椒园里散步，所经之处飘落红毛丹皮壳——听见一个男孩在果园里对着每一棵果树撒下一泡血尿——听见香蕉园里一个着黑衫的女人伸手从胯下拉出脚掌大胎儿搂入敞开的胸膛从乳房挤出黑色奶浆——听见一个长着蝙蝠翅膀的达雅克少男用吹矢枪射杀肌理密致的小处女月亮——听见祖母一只干瘪的左脚在丝棉树下栅栏中跳跃——听见一个达雅克少女蹲在玉米园里偷摘长满弹头包着火药的玉米穗包，玉米在少女啃吃它时应声爆炸使少女脑髓肉酱四射——听见浮脚楼下长着人头的鼷鼠像牛吼叫——听见苍穹闪烁如矿脉密布发出雷电霹雳的开采声——听见布满人胆猪心状石块的小河暴涨到深不可测——听见丽妹在野地玉米园果园胡椒园浮脚楼步行或爬行——听见家园滋滋渣渣，嘶嘶沙沙，从拓荒前就喧哗热闹，一刻不停。玉米园布满蜥蜴土穴仿佛蜂巢。祖父用番刀挖掘其中一个土穴，挖了许久仍然深不见底，最后蹦跳出数十只巴掌大蜥蜴。祖父手起刀落大开杀戒，砍死十几只小蜥蜴。一阵忽冷忽热的旋风刮向祖父，祖父抬头看见两只食猴鹰仿佛流星俯冲到玉米圈各攫走一只小蜥蜴后又悠闲悠哉飞回布满绵羊残体的天空，祖父突然发觉步履蹒跚的风筝已经年华老去。雄将枯干的玉米秆塞满穴口放火燃烧，有时候熏出一只大蜥蜴有时候一群刚出壳的小蜥蜴，说：玉米园，香蕉园，胡椒园，凤梨园，连浮脚楼下都是蜥蜴巢穴，更别说野地了。阿公，我们这里成了蜥蜴窝了。祖父看见天空飞翔着十多只食猴鹰，去了又来，来了又去，似乎永远嫌猎物不够，各自在上头画着乾坤挪移水乳交融的太极狩猎图。祖父走出玉米园，穿过香蕉园和凤梨园，站在胡椒园中张望。阿公，我们想办法除掉它们吧。雉不知何时现身胡椒园。我到果园看看，那帮猴子把那里当花果山了。说完就走了，边走又边说：怪啊，总督一死，它们就无法无天了。

　　祖父似乎没有听见雉，却听见有大蜥蜴在浮脚楼内活动，碰翻砸坏客厅祖父搜集的木雕器具。祖父脖子一凛，清楚听见手拿番刀人头的达雅克战士从壁架掉下，头颅着地，刺满纹案的脖子应声断落。战士虽然身首异处，依旧低首垂目若有所思，表情数十年如一日没有一刻松弛。祖父走入浮脚楼时，一只大蜥蜴正栖息在十多块鳄形爬虫状木雕中，如果不是它甩了一下尾巴和舔舐杰克逊氏器，祖父根本无从察觉。祖父目睹大蜥蜴从客厅爬入厨房，从厨房爬到浮脚楼外。壁架上的雕塑散落一地。牧猪的达雅克老头断了腿，一道裂痕从奶崽的达雅克哺娘额头划到胯下，吹矢枪和矛镞掩没了跳求偶舞的达雅克青年，陶器和图腾柱碎裂，地板上鬼兽斑驳，犬纹猴纹蜥蜴纹鹿纹地鼠纹等等名目繁琐的装饰图案爬满一地，像当初蝎子攻击浮脚楼，现在大蜥蜴占领野地家园。祖父摩挲巴掌大战士头颅，坐在门口抽土烟，低首垂目若有所思，神情数十年如一日没有一刻松弛。祖父第一次看到这批雕塑品是在他和祖母结婚十五年后，有一晚祖父到一所私娼寮寻欢，娼寮坐落锣市一条小河边，是一排围绕在椰子树和耳环树下的木板屋，铁皮屋顶上野猫成群，屋下野狗无数，木屋走廊上挂着几盏煤油灯，老娼嫩妓徘徊廊上屋外，其破败比起曾祖种植园区的娼馆有过之而无不及，唯一不同的是这里的女人床下乐观聒噪，床上热情泼辣，从她们大方收留野猫野狗就可以看出她们普度众生的肚大，虽然她们不一定胸大臀大。娼寮里的女人非土著即印度人或马来人，但那天晚上祖父意外发觉二十多个男人正在排队等候进入一个年轻中国妓女的小闺房。祖父也毫不犹疑地加入排队行列。当祖父终于走进去时，祖父看见一个湿答答的女孩一丝不挂地躺在一张湿答答的草席上，汹涌的蚊香烟霾在她身前围绕不去试图模拟前一个男人在她身上激烈运行推磨过的轨道。女孩在祖父进入房间时也运行推磨出一个微笑模型，并且迅速地加温烧烤试图引导祖父快速进入那个微温散发汗臭味一成不变周而复始的运转滑行轨道。祖父发觉她的微笑如此脆弱惨烈仿佛搪瓷娃娃，她的被无数次运行推磨过的轨道如此僵硬干燥，她越煽风点火祖父越失去兴致。祖父坐在她身边猜测她的年龄，也许十七八，也许十三四。祖父愣坐五分钟后付钱离去，开始强烈地怀念起小花印。一星期后祖父带着照相机望远镜打扮成观光客搭船上溯巴南河回到曾祖种植园区打听小花印，祖父花了一个多月才获悉那群女人离开种植园区后的遭遇，并且迅速找到当初收留她们的长屋。祖父在长屋流连一个多星期，从小花印儿女和丈夫口中打听小花印种种，浸淫在小花印英年早逝的哀戚中。小花印的丈夫是长屋的文身和雕塑师傅，长屋里近乎泛滥地充斥着他那有时华丽有时朴素的作品，有一次他指着一尊雕塑品对祖父说：这是我和我爱妻的共同创作。小花印婚后感染了丈夫的艺术气息，闲来暗助丈夫设计文身和雕塑图案，成为丈夫的得力助手，但是碍于习俗，小花印的这项技艺和才华一直是夫妻间的最大秘密。祖父在小花印生前居住过的闺房中看见更多小花印和她丈夫的创作，出于一种对小花印的纯真无邪的怀念和记忆，祖父买下了部分作品，雇了两艘舢板运回锣市，成了余家浮脚楼里最奇异特殊的景观。祖父在赌场里第一次看见丽妹时，马上发觉丽妹身上小花印阴暗和带着腐殖气的蕈菇因子，那一天丽妹带着弟弟到赌场找父亲，捎来母亲生病的消息，丽妹父亲第一个反应就是扇了丽妹一巴掌。祖父从丽妹父亲身上打听到丽妹和小花印的关系后，加上那一巴掌带来的震撼性启示，祖父从此不断借贷赌资给丽妹父亲，直到数目庞大到难以想象时，祖父仿效曾祖提出以丽妹赎换欠债的构想。丽妹父亲皱了皱眉头，点了点头，对他来说这个交易太划算了，他甚至不断叩谢祖父的大恩大德。祖父向爱孙鹏雉交代这桩往事时刻意隐瞒部分事实和虚构部分情节，在祖父内心深处这是一段难以坦白招供的龌龊阴谋。

天色渐黑，夕阳愈萎缩愈貌似大王花，余晖如蕈光照耀大地，像丝棉树下蘑菇闪烁。那个烟霾特别凝重的早晨，祖父苦等一夜后，终于只身前往布满人胆猪心状石块的小河。祖父经过长满石南树丛的荒地和野茔时，石碑已被藤蔓犁出许多纵横凹痕活像龟壳上的甲骨文，群雀泅泳如鱼，画眉模拟笼友叹息，矮木丛上长满猪笼草串状花序，一种像红毛猩猩手臂，一种像雄鸡脖子，史前龙卵似的王公猪笼草和莱佛士猪笼草捕虫瓶在矮木丛胸前胯下擒杀消化猎物，有的傍着野地浑身灰泥像锣市出土的日本鬼子未爆炮弹，有的垂在半空像中古世纪护胸甲，有的像伏击其中的战士头颅。捕虫瓶绵延荒地野茔，直到祖父来到布满人胆猪心状石块小河前还看见一支莱佛士捕虫瓶诱捕一只青涩妖艳的小蜥蜴。祖父看见树根藤蔓挂

满苔藻，水蜥蜴越过溪流，弹涂鱼漂过水面，鱼狗扑入草丛，老榕
桩树叶密如册长满像猪头猫头人头的榕桩——曾祖缺了头颅的尸体
卧倒树桥上，浑身插满吹矢箭，左手拈一炷香——曾祖肤色接近那
炷香，仿佛一座大型木雕——祖父扛着僵硬的曾祖回到锣市时，曾
祖仍然维持昏倒姿势。他身上所承受的吹矢箭上的激痛恐怕不会比
当年丝棉树承受的少。祖父和雉母亲埋葬曾祖时必须折断手脚关节
才顺利装入棺木，激毒让他们双手溃烂，指甲脱落。祖父带着两只
黑犬回到树桥。黑犬扇着匕首似的耳朵和鹰翅膀似的尾巴，鼻子柔
软像黑眼苏珊开出的花蕊，在曾祖卧尸处来回嗅着，发出祖父闻所
未闻的哀嚎，仿佛两只在猪笼草捕虫瓶唇环徘徊不去的黑蚂蚁。二
犬离开树桥进入丛林时，仍然一路嗅舐，速度快快慢慢，动作黏乎
乎，仿佛掉入捕虫瓶消化液的虫豸。一星期后，二犬突然放快速度
沿着宽不及一辆卡车的一条小河河岸纵走，有时爪不沾地，有时刨
土哭嗅。河水黑亮如鬃，起伏如女子胸膛，卷起无数肚脐眼。两岸
野草蓬勃，遮掩大半河面，上有蝴蝶蜻蜓，下有青蛙游鱼。半小时
后，二犬终于停在一座湖塘前，这时它们已消瘦了三公斤，耳朵尾
巴扇得锋芒扎人，八条腿像八支钉耙，远看像两只吼鹿。湖塘呈舟
形，岸边尽是浪花似的白管芒，倒映急速滑行的云，有野地行舟之
幻觉。舟尾有一座离地一公尺的茅草屋，门口有一座阳台，屋檐下
用藤条吊挂十多个骷髅，颇像老椰树上的老椰子。湖中有人沐浴。
二犬阒寂无声，踩着地上自己的幽怨狗影，狗影蠢蠢欲动似乎有冤
屈待诉。祖父吹哨如瓮沉大海，二犬毫无反应，祖父于是以为是熊
或豹戏水，眼皮跳跃，满脑玄幽，睾丸里的顽虫滋滋蠕动。湖中人

不一会就湿淋淋上岸，走向茅草屋——胸腹万兽奔走如山林，四肢花叶鸟虫如枝桠，背部日月风火雷电如晴空，脚掌手指两栖爬虫类，屁股两座骷髅冢，满脸精灵，连男器也爬满纹斑，皮皮的像一只褶颈蜥蜴——祖父终于见到了传说已失踪多年的婆罗洲土著装饰艺术大师阿班班——阿班班上岸后瞄了祖父和狗一眼——祖父发觉阿班班此时全身静止，只有彩绘成骷髅冢的屁股咯吱咯吱抖动——阿班班只瞄了一眼就径自上了茅草屋。一只巨大的食猴鹰低空掠过湖塘。它飞行得如此缓慢，仿佛周围景致也在竞走，以至于它飞了半天，竟还没有越过湖塘，湖面不兴一丝波纹。一只在茅草屋拟态的大皇蛾显然受到鹰扰，以秒针的速度绕行茅草屋一周，追随巨鹰越过湖塘。它和鹰一样宽长的翅幅但比鹰消瘦许多的身躯，仿佛是鹰拖曳的鬼影。不知为何，祖父竟被这毫不起眼的一鹰一蛾吸引，目送它们消失林海中，又或许不是这一鹰一蛾，而是那随波随云逐流的舟湖，仿佛野猪俯冲而来或刺猬瑟缩而去的茅草屋，悬挂半空捕虫瓶似的骷髅头，仿佛一幕水陆空生物演化史的阿班班。祖父终于回神，吹了一声哨。二犬回头瞄了祖父一眼，舔了舔祖父长筒靴，有点鼻耳失灵，只能透过影像和触摸感觉祖父的蠢相。祖父又吹了一声哨，二犬又瞄了祖父一眼。祖父用长筒靴蹭了蹭二犬屁股，心里嘀咕：走吧，难道还要我鞭策你们吗？

　　二犬走到湖边，又瞄了祖父一眼，看着茅草屋。祖父听见一声狗语：就是这里了。一只水蜥蜴窜出白管芒，进入湖塘。祖父听见水蜥蜴对荒野呼喊：刀枪沾血，一人二犬，彳亍岸上……。一只尾巴无限长的野鸟挂在短枝上，鸟和短枝呈十字形。祖父带领二犬走向茅草屋。二犬失去一星期来的专注，东舔西嗅，凶性骤减，眼神完全像被猎人用叶笛引诱的公吼鹿。祖父站在茅草屋前，抬头仰望骷髅——同时也看见盘腿坐在阴暗门口的阿班班。

"你是余石秀的儿子？"阿班班说。布满精灵文的脸旦看起来像鳖甲，赘肉和皱纹像鳖甲四周的肉裙，在阴暗门口中呈浮沉和悠游状态。

祖父点点头。

"这两只狗是了不起的禽兽。有系统地训练，是一流的猎犬。"

祖父皱了皱眉头。或许祖父看错了。祖父发觉阿班班四肢简直是四根树桠，长着绿叶，开着红花，栖息着鸟虫——祖父亲眼看到一只蚱蜢从阿班班手臂上飞出来，穿过骷髅群，飞越祖父头上。

"你从那条小河走到这里，大概花了一星期吧，"阿班班伸出纹满爬虫类的手掌，用食指指着骷髅群——仿佛一只小蜥蜴从树桠上伸出半截身体。"你认得出来，哪一颗是你父亲头颅吗？"

骷髅悬挂在阿班班和祖父之间，祖父额头上。祖父实际透过藤条和骷髅仰望阿班班。骷髅面向侧向或背向祖父，颅骨雕刻着淅淅沥沥的纹案，有的纹案延伸到牙齿和下颌骨。达雅克人在颅骨上雕塑图案并非奇事，但使祖父惊骇的是，这批骷髅从接近额骨直到后脑勺有一道切缝，显示它们曾经像椰壳一分为二。达雅克人猎获人头后，直接从衔接脊髓的枕骨大孔挖出脑髓，将整颗头颅吊在火焰上烟熏，从未听说有剖切头颅这一习性。祖父注意到其中一颗骷髅后脑勺仍残留着几撮焦黑的发肉。

阿班班咧齿微笑。胸前纹斑上走出一只小黑猴，消失在阴暗的茅草屋中。祖父眯了眯眼——那是阿班班饲养的宠物吗？祖父伸手指向后脑勺残留发肉的骷髅。祖父缓缓举起手臂时，接近茅草屋后一直垂头不语的二犬也随着祖父手臂缓缓抬起狗头，发出非常脆薄而短暂的呜咽，满脸幽怨吹弹欲破。大概长期啄食烟草槟榔吧，阿班班牙齿比骷髅牙齿稀散颓圮。祖父发觉阿班班脸上的精灵文和骷髅上的雕纹有许多相似，以至于祖父偶有错觉，恍惚看到阿班班纹斑斑驳的头颅和十多具骷髅悬挂藤条上。比起骷髅之间的貌合神离，阿班班似乎更适合和每具骷髅细语神游幽冥——也许他的确常常如此，当祖父垂下右手，阿班班仿佛伸手入幽冥，突然从头上摘下一颗藤条吊挂的骷髅——祖父才发觉原来门楣上也悬着两颗骷髅——阿班班十只爬虫类纹指在骷髅眼眶鼻嘴和枕骨大孔中穿梭流连，当他左手五指托着骷髅，右手食指在颅骨雕纹上摸索——有时捺紧下颌骨上下开合仿佛咀嚼——祖父听见茅草屋内响起隐士阿班班脆薄如狗呜咽的细语，不觉竖起耳朵一起和栏杆上的十多具骷髅仔细聆听——余石秀占我土地，扰我山林，杀戮奸淫我族，今日终于得其头颅观其脑纹，了我心愿……。此时阿班班语意含糊，不知所云。大皇蛾去而复返，以秒针速度缭绕茅草屋不去。祖父心中一凛，大胆插话：这十多具骷髅主人，都是种植园区员工吧……阿班班兜转骷髅，侧面凝视宽广的颞骨和顶骨——：汉人脑纹，扰乱我的视野，像一只掠食之鹰，盘旋我的装饰艺术天穹……像一片晚霞，染红我即将熄灭的创作灵光……。阿班班将骷髅挂回门楣，取下另一颗骷髅，重复抚摸观赏。烟熏得黑乎乎的骷髅头在阿班班万兽奔走风火雷电的山林胸腹中仿佛游荡千万光年外宇宙一颗比地球庞大数千倍的死星球。大皇蛾栖息屋檐下时拟态的巧妙使祖父一时失去它的踪影。阿班班将骷髅靠向自己的精灵脸，和骷髅眼眶对视——：汉人虽然心术不正，但出类拔萃，远胜我族，他们的智慧和精髓将永远在我贫瘠的艺术荒野中蔓延发光像一朵黑暗中的荧光菇，一株肉食性猪笼草和一只腐食性大蜥蜴——阿班班说完将骷髅挂回门楣，一只蝙蝠从阿班班腿上扑楞飞出，和阿班班一起消失阴暗中。

祖父对阿班班后面这一段嘟哝不感兴趣。阿班班消失后，祖父两眼直视栏杆上后脑勺仍残留发肉的骷髅。祖父正想踏上阳台时，突然看见十多个达雅克猎人正沿着小河走向湖塘，并且在湖塘前一字排开不友善地瞪着老人和狗。祖父心中一寒，看了一眼骷髅，领着二犬从另一个方向进入丛林，离开湖塘和茅草屋。

祖父在丛林里宿了两夜三天，每天用一根三英尺长的竹管在水中练习潜水换气。第四天清晨四点多，祖父将二犬拴在一棵龙脑香下，找到通向湖塘的小河，在离湖塘一千公尺外潜入河底，口衔竹管朝空中索气，利用爬行、步行或潜水方式一步一步接近湖潭。冷水锐藻扎得祖父痛彻心扉，几只没有毒性的水蛇在祖父身上狠狠啮了几口。祖父在天色微开时潜入湖塘，露出半颗脑袋埋伏岸边白管芒中，十多只水蛭像钉子凿吸他的血液。祖父紧紧盯着雾霭迷离中的茅草屋和瓜果一样垂挂栏杆上的骷髅。一个多小时后，大皇蛾又以秒针的速度绕行茅草屋一周，缓缓飞过湖面，随后祖父看到阿班班走下茅草屋，走向湖塘。祖父潜入湖底前看见一只七彩小鹦鹉徘徊阿班班肩上，同时阿班班两手抖下几片枯叶。

　　祖父抽出番刀，吐掉竹管，像一只鳖在湖底爬行，将沐浴中的阿班班拖入湖底切断喉咙时没有花掉太多力气，因为他对付的已是一个超过百岁的老人。祖父又在湖中待了半小时才上岸将茅草屋中的十多具骷髅挂在身上，用一根藤条系住湖中阿班班尸体。祖父沿河拖曳阿班班尸体一千多公尺，离开小河，继续将阿班班拖曳到龙脑香下。祖父，二犬，一群骷髅，一具尸体在丛林中七拐八弯行走三天后，祖父才将阿班班掩埋。为了更彻底消灭自己的行踪，祖父和狗在丛林里绕了几个大弯，花了两个多星期才回到人胆猪心状石块的小河。祖父将曾祖和十多个员工骷髅埋葬老榴梿树下，每年祭拜乡亲时，也正是祖父祭拜曾祖时候。曾祖下葬一个多月后，棺木不止一次被达雅克人撬开，浮脚楼和家园不止一次遭达雅克人入侵，他们寻找的不一定是雕刻着纹案的曾祖和他人骷髅，而是杀害阿班班的凶手。显然他们认为只要找到曾祖骷髅，祖父的罪行也就昭然若揭。这是总督尸体遭大蜥蜴挖掘分吃后，祖父蹲坐丝棉树上看着那个恶臭逐渐稀释的大窟窿告诉孙儿鹏雉的最后一个秘密。

●

　　"请问……泰……在家吗？"
　　祖父在烟雾缭绕和泪光荡漾中看见一个长发女子站在木梯下。祖父眨了眨眼。女子左臂清楚文着仿佛女性生殖器剖切图的猪笼草捕虫瓶。女子抬头看着木梯上的祖父，眉毛尖溜得像木蜴尾巴，梨状眼睛肥美，头发青嫩，仿佛是她背后那一大片废弃的凤梨园和玉米园心力交瘁临死前培养出来的一株人苗。小花印的短暂蕈类生涯，丽妹的寄生性，祖母的枯萎枝干，性欲荒芜如沙漠的仙人掌土妓，像红毛丹多肉汁诱人吸吮的黄家闺女，在祖父哽咽哀伤中化成无数烟霾啃食祖父已经因为长久吸食土烟鸦片千疮百孔的胸肺。祖父大口大口吸食土烟，只有极少数烟丝从鼻孔吐出，密云不雨。祖父抬头遥望家园，眼前旱地连绵，找不到可以滴沾的绿荫。丽妹离家后，祖父久不近女色，日夜困坐丝棉树下，听看总督蹂捶大地冲撞栅栏，发出长久禁欲的击鼓轰雷和充满金属密度类似人工流产的子宫搔刮声，感受到小型草食性动物的多产和大型草食性动物如总督的濒临绝种。祖父不由得想起和丽妹缱绻的日子。丽妹离家前祖父登丝棉树遥望，像猴子登树摘果寻找她青椰子似的幼臀小胸和土蜂窝似的有时干燥有时潮湿的小嘴。祖父每次都能像摘走一颗红毛丹将她牵到丝棉树下。丽妹进入丝棉树下就处于梦游状态，有一次甚至自动卸裤开胯大方迎合。丽妹返家后祖父依旧登丝棉树寻找她经过鞭笞的肥臀，这时她已是成熟落地人人可以捡食的野榴梿。丽妹在野地、玉米园、香蕉园、胡椒园和男友或她不太熟悉的达雅克人追逐戏闹，随后裂臀开胯，任由他们露出长须猪粉红鼻头似的软骨雄器刨吮，一男一女囫囵一体有如他们远方也正在交配的大蜥蜴。

"阿丽……"祖父含糊叫了一声。

"我是亚妮妮……"女子说，"泰……的朋友……"

祖父低头思索这个名字和她手臂上猪笼草的意义，朝果园指了指。祖父听力依旧犀利，清楚听见雄登上一棵波罗蜜，驱赶正在蹂躏十多颗已套袋波罗蜜的猴群。祖父走下木梯，走过凤梨园，进入玉米园，坐在一块土墙上，抬头仰望愈聚愈多的绵羊残体。仍有一群晚霞占领着半边天，泼辣如猴，正遭到夜蟒囫囵吞食。一小瓣太阳在热气滚滚中飘浮伸缩。祖父吹糊出一片又一片蜥蜴干烟球，看着逐渐消失果园的亚妮妮背影。亚妮妮踩在布满大蜥蜴爪印的泥地，绕过大半个浮脚楼，经过香蕉园和菜园外围，沿途看见无数大蜥蜴吐舌摆尾，在余家家园和野地觅食交谊，仿佛踏入爬虫类王国。亚妮妮看见一只大蜥蜴扯下芒草丛中一个大番鹊巢穴，一群大蜥蜴随即围上来抢啖巢穴中两只羽毛未丰的雏鸟。大番鹊妈妈低空掠过野地，发出一串悲壮音符。亚妮妮站在荫暗果园外，从支离破碎的鸟声、虫声、猴声和密不透风的蚊声中，从一枝一叶的疏漏和爪痕鞋印的峥嵘中寻找雉。亚妮妮一踏入果园，数不清的蚊蚋像陨石坠落她汗水热气形成的大气层，有的嗡嗡缭绕，有的一针砸入暴露在外的皮肉。亚妮妮挥手破坏蚊咬，朝一群蝙蝠飞出来的方向逆行走去。果树壮硕，纠结云层似的藤蔓和寄生植物，可以让任何动物穿梭其中如履平地，即使野猪群。树上常传下来阵阵骚动，只闻其声，不见其影。"——泰！——"亚妮妮叫了两声，停在一座秋千架前。秋千架一阵哆嗦，在没有人驱动的情况下前后摇晃。亚妮妮抬望秋千索，那手臂粗的秋千索长驱直入一片树丛，不知伸向何处。摇晃程度渐趋激烈，树丛发出一声巨响，穿短裤打赤膊赤脚腰挂番刀的雉两手各抓着一根秋千索仿佛从天而降突然站在秋千座上，两眼无限期待又无限失落地瞪着亚妮妮。亚妮妮吓了一跳，随后也无限期待又无限失落地回敬雉。二人竟如此不发一言凝视对方，直到双方发出浅浅的完全相似的镜态微笑。

雉在波罗蜜树上看见亚妮妮站在浮脚楼前，臂腿长青，臀胯荫硕，脚趾头亭亭玉立如蕈菇，拉长的耳垂像发育中还未施展猎杀机制的小猪笼草瓶子，仿佛她是身后那一大片被总督尿屎滋润出来的野地随意滋长出来的野树苗。亚妮妮推开栅栏大门踏入余家土地时所经之处花花绿绿，果核袒胸露臀，花叶眉眼传情，瓜豆抬首垂颌若有所思，蜂蝶围绕。亚妮妮散发出来的一片葳蕤多汁接近祖父时才略见凋零。祖父胸怀长久干旱，野火连绵，吹糊出铺天罩地的烟霾，熏走亚妮妮身上膘满肉肥的鸟虫灵兽。雉在树上清楚从祖父吹糊出来的烟球中看见祖父白首稀松鬓髯纠结的愁苦模样，看见祖父胸无大志的小型邪念像子孑密集头皮下。亚妮妮离开祖父走向果园时，雉看见祖父动向不明的小型邪念蜕化成蚊蚋围绕亚妮妮。亚妮妮挥手驱赶蚊蚋，汗毛孔流淌出来的热气吸引蚊蚋像陨石坠毁在她巴掌啪哒形成的爆炸乱流中，当亚妮妮接近雉攀登的树下时，雉感觉果林里原来静止不动的热流湿气被亚妮妮拖曳牵绕，自己也像一颗超大型陨石坠向亚妮妮。雉站在秋千架上发觉两人摩擦交合出来的湿气乱流吸引更多蚊蚋咻咻飞来，亚妮妮左臂猪笼草刺青栖息着两只吸得螫针发麻的母蚊。雉用中指拇指同时捏死两只蚊子，并且用母蚊尸体和亚妮妮血液摩擎猪笼草，将类似女子生殖器剖切图的猪笼草刺青涂抹得有血有肉母性焕发。亚妮妮依旧镜态地反映雉的温柔微笑。雉从亚妮妮眼神看见自己湖水倒影似的破裂模糊状态，从亚妮妮笑靥看见双胞胎相互拟态，从亚妮妮类似玩具熊的福态好揉中看见玛加病态，从亚妮妮被罗老师喊喊恰恰鸭子吸吮过的肥乳莽膣中看见丽妹的爬虫类状态，从亚妮妮猪笼草家族坎坷流离

中看见余氏七彩红鳍小麒鲷早夭儿在秽河中的浮游状态。雉牵着
亚妮妮走出果园，走向浮脚楼，坐在通向厨房的木梯上。雉卸下番
刀，用系在腰上的毛巾拭汗，走入厨房拿出两根蚊香点燃，又走入
厨房将喝剩的半壶冷咖啡放到炉灶上加热，拿了一串红毛丹和一盘
娘惹糕、马来糕、糯米糕回到木梯上。蚊子不惧蚊香，依旧像小陨
石击向二人热浪汗水形成的浑圆气流中。雉走入厨房将炉灶上一批
红炭撂在一块铁皮上，红炭上撂一批晒干的榴梿壳，将铁皮放在木
梯上，用竹扇扇红炭。榴梿壳逐渐被焖烧扇糊出一批烟球，烟球互
相弹撞辐射，蚊子不敢靠近。雉早在丝棉树下闻惯这种烟味，从烟
球彼此吞吃类似人类口臭味和荤腥味中想起祖父躺卧吊床上的愁苦
模样，从烟球汹涌流入五脏六腑类似尿屎骚味中想起凤雏噘嘴吸食
洋烟像鱼儿噘嘴吹泡泡。亚妮妮常吃榴梿，长屋入夜即以榴梿壳烟
熏蚊蚋，更不当一回事，或者更正确说，亚妮妮只是闻到十分之一
的老家味和自己膨胀一百倍的体味，其中有十分之三是类似败坏的
奶油香，及时催动亚妮妮早已饥不择食的胃口，连续剥吃两粒红毛
丹，吞下一块娘惹糕。一只小长尾猴像皮球在波罗蜜树上弹跳，不
知道忙碌什么，整棵体育馆般肥胖的大树因为一只小猴而沸腾热
闹。雉抬头遥望天上，仍有一只食猴鹰在沙漠般的天空中独翔，它
的出现使苍穹空前寂寞。亚妮妮在雉遥望天空时也做了相同动作，
顺势拈一块马来糕咂食，使雉想起她在罗老师水井旁淋浴的模样。
苍穹囹圄，湿气荡漾，隐约有一块绿洲，催动雉的口干舌燥。雉走
入厨房端出一壶热咖啡和两杯热腾腾的黑咖啡回到木梯上，递给亚
妮妮一杯。雉啜了一口咖啡，突然想起罗老师咖啡香气和猴骨钙味

氤氲的小木屋。亚妮妮又掂了一块马来糕往杯中一沾，将吸满咖啡的马来糕送入嘴中。她的胃口使雉吃了一惊。

她中午往锣市出发，目视到丝棉树时已近黄昏。丝棉树近在眼前，实际远在天边，她并不奇怪其中的迂回跋涉，而是奇怪黄昏的无限冗长，即使现在坐在雉身边，天色还是硬挺挺的，充着血，黑暗的裤裆挡不住它。她听说族人觊觎总督，主要是看上它的大屌，其次才是角和皮。他们等待它交媾时屠杀，将它勃起的大屌腌制成标本在祭典中膜拜，可惜这番激情族人始终没有碰上，这也是为什么这只濒临绝种的草食性动物和它濒临绝种的大屌可以在达雅克人觊觎仇恨下混活勃起到现在。语言障碍使亚妮妮的说话风格依旧多变而不易捉摸，依旧结合了蜿蜒的蟒语，肢体化的猴语，甲骨风的鸟语，潮湿的胎语，缓缓诉说她造访余家的目的。雉已习惯也喜欢上这种四目交接手脚并用，它的直接粗糙敞胸露怀让雉觉得自己像婴儿，它的歌唱性让雉想起巴都飘荡巴南河畔的情歌，亚妮妮一定也听过很多次了。她听说有一个猪笼草家族女儿因为赌债而被贩卖到余家成为余家养女，其中因缘际会不知是巧合或是祖父刻意安排。亚妮妮家人一直希望利用丽妹探听余家秘密，但丽妹幼小，长大后则性情大变不受族人或余家人驾驭。亚妮妮第一次在医院见到丽妹时，丽妹已受不了余翱汉而决定出走回到长屋，这时唯一能够牵动和影响余翱汉的只有雉和雉的弟弟鸽。

一只灰黑色雄猫走出厨房站在二人身边遥望余家家园。它是余家硕果仅存家猫之一，其他家畜早被腐食者吞吃。它的祖先曾经在清剿蝎患过程中立下大功，但是面对腐食者只有退避三舍。雄猫炯炯有神注视围篱上头一只邻居小母猫。小母猫全神贯注围篱下方，处于一种狩猎状态。雄猫如果离开浮脚楼可能遭遇腐食者排山倒海的围剿。它环顾四周，豪气万丈，瞄了主人一眼，自忖胜算。婆罗洲家猫尾巴肥短，仿佛削去正常尾巴十分之八九，且歪七扭八一团疙瘩，据说是脊椎骨密集频繁的天然断落所造成，方便它们多角度和更深入地交媾不让人类专美。母猫尾巴则大部分平扁圆滑像一颗轴心球，全面迎合缓解雄猫的粗暴和缺乏怜香惜玉。雄猫尾巴的崛奇丑怪是吸引母猫青睐的原因之一。它们痛快利索的交媾不受空间和情境限制，使雉想起巴南河畔红蜻蜓所掀起的淫乱宫廷气氛。雉在雄猫再度仰视自己时点头微笑。雄猫突然一溜烟下了木梯直驱围篱。在视力不佳的腐食者眼中，雄猫的敏捷迅速几乎处于隐形状态。母猫在雄猫扑上围篱时无声无息和雄猫消失围篱外。探听什么秘密呢？雉本来想保持沉默，但雄猫的黄昏出击使他囤积了一股力量，不吐不快。雉剥吃了一粒红毛丹。

　　亚妮妮在果园时以为天色已黯沉下来了，出了果园才又一次发觉黄昏的无限冗长。雄猫消失围篱外时，三只刚脱奶的小猫咪突然出现厨房门口，慢慢靠近亚妮妮和雉，亚妮妮将其中一只小猫咪搂在怀里，另外两只立刻跃到她大腿上。她的回答直接粗糙，像她不避讳地拿起雉的毛巾拭汗。雉惊讶地发现她提起某些关键性字眼时竟可以用华语复述一遍，但小猫咪并非填充玩偶，她无法像在医院分手时用熊语的毛氄氄弥补二人言语上的障碍。小猫咪的活泼调皮使她的叙述跳跃重叠，使雉想起躲在护体后的玛加，难分难解的双胞胎，树下奶兽的女人。阿班班暴死湖塘那天，亚妮妮族人看见雉祖父出现阿班班住处，多年来一直苦心寻找祖父杀害阿班班的证据。盛传祖父家中匿藏着一批黄金，亚妮妮族人认为祖父亏欠他们太多，其中大部分财产剥削自达雅克族。丽妹出走后，亚妮妮族人决定以丽妹为饵，亚妮妮牵线，巴都作向导，将雉招引到长屋，俘囚为人质，迫使祖父承认罪行和供出匿藏黄金地点。

雉吐出果核，安静地嚼着一块娘惹糕。浮脚楼几只雄猫尾巴的纠结丑怪和母猫尾巴的珠圆玉润明白显示余家猫口的泛滥，就像野地大蜥蜴和果园猴群的食指浩繁。大概是祖先剿蝎的劳苦功高，祖父一直不舍得将多余的猫口遗弃，又或许是小猫咪使祖父想起种植园区中母亲遭到剥皮的小云豹。小猫咪舔舐亚妮妮脚趾手指，发出饥饿的索奶声，人畜颇为投缘。雉又想起长屋走廊上奶畜的哺娘。亚妮妮一边应付小猫咪，一边用浅显的达雅克语、英语和华语沟通，不知为何，雉觉得三只小猫咪各代表三种语言，其使用的多寡端看小猫咪的争宠本事。代表达雅克语的小猫咪擅撒娇，常惹得亚妮妮嘎嘎笑；代表英语的小猫咪较粗暴，在亚妮妮胸前张牙舞爪挑衅另外两只小猫咪；代表华语的小猫咪孤僻沉默，似乎也较获亚妮妮宠惜。泰，逐渐喜欢上你了啊……。亚妮妮说这话时先后用达雅克语和英语复述一遍，前者轻快，后者沉重。你抵达长屋第一天我就开始后悔了。一直想着怎么使族人不伤害你。泰，你不知道你的处境有多险恶。原谅我，我必须撒几个谎。我终于决定献身给你，并且告诉族人说你喜欢我，要娶我为妻。这是我唯一能够想出来的办法：只有成为我的家人，他们才不会伤害你。为了博得族人信任，我一连四个晚上和你睡在一起，除了第五个晚上玛加去世时，可是这也够了，泰啊，族人已把你当成自己人了。巴都非常嫉妒，他喜欢我很久了。巴都一直认为你祖父杀害了阿班班，他比其他族人对你家有更直接的仇恨。记得那次船难吧？那是巴都给你的一个小小教训。他的竹筒和球鞋饲养着全婆罗洲最毒的蝎子，准备随时拿来对付你——如果不是族人反对的话……。在长屋里咬你的蝎子是巴都球鞋里的宝贝。那种蝎子可以毒死一头水牛。泰，你运气好，身体也够壮。如果不是屋长训了巴都一顿，不知道巴都还会对你怎么样……。

雉想起遗失河中一批崭新武器和装备，树下的蜻蜓暴动，肩上来历不明的伤口，巴都的傲慢和胜利者姿态，啜入口中的咖啡血腥弥漫，舌头疼痛。刚才在树上追击猴群，下巴砸到一块疖瘤，满嘴是血，痛得他几乎像中箭的猎物坠到树下，遭到几只长尾猴接近人类二十岁智力的嘲笑议论。咖啡入口，才发觉可能咬伤舌头。雉想起巴都飘荡巴南河畔的歌声，他和亚妮妮眉来眼去时互相垂直感染的胎语和猪笼草家族对余家的仇恨意识。代表华语的小猫咪从亚妮妮身上跃下，正想爬到雉身上，被亚妮妮诱回怀中。亚妮妮亲着它的小脸颊，一副舔犊情深模样。族人的目的仍然没有达成啊，只有把主意打到你弟弟身上。你弟弟现在和那批达雅克朋友在一起，那批人大部分是我族人，他们不让他离开，实际是软禁着他。泰，这是族人今天派我来的目的。你家黄金已遭人盗走，族人已不再奢望。族人只想知道你祖父是不是杀害阿班班的凶手。如果是的话，请你祖父交出他当年偷走的髑髅和告诉族人阿班班的埋尸地点……至于你弟弟，你祖父必须自己去赎换他……。

母亲扛着锄头拎着一串地瓜出现厨房前。

"这是亚妮妮，是她带我去找丽妹的。"雉说。

"这么晚了，吃完饭后住一夜再走吧。"母亲说。

●

亚妮妮每天仍维持早起习惯。第二天天未亮，她已起床走出余家浮脚楼大门，站在凤梨园前环视余家家园。亚妮妮随意一瞥，总有一只不完整的大蜥蜴模型隐藏视觉幽微处，仿佛她的眼球经过一夜孕育已成型为大蜥蜴卵胚。天上的云彩稀落得有如老翁头上的几丝白发，这在雨季中是不寻常的缺漏，预言一个早上的酷热和必然填补这个缺漏的天上人间激烈变化。丝棉树高大的树影遮蔽了半边天，也遮蔽了亚妮妮环视余家家园的半壁视野。这棵闻名全锣市的庞然大树突兀而急切地耸立在这块野地上，使这块野地有一分为二且随时会轰然崩裂出数块仍未成型的地壳的感觉，仿佛这棵不适宜的大树只是埋藏地底下一棵巨大树骸残留地面的一根小枝桠。亚妮妮蹚过凤梨园，边走边抬头遥望大树，手脚有趾蹼干扰，毛发有须根纠缠，杂念丛生，愈走愈靠近大树，仿佛自己会像野地四周的附生植物和鸟兽昆虫亲近依赖大树，成为大树不可或缺的一部分。大树像是一个有五官的怪物，因为过于巨大而必须像人类观察蝼蚁七窍贴近亚妮妮。大树一边观察亚妮妮，一边吹糊出一串飘飘忽忽的口哨，如瓮沉大海，带着狗对狼亲的回溯。亚妮妮清楚看见树荫中有一张人脸，吸着一杆烟，吹糊出一颗又一颗一串又一串猪肠子牛睾丸般坚实的烟球，正是昨天坐在木梯上两眼让泪花泡得稀稠翳白的老人。亚妮妮走出凤梨园进入玉米园时，哨声和人脸早已消逝，大树不需变换姿势，仍然面面俱到而炯炯有神注视她。这里离大树更远了。距离模糊大树枝蔓，淡化大树荫霾，却让亚妮妮更清楚感觉到野地枝蔓荫霾感染了大树性情，一树一草都是大树缩影。玉米园实际已是半座莽丛，芒草长得比玉米茂盛抖擞，骄傲而义无反顾地收复失土。从茏葱的芒草丛和破败的玉米叶秆眺望野地，浮脚楼生锈的玫瑰色铁皮屋顶渺小得像丝棉树上被扎得千疮百孔的纸风筝，果园胡椒园香蕉园凤梨园虫兽钻动像巴南河两岸游牧民族逐草傍水打盹时挥之不去的被野兽追食的冗长单调红绿斑驳不变梦境，野地和余家家园实际已合而为一。一只瘦狗钻入被大蜥蜴扒开的铁篱笆，在凤梨园中兜转，撒了一泡尿。七八只大蜥蜴四面八方接近瘦狗。狗撒完尿后鄙夷地看着大蜥蜴，不相信这种丑陋的爬虫类能够伤害自己，直到一只大蜥蜴突击狗的后腿，狗才奋勇逃向胡椒园。更多大蜥蜴潮水般涌向胡椒园。亚妮妮从胡椒园移开视线时，突然看见昨天坐在木梯上吸土烟的老人正站在十码外看着自己。祖父依旧腰挂番刀，手拿藤条和一杆烟，穿蜡染衬衫长裤长筒靴，从刚才窥视亚妮妮的丝棉树上走下来，走过被野火大致敉成平地后又长出芒草的玉米园，从像灵芝倒竖的布帽下蕈菇状头颅中吹糊出巨藤状烟球，烟球弯曲回旋，从祖父胸膛噗噗弹出，模拟祖父的柔肠寸断阴茎鼓胀。祖父长筒靴踩在枯萎的玉米叶秆上发出火焚莽丛的爆裂声，两手拨开芒草仿佛刀剖甘蔗，思念丽妹的情绪四面八方涌向亚妮妮，仿佛大蜥蜴神不知鬼不觉包围无主野狗。祖父始终盯着比丽妹手臂上猪笼草纹案更斑斓婀娜的亚妮妮手臂上另一株捕虫瓶，那类似女性生殖器剖切图的纹案直接冲击祖父的生殖器联想，祖父眼神一针一针锤砸出舔舐那只手臂的痛苦过程。祖父一步一步接近亚妮妮，一口一口吹糊烟球，黑白糅杂像鬣狗皮毛的脑袋让巨藤状烟球回旋盘卷像长屋屋檐藤网兜装的髑髅，两眼依旧让泪花泡得稀稠翳目，一片草绿枯黄中只看见亚妮妮这株肉汁饱满的人苗。瘦狗呜咽两声冲出胡椒园，跨过一只大蜥蜴背部，绕过浮脚楼时让一只大蜥蜴尾巴击中屁股，瘦狗哀声呼叫瘸着一只后腿进入香蕉园。

亚妮妮看见祖父两眼充血，嘴唇抖动，踏破莽丛芒草的速度仿佛传说中那只大犀牛，转眼祖父距离亚妮妮已不到五码，土烟的呛劲和祖父多日不曾沐浴的体臭淹没亚妮妮嗅觉。瘦狗被两只大蜥蜴拖曳出香蕉园时哀号不断，很快消失在爬虫类集体掠食中。祖父双手脸庞让莽丛切割出许多淅沥伤口，前进的速度被狗的哀号一度打断，这时祖父距离亚妮妮只有一码。祖父只朝香蕉园觑一觑，往前跨一步，长筒靴并拢踩在一株玉米秆上，伸出右手搭上亚妮妮肩膀。亚妮妮用她屠杀长须猪的手臂挥掉祖父手掌，祖父手掌在空中划了个交叉弧线，又搭上亚妮妮肩膀，这回亚妮妮费了所有力气也挥不走祖父手掌。亚妮妮一脚踹在祖父胯下，发出达雅克女子特有的剽悍叫声。祖父左手捂紧胯下，右手仍然攥住亚妮妮潮湿滑嫩的肩膀。祖父左手很快离开胯下伸向亚妮妮下巴，抓住亚妮妮衬衫领子顺手扯开仅有的两粒纽扣。亚妮妮连续向祖父胯下踹出两脚，用她撕咬象趾的力道啃得祖父手掌鲜血淋漓。祖父哼了两声，松开亚妮妮肩膀。亚妮妮转身逃入玉米园，这时她听见祖父一面追赶一面声嘶力竭吼叫：阿丽！——阿丽！——阿丽！——

亚妮妮逃了二十多步，听见祖父发出一声惨叫。亚妮妮停下脚步回头看见一个打赤膊胸系球鞋腰挂箭筒吹矢枪满身纹斑的矮壮汉子一刀砍在祖父脊椎骨上，随后又抽出番刀向倒在地上的祖父脖子剁下去。亚妮妮尖声喊叫：巴都！——不要！——巴都！——

巴都番刀利落而准确落在祖父脖子上，将祖父头颅和身体一分为二。祖父四肢一阵哆嗦，鲜血染红枯萎的玉米叶和葳蕤的芒草。祖父头颅顺势跌落在一个废弃的大蜥蜴穴口，糊满汗水的脸颊立即蒙上一层泥垢，两眼大张，嘴唇撅成一种茗茶的优雅姿态。巴都攫住祖父稀薄的头发，神情肃穆一如往常，觑了亚妮妮一眼，胎语静止，释出曾经和亚妮妮有过乒乓感染的猪笼草仇恨眼神，提着祖父头颅，展开白腹秧鸡的欺敌步伐，三纵两跳消失在实际已和野地合而为一的玉米园中。

●

三天后雄背着一支铲子和亚妮妮走过长满石南树丛的荒地和野苎。王公猪笼草和莱佛士猪笼草依旧像已孵化出壳的史前龙卵垂挂矮木丛中，野地寂静无声，天空飘着难以察觉的细雨，食猴鹰更是难以察觉地画着阴阳交互的太极狩猎图，大番鹃依旧衔草不知道第几次筑囍。出现几只雄从来没有在这里看见过的乌鸦，叫声的兴奋雄也从来没有听见过，带着一种纯粹游戏的心态，一路停停飞飞追踪雉和亚妮妮来到布满人胆猪心状石块的小河，栖息在叶密如册的老榴梿树上。雉和亚妮妮走过树桥，走到老榴梿树下，雉拿起铲子开始在榴梿树下挖掘。老树根荄纵横，雉掘得不顺利。十分钟后，亚妮妮接过铲子继续挖掘。二人交替掘了半小时，才掘出一个牛肚似的洞穴。雉纳闷当年祖父到底花了多少时间挖掘，也开始理解为何祖父把髑髅葬在这里。又十分钟后，二人累得坐在树桥上休息。一只乌鸦站在树桥的另一端，频频出喙啄咬树桥，旁若无雉和亚妮妮。乌鸦显然是离野茎半小时路程的市立医院中的常客，对人类毫不惧怕，据说院长常为这批逐渐增多的聒噪食客感到烦恼。雉第一次感觉到竖立雨林边缘的医院像一座布满骷髅和鸦群的观光城堡。又有两只乌鸦飞到树桥上开始啄咬树桥。它们的啄咬方式固执，地点固定，小心翼翼，几乎像外科医生从病患身上取出异物，不由得使雉想起头上捧辞海、脖子上吊死鸭子、发型像洋葱的三位市立医院医生。雉莫名其妙地臆测女医生和另外两位男医生的暧昧关系以及他们听到丽妹和孩子失踪后的表情。

"丽妹孩子没有活下来吗？"雉看着三只忙碌啄树的乌鸦问了一个答案已清楚显示的问题。一只瘦小的鱼狗缓慢从树桥下飞过巨鲸似的瞪着二人。

"没有……但是她的母亲意识非常强烈，所以才会喂哺小红毛猩猩，"亚妮妮走下树桥，站在布满人胆猪心状石块小河上，掬了几把水浇向全身，使雉想起她在罗老师井旁淋浴模样。亚妮妮随后坐在一块干石上，将两只脚丫子泡在水中，一面用手掬水洗脸一面试图捕捉穿梭脚丫子四周的小鱼。雉又想起她和黑狗戏耍和吃狗肉模样。"她在长屋里的生活很糟糕，和很多人发生过关系呀，包括罗伯伯……"

雉上半身已全汗湿，干脆脱了衬衫鞋子走到河中掬水浇身。

"泰，我和罗伯伯……为了玛加……"亚妮妮说，"我不是那么随便的女人呀……"

"玛加知道吧?"雉突然说。

"玛加……南玲……蒂玲都知道……"亚妮妮依旧不停掬水淋身，"不小心被看到了呀……"

"丽妹孩子葬在哪里?"雉又问了个没有意义的问题，选了一块干石坐在亚妮妮身边。雉想起生前总是栖身护体在旁的玛加以及死后永远被雕塑斑斓的瓷瓮护维着的玛加。

"装在瓮里，葬在离玛加不远的地方……她回到长屋时，孩子已经发臭了……"亚妮妮英语、华语、达雅克语和手语交互应用，制造出一种只有雉才明白的语言情境，闪烁诡异，鲜红美丽，仿佛一个有四种血统的混血儿。混血儿经过母亲垂直感染、母乳哺育、口水舔舐，文法语调几乎一个模样，搅得黏糊糊像四胞胎。或者更止确地说，他们是雉和亚妮妮多次交配乒乓感染后产下的私生子，没有名姓国籍，即兴窘迫，母亲的膣现在还淌着血。"泰，也许你不知道，阿丽其实痛恨婴儿，这也是为什么她怀孕期间想尽办法折磨婴儿。婴儿是你祖父下的种呀。泰，不夸张地说，她从医院抢走婴儿，真正的用意就是不想让他活下去。她情愿哺育一头猩猩。她一回到长屋，我们就把孩子按照家族仪式葬了，再怎么说，也是我们猪笼草家族的孩子呀。许多年前……"

树桥上又多了两只乌鸦，一栖息树桥上就被其他乌鸦感染似的啄食树桥。雉捡了一块猪心状石块扔到树桥上，乌鸦视若无睹。

"许多年前的事了……我们的祖先从你曾祖的种植园区逃出时，有三位怀了身孕，不知道是谁的孩子呀，生下来就放在瓮中活葬了……其中一位因为难产被送到锣市市立医院，孩子早产两个多月，只能住在保育箱里，几天后日本人来了，祖先于是逃回长屋……一星期后祖先回到医院，护士和婴儿已经全被杀害，回程时看见荒地许多大型猪笼草瓶子……是很大很大的瓶子呀……那时候正是夏天吧，两个多月没有下雨，有几个瓶子快枯死了，祖先一时找不到食物，于是回到医院将日本人切割得不成人形的婴儿尸块运到荒地，放到瓶子中。那位祖先是我们达雅克族人，放到瓶子里的据说大部分是中国人的孩子……几天后那一批猪笼草就不停地冒出新叶新瓶子……就是我们刚才看到的猪笼草呀，现在还活得很好……阿丽也听说过这件事情，我们怕她做出傻事，所以赶快把孩子葬了……其实，阿丽经历过这些事情后，心智已经不太正常了……所以才会做出许多糊涂事……泰，你要原谅她呀……"

雉回到树桥上拿起铲子重新挖掘。两只乌鸦停在雉身边，好奇地注视雉的一举一动。亚妮妮也上岸蹲在树下。

"这批髑髅足以证明祖父是凶手，但是要找出阿班班的埋葬地点是不可能了，别说我，恐怕连祖父也不记得了，"亚妮妮的叙述没有给雉带来太多的情绪波动，他现在唯一记挂的是弟弟鸰。雉边挖掘边看着蹲在榴梿树下的亚妮妮。"我拿这批髑髅赎换弟弟时，可不可以要回祖父头颅——曾祖的骷髅我不要了。"

亚妮妮不说话。

"巴都要祖父头颅做什么?"

"巴都的父亲阿都拉一直希望效法阿班班,将自己最得意的装饰图案雕琢在人类髑髅上……"亚妮妮说,"阿都拉现在正在帮我族设计犀鸟祭典中供奉的犀鸟神像,他是我族继阿班班后最负盛名的纹案设计师……"

雉停止挥铲,用一种沉思状凝视盘根错节的洞穴。

"泰,阿都拉在长屋中注视你的模样,使我感到害怕……"亚妮妮说。

雉继续挥铲,汗如雨下。

"泰……娶我吧。"

洞穴的深度已到达雉肩膀,当雉弯身挖掘时,整个人完全消失洞穴中。"亚妮妮,第五个晚上你说没有到我房间来……"洞穴中的雉说,"可是那天晚上我明明和一个女人睡在一起……"

雉的头颅出现洞口时,右手同时捧着一颗藤网盘扎涂满污泥的髑髅。

"是丽妹……"亚妮妮说。

雉将铲子扔向洞外,将十多个藤网盘扎的骷髅放在洞穴外,抓着树荄爬出洞穴,站在骷髅中。

"泰,"亚妮妮又说了一遍,"娶我吧……"

雉捡起一个包扎着淤泥的骷髅时,乌鸦停止啄咬树桥,集体发出淹没大地的聒噪。

雉感觉左脚一阵刺痛,低头看见一支吹矢箭射穿了他的小腿。

雉发出一声哀呼，又一支吹矢箭射穿了脖子。雉抬头看见巴都站在树桥上，口衔吹矢枪，噗的一声，对他的小腹射出第三支吹矢箭。巴都胸前挂着球鞋，腰上挂着番刀、箭筒和兽皮袋，背着竹篓，文遍全身的刺青让他看起来像一截枯枝，手臂上的猪笼草散发着荧光菇的绿色光芒。巴都射击吹矢箭的动作似乎持续了很久，吹矢枪蔓延着藤蔓和蜘蛛网。

第三支吹矢箭射中雉的小腹时，雉缓缓地倒卧骷髅堆中。他重复做着做了许多次的噩梦，这一次，他没有醒过来。他看见自己衔着水藻挑逗一只女儒艮，全身贯穿着长矛和水枪；他看见亚妮妮的象鼻子在胸口和眼眉耳鼻间揉搓跳跃；他看见自己倒挂扁担下，背着小弓小箭的双胞胎猎人操着小番刀，慢条斯理将他卸头、截肢、开膛剖腹；他看见自己躺在一间圆形卧房的水床上，像漂浮猪笼草瓶子消化液中，小麒坐在化妆台前梳理红发像一种和猪笼草有共生关系的螳螂；他看见阿都拉啪啦一声切开一颗蒸熟的骷髅，饶有趣味地赏识象征智慧和知识爆炸的斑斓脑纹；他听见莽丛飘扬着巴都的即兴吟唱：

我乃达雅克战歌，穿透敌人脑髓击散敌人魂魄；
我乃达雅克战士，削下敌首谄媚我的爱人；
我乃求偶的水獭，捕食鲇鱼追求母水獭；
我乃香气漫溢之猪笼草，啃嚼肉髓滋润妖娆之枝叶；
我乃咆哮之熊，引诱母熊匍匐胯下；
我乃中箭之云豹，鲜血如雨染红一座丛林；

我乃戴盔披甲之鳄鱼，卷起漩涡冲翻战舟艨艟；

我乃獠牙偾张之长须猪，渡河穿林吞噬使我酗酒滋事之烂果；

我乃英姿焕发之儒艮，我的精子泛滥一千只女儒艮的阴道；

我乃达雅克猎手，我全身纹满杀戮之飞禽走兽；

我乃达雅克农歌，姑娘一边插秧铲土一边娇声吟唱我；

⋯⋯⋯⋯

图书在版编目（CIP）数据

猴杯 / 张贵兴著 . -- 成都：四川人民出版社，
2020.5

ISBN 978-7-220-11823-4

Ⅰ . ①猴… Ⅱ . ①张… Ⅲ . ①长篇小说 - 中国 - 当代
Ⅳ . ① I247.5

中国版本图书馆 CIP 数据核字 (2020) 第 051285 号

四川省版权局
著作权合同登记号
图进字 : 21-2020-131

本书中文简体字版由联经出版事业公司授权出版，原著作名《猴杯》。

猴杯

著　　者	张贵兴
选题策划	后浪出版公司
出版统筹	吴兴元
编辑统筹	朱　岳　梅天明
责任编辑	熊　韵
特约编辑	王介平
封面设计	蔡南昇
装帧制造	墨白空间
营销推广	ONEBOOK

出版发行	四川人民出版社（成都槐树街 2 号）
网　　址	http://www.scpph.com
E - mail	scrmcbs@sina.com
印　　刷	北京天宇万达印刷有限公司
成品尺寸	143mm × 210mm
印　　张	9.75
字　　数	224 千
版　　次	2020 年 5 月第 1 版
印　　次	2020 年 5 月第 1 次
书　　号	ISBN 978-7-220-11823-4
定　　价	48.00 元